もう一度大人になりたい

認識を変え、行動パターンを再構築することで、
あなたのベストを引き出す

> 「スミト・ゴエルの本はと
> ても親しみやすく、私たち
> を内なる自己と結びつけて
> くれる。
> – アヌパム・カール

Translated to Japanese from the English Version of
I Wanna Grow Up Once Again

Dr. Sumit Goel

Ukiyoto Publishing

全世界での出版権はすべて

Ukiyoto Publishing

2023 年発行

コンテンツ著作権 © Sumit Goel

ISBN 9789360167950

無断転載を禁じます。
本書のいかなる部分も、出版社の事前の許可なく、電子的、機械的、複写、記録、その他いかなる手段によっても、複製、送信、検索システムへの保存を禁じます。

著作者人格権は主張されている。

これはフィクションだ。名前、登場人物、企業、場所、出来事、地域、事件などは、著者の想像の産物であるか、架空の方法で使用されたものである。実在の人物、生死、実際の出来事との類似性は、まったくの偶然にすぎない。

本書は、出版社の事前の承諾なしに、本書が出版されている形態以外の装丁や表紙で、取引その他の方法で貸与、転売、貸出し、その他の流通を行わないことを条件として販売される。

www.ukiyoto.com

For Dr. Sunil and Madhur Goel
...誰が私の旅と成長を始めたのか
あなたは私の記憶の中に生きている

For Anamika, Mohit, Samreedhi, Samidha, and Sparsh Goel,
私の成長に貢献してくれた人
あなたは私の心の中に住んでいる

For Namrata Jain, Aditi Rane, Preksha Sakhala, Krisha Pardeshi, Niyati Naik, Komal Ranka,
私の成長を支えてくれた人たち
私の人生を照らしてくれる

すべての人のために
共に成長しよう

アヌパム・カールが語る

「私がライフコーチングの本を書いたのは
私の人生は、生き方の基準点になった」。

私たちの認識は私たちを定義する。私たちの認識は、人生におけるパターンを決定する。自分自身と人生に対する認識を変えるだけで、行動パターンが変わり、自分で選んだ人生を切り開くことができる。

私はこの状況から何を学んでいるのだろうか？それが私をどう変えたか？私の目的意識はどのように再構築されたのだろうか？人生について何を学んだか？

挑戦すれば、失敗するリスクもある。努力しないとき、それは確実になる。

悲しみや逆境は軽蔑すべきものでも、恐れるべきものでもない。彼らは気概をもって私たちを鼓舞し、生きる価値を与えてくれる。*人生とは嵐を乗り切ることではなく、雨の中で踊ることだ*』。一瞬一瞬を生きる中で、悲しい時には悲しみを、幸せな時には幸せを経験するべきだ。

自分自身を発見し、自分の心に従う。絶望することなく、人生に奮起するのだ。そして、インスピレーションを得るために、自分の内側に目を向けるのだ。借りてはいけない。少し内省することで、自己発見への道が開ける。そのプロセスが始まれば、迫害されていると感じる代わりに、ほとんどの問題の答えが見つかるようになる。困難な時期を、人生における学習曲線ととらえる。成功するとそうでない人の決定的な違いは、逆境から学ぼうとする姿勢である。

大人になりたい……もう一度！

人生は私たちが考えているようなものではないし、いつも計画通りにいくわけでもない。人生は私たちが作るものだ。それぞれの試練が私たちに貴重な教訓を与えてくれる。私たちの思考や考え方は、私たちがどう受け止めるかを大きく左右する。

その先に何があるのか。だから、このチャンスを自分に与えてほしい。あなたが望むものを作ってください。恐怖に心を支配されてはいけない。結局のところ、私たちは自分自身の主人なのだ。

変化が人生にもたらす機会を隠したり無視したりするのではなく、変化を受け入れ、こうした課題に前向きに対処することで、人生における私たちのレジリエンスはより強くなる。

過去から学び、再調整し、再評価し、新しいものに適応することで、私たちは常に新たな活力を持って前進し、人生に対する新鮮な活力を植え付けられる。私たちは皆、幸せで、充実した、成功した人生を送りたいと願っている。そのためには、必要な変化を起こすために、いつ、どのように適応し、何を手放し、どのような教訓から学ぶべきかを積極的に理解する必要がある。

したがって、認識を変え、パターンを断ち切るのだ！

スミト・ゴエルの本は、私たちを内なる自己と結びつけてくれる、とても親しみやすい本だ。私たちを進化の旅へと導いてくれる。最初の呼吸、最初の泣き声で、私たちは人生という大きな長い旅を始める。成長するにつれ、私たちは自分の人生、自分自身、そして周りの世界を理解しようとする。 These understandings are our *perceptions*. 私たちの認識が私たちの現実となり、私たちの人生の物語となる。私たちの認識は、私たちの行動パターンにつながる。そしてたいていの場合、こうした行動パターンを断ち切ることは難しい。そうして、私たちは毎日同じような日常生活を送る。私たちは人生のループに巻き込まれている。ストーリーは違えど、状況は違えど、私たちのパターンは変わら

ない。

人生を振り返ったとき、もう一度やり直したいと思うことがある。本書は、「気づき」「受容」「行動」という３つのステップを通して、あなたを変容の旅へと誘う。

自分のトラブルを笑い飛ばし、うまくいかなかったことを全世界に伝えれば、何があっても怯むことはないと思う。好きなことを仕事にし、それに深い情熱を持っていれば、毎日が休日のように思えるし、充実した一日を過ごすことができる。

"最高の自分になるプロセスに恋しよう"

いつも言っているように.

あなたの一番いいところは、あなた自身！
　　今日が最高の日
　　　心からお勧めする
　　大人になりたい……もう一度！
　　　認識を変え、パターンを打ち破る

アヌパム・カール
国際的俳優、作家、
モチベーショナル・
スピーカー

旅を始めよう

私がいる生命の無限性において、すべては完全であり、完全であり、完全である』。

- ルイーズ・ヘイ 私たちは皆、自分の夢を実現し、望む人生をつくりたいと願っている。

しかし、それは私たちが望むように実現するのだろうか？

子供の頃、私たちにはたくさんの野望があった。実用的か非実用的かは私たちには関係なかった。私たちはその役を徹底的に楽しんだ。なりたい自分を演じることができた。

しかし、大人になるにつれて、もしそれが可能なら……もし人生を巻き戻せたら……**もう一度、大人になりたい**……と感じなかっただろうか！

では、何が私たちを止めるのか？

あまり現実的でないようなときに、自分の心に従ったらどうなるかを考えるのは怖いことだ。日常生活という安全で予測可能な存在を手放すのは怖いことだ。できないと思っていることをやるのは怖いことだ。失敗するかもしれないと思うと怖い。何から始めたらいいのかわからないときは怖いものだ。

私たちはしばしば人生の意味や目的に疑問を抱く。私たちは、どこからともなく湧いてくるような『意気消沈』するような思いを抱いている。私たちは他の人たちとは違うと感じている。感情とのつながりの欠如は、私たちを引き離し、引き裂く。感情が押し流されると、自分の中に何かが欠けているような空虚感を感じるが、それが何なのか特定できず、つながることが難しくなる。私たちは自分であることをやめ、集団や社会全体に溶け込もうとする。友達を作り、社交界の一員になりたい。しかし、結局は孤独を感じることになる。

インターネットでつながっているにもかかわらず、私たちの多くは逆説的に、かつてないほど孤立していると感じている。充実感、満足感、エンパワーメントへの道は、ポジティブな本を数冊読むような単純なものではない。

を考えている。自己啓発本を読みあさり、セミナーに参加し、テクニックを実践してきた人たちでさえ、私たちの多くは何かがおかしいと感じている。

私たちが外に助けを求めるからだ。

これが私たちの生き方だ：学校に行き、大学に行き、好きでもない仕事をし、結婚し、子供を産み、老後のために貯蓄をし、そして徐々に諦める。安全策を取ることもできる。しかし、それは人生ではなく、ただ存在しているだけだ。でも、私たちはこんな生き方はしたくない。

私たちは皆、かつては子どもだったし、今も自分の中に子どもが宿っている。私たちは幼少期の傷、トラウマ、恐れ、怒りを蓄積している。私たちの両親は、自分たちが持っていた情報、教育、感情的成熟度の中で、できる限りのことをしたのだということを忘れてはならない。しかし、それでも私たちは心の奥底で『何かが間違っている』と感じている。大人になるにつれて、*私たちは感情的な荷物を置いてきたと思っていた。自分たちは成熟し、大人になったと思っている。しかし、人生の節目節目で、私たちは内なる声を発する！*

この本は子供たちへの最高の贈り物になっただろう。しかし、残念なことに、彼らがこの本の意図を理解するにはまだ早すぎる。

本書は、人生を生き、自分が選んだものになるために "成長 "する好機にあるティーンエイジャーやヤングアダルトを対象としている。

この本は、自分の人生を生きてきたと感じる、すべての〝成熟した私たち〟を対象としている。まだ先は長い。

これは私たちみんなのためだ......『私たち人間のためだ！』。

本書は、私たちがこれまでどのように人生を生きてきたか......そしてこれからどのように生きていくかを選ぶ「*内なる旅*」である！

この本を読みながら、私たちは立ち止まって考える時間を取る必要がある。

この本を初めて読んだとき、私たちは内面を見つめるだろう。*これは私の物語だ！*その意図は「気づき」を生み出すことだ

自分の認識やパターンに気づいたとき、この本をもう一度読みたいという内なる衝動に駆られるだろう。その意図は「*受容*」である。

最後の意図は「*行動*」である。

私たちは自分の道を『外で』見つける必要はない。それはすでに私たちの内側で、展開するのを待っている。私たちがすべきことは、最初の一歩を踏み出すことだ。

私たちは今、始めることを選択する。

アヌパム・カーが適切に言うように......あなたの最良の日は今日です！

最初の一歩を踏み出すか？

オール・アローン

私はひとりぼっちで、島に取り残されている

愛する人たちが私の手を離れようとしているように感じる。

自分の感情が逮捕されているようだ

私はひとりぼっちで、紺碧の海をさまよっている。私の心と魂はつながりを失ってしまったように感じる。

人ごみの中でひとりぼっちで泣くのが趣味になってしまったようだ。

声に出して自分を批判したくなる

私はひとりぼっちで、思考のジグソーパズルに戸惑っている

あらゆる種類の雑念に惑わされ、混乱しているように感じる。

やる気も空回りして、ひとりぼっちで、まぶたは腫れぼったく、目は乾いている。

私はひとりぼっち、私の希望は消えてしまった

太陽の光が射さない暗いトンネルの中にいるような気がする。

私の崩壊が始まろうとしている

私は孤独で、言い訳も理由もない。

私は永遠に一人だ

大人になりたい......もう一度。

謝辞

私たち一人ひとりの物語が人類の物語なのだ。

ある魂は、その存在だけで私たちを鼓舞する。

この素晴らしい人生で出会ったすべての人、インスピレーションを与えてくれたすべての物語、自分を壊してしまったすべての状況が、自分を立て直す手助けをしてくれたことを認める。そして、この本が魂のこもった目的を果たすことを心から願っている。

アヌパム・カーは、マルチな才能を持ち、多面的で、俳優であり、作家であり、行動によってインスピレーションを与える真のモチベーターである。彼のサポートは私の熱意を倍増させる。

カシュヴィ・ガーラとニヤティ・ナイクは、本書の創刊から出版に至るまで、丹念に支柱となってくれた。私は、本書における彼らの文学的貢献に謝意を表する。

コーマル・ランカは真の友人であり、モチベーションを高めてくれる存在であり、批評家でもある。

ムリツァ・クキヤン、プレクシャ・サハラ、ヴィニ・ナンドゥ、クリシャ・パーデシは、最も必要とされたときに、あなたの真のサポートをしてくれた。

パリザド・ダマニア、ジェニル・パンタキ、ディヴィア・メノン、ルーパリ・ドゥベー、ヴィピン・ディヤーニ、そして私を祝福し、私のために祈り、彼らの人生と経験を分かち合ってくれた多くの人々に！

出典の如何にかかわらず、助言、教え、記事、ブログ、書籍、ウェブサイト、経験を通じて匿名でこの作品に貢献してくださった方々に感謝の意を表します。

チーム・ノティオン・プレスは、そのプロ意識、迅速さ、

規律正しさ、組織性、積極性において拍手を贈るに値する！

ありがとう！ダーニャヴァドありがとう！メルシー！ありがとう

内容

□ 1 □□□□	1
成長...	2
認識	15
孤独の認識 - "サイコ・アローン"	21
サイキアローン：嵐の「私	27
サイコ・アローンアイ・アム・ファイン	34
サイコ・アローンノーと言えない	40
サイコ・アローン私は十分ではない	46
サイコ・アローン私にも責任がある	54
サイコ・アローン私は失敗作	60
サイコ・アローンごめんなさい	69
サイコ・アローン私は嘘つき	74
セクション２：パターン	85
パターン	86
インナーチャイルドのパターン	91
インナーチャイルドのパターン	100
なる対話とタイムリープ	103
シンク・アベレーションズ	119
公平性の誤り	130
切断	138
歪み	143
特別性	148
インナーチャイルドの特徴	153
パターンを探る	161
第3節：変更 知覚、パターンを破る	173
宇宙は思考である！	174
変容の旅	180
トリガー	189
なぜ我々はそうしないのか	201
やりたいことをやる？	201
しがみつく......手放す	214
挫折と燃え尽き	226

ブレイキング・パターン	236
やるんだ	242
俳優 - オブザーバー - 監督 - プロデューサー	251
マインドフルネス呼吸の中の生命	264
認識を変え、パターンを打ち破った	274
すべてOK！	281
新たなの始まり	282

成長…

"すべての大人には、かつて存在した子供が宿り、すべての子供には、これから存在する大人が宿る"

"子供時代は決して長続きしない。しかし、誰にでもその資格がある」。

"壊れた人間を修復するよりも、強い子供を作る方が簡単である"

"私たちは皆、子供時代の産物である"

- マイケル・ジャクソン

成長…最初の年

子供時代は鏡のようなもので、最初に提示されたイメージを死後の世界に映し出す。最初のことは、子供と永遠に続く。最初の喜び、最初の悲しみ、最初の成功、最初の失敗、最初の達成、最初の不運が、彼の人生の前景を描いている。

感情を表現することは、赤ちゃんが私たちとコミュニケーションをとるための最初の手段である。生まれたときから姿勢、声、表情で感情を表現する。このような態度は、赤ちゃんの感情状態に私たちの行動を適応させるのに役立つ。子供は成長するにつれ、いくつかの感情的、社会的な節目を経て進化する。母親の胎内での生活から出産の過程を経て、眠そうな新生児としてスタートした子どもは、やがて警戒心を持ち、反応するようになり、周囲の人々との交流に興味を持つようになる。

赤ちゃんが感情表現を区別する能力は、生後6ヶ月で発達する。この時期、彼らは笑顔と楽しそうな声を好む。生後6ヶ月になる前には、喜びと恐怖、悲しみ、怒りといった他の表情を区別できるようになる。7ヵ月以降になると、他のいくつかの表情を識別する能力が発達する。

1ヶ月目

新生児は多くの時間を寝て過ごす。抱き上げられるのが好きで、抱っこされると興奮する。彼らはさまざまな覚醒状態を経験する。静かな警戒態勢とは、子供が私たちの目を見つめ、私たちの声に耳を傾け、周囲の環境を把握し、環境に慣れるときに、寄り添うようにじっとしている状態のことである。活動的な警戒状態とは、赤ちゃんが頻繁に動き回り、周囲を見回し、声を出す状態である。他の覚醒状態とは、泣く、眠い、眠るである。最初は泣くことが唯一のコミュニケーション手段である。生後数週間で泣き声は徐々に大きくなる。

2ヶ月目

子供は表情で喜び、興味、苦痛を示し始める。口、眉、額の筋肉をさまざまに動かすのだ。子どもの表情は、その瞬間に感じている感情を反映したものであり、決して意図的なものではない。最初の2、3ヶ月は、子どもは養育者の顔に大きな関心を示す。アイコンタクトを維持する能力は確実に向上する。彼らは、無生物ではなく顔を見ることを好む。子どもは養育者の顔のジェスチャーを真似しようとしたり、口を大きく開こうとしたりする。つまり、子どもは自分と周囲の人々との間に共通点があることに気づくのだ。年齢が上がるにつれて、模倣は新しい行動を学ぶための重要なツールとなる。彼らは私たちを見ているし、私たちの行動から学んでいる。また、人々の会話や、人々がどのように交互に話を聞いたり話したりするかに興味を持ち始める。私たちが話しかけると鳴き、私たちの返事を待つ。実際、子どもが泣いているときは、話しかけるだけで気を紛らわせることができる。初めて"本当の"笑顔を見せるのはこの時だろう！彼らは今、私たちの笑顔に反応して微笑んでいる。これは対面でのコミュニケーションの始まりである。

3ヶ月目

子供の泣き声が消え始める。笑顔のセッションは、ますます生き生きと楽しくなる。感情的になりすぎると、彼らは視線を止め、

しばらく目をそらす。これは視線嫌悪であり、子どもの興奮レベルが高いことを示している。嬉しそうに、満足そうに鳴き始める。彼らは私たちの真似をし、私たちが彼らの真似をするのを楽しんでいる。

第4月

子どもは自分が必要としていることを伝えるのが上手になる。お迎えを望むと、両手を上げて知らせてくれる。その結果、私たちは彼らの叫びの意味を理解するのがうまくなる。この頃、子どもは声のトーンや表情、ボディランゲージなど、私たちの感情表現に気づく。彼らは目にした感情表現を真似る。私たちが否定的な感情を示すと、彼らはさまざまな反応を示すかもしれない。例えば、怒りを見せれば動揺し、悲しみを見せれば目をそらして交流が減り、恐怖を見せれば恐れを抱く。周囲の人々が口論や喧嘩をしていると、彼らは周囲の苦痛な感情を拾い始める。

5ヶ月目

今月、もうひとつの素敵なマイルストーンが始まる。また、不慣れな人に対する反応にも違いが現れ始める。見知らぬ人には寛容でも、その人の周りではおとなしく振る舞うかもしれない。彼らは知っている人たちと一緒にいることを好む。子供は表情で怒りや苛立ちを表現できるようになった。*彼らは"その瞬間"に怒っているのであって、私たちに対して怒っているのではない。*もし、彼らが望まないものを食べさせようものなら、嫌そうな顔をしてそっぽを向く。子どもは、自分がどう感じているかを示すことで、私たちとコミュニケーションをとっているのだ。もし彼らが悲しみやフラストレーションを伝えてきたら、私たちは彼らのために問題を解決する必要がある。彼らが苦しんでいることにイライラしているのなら、まず自分自身を落ち着かせ、それからより効果的になだめる必要がある。もし私たちが子どもたちの気持ちに敏感であれば、長い目で見れば、子どもたちはネガティブな感情にうまく対処できるようになり、より協調的に振る舞い、精神的にも健康になるだろう。

6 ヶ月目

子供は私たちの行動や感情をより顕著に模倣する。私たちが拍手をすれば、彼らもしようとする。私たちが微笑めば、彼らも微笑む。こちらが顔をしかめると、悲しそうな顔をしたり、泣き出したりす　したりすることもある。私たちが舌を出すと、彼らは舌を出すのを楽しむ。私たちが名前を呼ぶと、子どもは振り向くようになる。私たちの視線を追うようになり、私たちが見ているものに注意を払うようになる。これは共同注意の始まりであり、子どもは自分の注意を私たちの注意と協調させることができる。感情的になりすぎると、目をそらすだけでなく、さまざまな行動をとる。首をかしげたり、背中を丸めたり、目を閉じたり、驚いたり、他のものを見たり、こちらを向いたり、吸い始めたり、あくびをしたり、サインをしたり、泣き出したりする。これらは子供が影響を受けていることを示す手がかりとなる。

第 7 月

この月、子どもはもうひとつの重要な感情、恐怖を示し始める。見知らぬ人が近づいてきたり、突然大きな音を聞いたりすると、動揺することがある。私たちは、子どもが怖がるのを見ると、かなり保護的になり、気遣いを示すようになるかもしれない。彼らが私たちの注意を引くための良い方法は、音を出すことだ。いないいないばあ」は子供と一緒に遊ぶのに最適なゲームになる！

8 ヶ月目から 10 ヶ月目

子どもは、興味、喜び、驚き、怒り、悲しみ、嫌悪、恐怖といった基本的な感情すべてに対応する表情を見せるようになる。これらの感情はひとつずつ経験することもできるが、多くの場合、さまざまな組み合わせに混ざり合う。例えば、突然大きな音を聞いた場合、驚いたり怯えたりすることで驚きや恐怖を示すことがある。この年齢まで、子どもは怒りを感じることはできるが、「誰かに対して怒る」ことはできない。9 ヶ月頃にな

ると、人の行動を解釈できるようになる。彼らは他人の感情に同調する。今では相手の表情を読み取り、気持ちを察することができる。彼らは他人のジェスチャーや感情をコピーすることを楽しみ続けている。彼らの共同注意力は絶えず向上し、今では物体を指差して、私たちがそれを与えることを確認できるようになった。共同注意は社会的に重要である　発達と言語学習。見知らぬ人に対しては、少し真剣な表情を見せたり、ああまりリラックスしていないように見えたりする人もいれば、不快感を示す人もいる。見知らぬ人への不安は、慣れ親しんだ人とそうでない人の区別がつくようになっただけでなく、恐怖感も芽生えたからである。恐怖は愛着のシステムを活性化させ、私たちに物理的に近づこうとすることでそれを示すかもしれない。彼らは他の誰にも簡単には慰められないだろう。もし彼らが自分のしていることに自信が持てないなら、私たちに安心感を求めるだろう。

11ヶ月目と12ヶ月目

1歳の終わりごろになると、子どもたちはより自立していく。自分たちで食事をし、他のことも自分たちでやりたいのだ。12ヶ月では、まだ感情を完全に、そして激しく経験する。しかし、年齢を重ねるにつれて、自分の感情をコントロールできるようになる。つまり、感情をより穏やかに経験するようになる。彼らは自分の感情に建設的に対処する方法を見つけるだろう。たとえば、恐怖心が強ければ、若い頃のように泣いたり、圧倒されたりしないかもしれない。その代わりに、親しい介護者に安心感を求める。

この2ヶ月のある時点で、子どもは初めて言葉を発する可能性が高い。時が経ち、2年目以降になると、彼らは言葉でコミュニケーションをとるようになる。これは言葉によるコミュニケーションの新しいレベルだ。子どもが最初の言葉を話す頃には、すでに15000語ほどの単語を認識している！

親子関係を理解する

親と子の関係は、子供の全人的な成長と発達を育む独特の絆で

ある。それは彼らの行動、性格、特徴、価値観の基礎を築くものだ。*愛すべき親は愛すべき子供を作る*。子どもは、両親やその他の養育者と、愛情に満ちた強い、前向きな関係を築いているときに、最もよく学び、成長する。親との良好な関係は、子どもたちが世界について学ぶ助けとなる。

この親子関係を正しく築くための方程式はない。しかし、もし私たちと子供との関係が、温かく、愛情に満ちたものであるなら、そして 私たちの子供と子供との関係が、温かく、愛情に満ちたものであるなら ほとんどの場合、応答的な相互作用によって、子どもは愛されていると感じ、安心する。さまざまな育児スタイルを研究したり、さまざまな育児ハックを試してみたりと、私たちはいつも、幸せで成功する子どもを育てるために、それ以上のことをしている。しかし、どのようなスタイルを選んだとしても、結局のところ、すべての親が子供とどのような関係を築いているかに帰結する。親子関係が強ければ強いほど、より良い教育が受けられる。

親の役割

愛情豊かで協力的な初期の親子関係を通じて、将来の健全な人間関係の基盤が形成されるのである。ありのままの自分を評価されることは、子どもたちの自尊心を育むのに役立つ。

育成の役割

養育とは、食事、健康、住居、衣服など、子どもの基本的なニーズを世話することであり、愛情、注意、理解、受容、時間、支援を与えることでもある。

私たちは言葉や行動を通して、子どもたちが愛され、受け入れられていることを伝える。親はありのままの彼らを楽しみ、受け入れる必要があることを理解することが重要だ。彼らをありのままにさせるのであって、私たちが彼らをそうさせたいわけではない。健全な養育は、子どもたちに自分自身を良く感じさせ、愛されていると感じさせ、大切にされる価値があると感じさせ、話を聞いてもらっていると感じさせ、理解されていると感じさせ、信頼できるようにさせる。私たちがサポートするか

らこそ、困難な状況にも立ち向かうことができる。

過剰な養育とは、過度に保護し、彼らの生活に関与しすぎることである。子どもは依存的になり、対処能力を失う。過小な養育とは、感情的に距離を置き、彼らの人生に十分に関わらないことである。子どもたちは信頼関係の問題を抱え、愛されていないと感じている

構造 役割

構造化とは、指示を与え、規則を課し、規律を用い、限界を定め、結果を定め、それを貫き、子どもたちに行動に対する責任を負わせ、価値観を教えることである。

目的は、子どもたちが適切な行動をとれるようにし、成長、成熟、能力を高めることである。健全な構造化は、衝動を抑えられない子どもたちに、ルールがあるという安心感を与える。挫折や失望に対処することを学び、世界が完全に自分を中心に回っているわけではないことを知り、責任ある行動を学び、失敗から学び、決断する経験を積み、より自立した有能な人間になる。

過剰な構造化とは、厳格で厳しい規律を用いることである。子どもたちは受け身になるか、反抗するかのどちらかだ。過小な構造化は、私たちの期待やルールを不明確で一貫性のないものにしている。子どもたちは混乱し、責任感を学ぼうとしない。

健全な"成長"とは、両方の役割を適切な時期に適切なバランスで行うことである。

子育てパターン

良い子育ては、すべての親の責任であり、すべての子どもの権利である。親が情緒的にネグレクトになる理由はさまざまで、単純に幼少期により良いモデルがいなかっただけから、過労や過負荷のために十分な情緒的リソースがなかったり、悲しみと闘っていたり、その他さまざまなシナリオがある。私たちの両親は、ある一定のパターンに厳格に従うこともあれば、多くのパターンが混在していることもあり、ある時は非常に健康的で

愛情に溢れていたこともあれば、機能不全に陥っていることもある。

権威主義的な親

権威主義的な親は皆、子供を探し、知り、理解することよりも、常に自分のルールやガイドラインを選ぶため、感情的にネグレクトなのだ。

- ルールに重点を置き、制限的で懲罰的である。
- 柔軟性に乏しく、要求の高い子育てをする。
- 子どもにはルールを守らせようとするが、子どもの気持ちやニーズには耳を傾けようとしない。
- 自分たちのルールや基準、やり方から逸脱することを許さない。
- 揺るぎない、疑う余地のないコンプライアンスを要求する。

権威主義的な親の子どもたち

- 権威的な親に育てられた子どもは、権威に反抗したり、反発や恥、見捨てられることを恐れて過度に従順になったりすることがある。

完璧主義の親

完璧主義の親は、自分の子どもは常にもっとうまくやるべきだと強く信じている。彼らは子供を自分自身の反映として認識している。

- 子供たちに非常に厳しくなる。
- 自分自身や家族に対する社会的認識以上のものが動機となっている。
- 成績優秀な子供の多くは、完璧主義的な親を持つ。
- そのような親は決して満足することなく、常に自分の可能性を押し広げ、多くの場合、自分の可能性を超えてしまう。

完璧主義者の親の子供たち

- そのような子どもは、しばしば完璧主義者に育つ。
- 彼らは自分自身に非現実的なほど大きな期待をかけている。
- 感情的な知性も成熟度も低い。
- また、失敗したときの対応にも苦慮し、自分は十分ではないという不安感とも闘っている。

ソシオパスの親

社会病質者の親はより一般的で、あいまいで目立たないことが多い。彼らは良い仕事を持ち、完璧な家庭を築き、責任感が強い傾向がある。

- ごく普通に見えるが、良心や共感が欠けている。
- 暴言や身体的虐待もあるかもしれない。
- 間違いをなかなか認めず、すべてを子供のせいにする。
- 子供を感情的に操り、言葉や感情で傷つけ、何事もなかったかのように振る舞う。

社会病質者の親の子供たち

- 子どもは怖がり、不安になり、混乱する傾向がある。
- 報復を恐れて、自分を守り、適切な境界線を設定することが難しいのだ。
- 羞恥心や罪悪感を抱え、不安や恐怖を感じている

寛容な両親

寛容な親が見落としているのは、子どもにはある程度の構造、ルール、そして自分自身を定義するための、あるいはそれに対する境界線が必要だということだ。

- 育児に対してもっと受け身の姿勢を持つ。

- クールな」両親と思われている。
- 子供たちにルールや制限をほとんど課さない。

寛容な親の子供たち

- 子どもは、現実社会の要求に対処するための健全な対処メカニズム、規律、忍耐力を学ぶことができない。
- 大人になってからも、自分自身や他人のために境界線や制限を設けるのが苦手なのだ。
- 大人になると、自分自身、自分の長所、短所、努力すべきことを正確に見ることが難しくなる。

ナルシストの親

ナルシストの親は、世界は自分を中心に回っていると感じている。一般的には、子供ではなく親のニーズがすべてである。

- 壮大で自信に満ちているように見えるが、傷つきやすく、感情的に弱い。
- 子供を自分の延長として見る。
- 子どもの成長にとって有害であり、傷つけ、要求し、喜ばせるのが難しいものとして経験されることがある。
- 異議を唱えられたり、間違っていることが証明されたりすると、かなり執念深くなり、子供たちに厳しい裁きと罰を下すことがある。

自己愛性親の子供たち

- 大人になると、自分のニーズを特定し、それを確実に満たすことが難しくなる。
- 自分のニーズは満たされる価値がない、過剰だ、周囲に要求しすぎている、と感じているのだ。
- 親しい人間関係に不安を感じる。

欠席した保護者

不在の親とは、子どもの生活の中にいない親のことである。死

亡、病気、長時間労働、出張の多さ、離婚など、さまざまな理由が考えられる。
- 片親、寡婦、あるいは他の家族の介護のために負担の大きい親は、子供に手がかからなくなる。
- 経済的な余裕がないために、親が過労になったり、数カ月、数年と家を離れて働いたりすることもある。
- そのような親は、大切な人を失った悲しみで落ち込んでいて、自分の痛み以外のことに集中できないのかもしれない。

両親のいない子供たち
- 結局、自分たちで育てることになる。長男が弟妹を育てることもある。
- 親にこれ以上負担をかけたくないという思いから、つらい気持ちを打ち明けようとしないのだ。
- 責任感が過剰になる。子供のころの彼らは、家族に対する心配や不安で重荷を背負った大人のように見える。
- 彼らは周囲の人たちの世話を焼くのが得意だ。しかし、彼らはセルフケアを非常に苦手としている。

うつ病の両親
うつ病の親は不在の親のようなものだ。彼らは感情的な混乱状態に陥っているため、子どものそばにいないのだ。
- 子供を育て、子供の気持ちに敏感になれる精神状態ではない。

うつ病の親の子供たち
- 子どもは、親の気分を悪くさせないために完璧に振る舞わなければならないと感じながら成長する。
- 自分に過大な要求をし、自分の過ちを許すことができない。
- 良いことをしても気づかれないことが多いため、

ポジティブな方法で注目を集める方法を知らないのだ。たとえ否定的であっても、何もしないよりはましだ。
- 適切な自己回復の方法を学べず、その結果苦しみ、常習的な行動に走ることもある。

依存症の親

依存症の親は、アルコール、麻薬、仕事、ソーシャルメディア、ギャンブルなど、依存症の状態にある。
- 中毒を満足させるために子供を放置する。
- 子供が注意を必要としているのに、ほとんど注意を払わない。
- 子どもの行動が変動するため、間接的に混乱させるようなメッセージを送る。
- 利己的で放任的な面があり、それが次の瞬間には思いやりと愛情に変わることもある。

依存症の親の子供たち

- 子供は不安と緊張を感じる。
- 心配性で、変化や将来を恐れ、自分自身や他人に与える影響に自信がなく、一般的に不安定な傾向がある。
- 彼ら自身が依存症を発症する可能性が高い。

そのような家庭で育つと、子どもは自分自身や多くの場合兄弟姉妹を親にする以外の選択肢はない。家族は苦難と限られた資源に直面し、子どもは単に十分にケアされていないだけかもしれない。責任感が強く、自分が何を望んでいるのか、何を必要としているのかを理解するのが難しい。そのため、、***孤独感、空虚感、断絶感を感じるパターンが残る。***また、家族を動揺させることを恐れて難しい話題について話したり、自分自身を気遣ったり、自分のニーズが正当で価値があると感じたりすることさえ困難な場合が多い。

"子どもは、よく話を聞くことほど、よく話をすることを必要とすることはめったにない"

"子供の頃はもっと年を取っていたいと思っていたのに、大人になったらもっと若くなりたいと思うようになった"

"人間として、私たちは皆、幼年期から青年期、そして成人期へと肉体的には成熟するが、感情は遅れてしまう"

認識

「真実などない。あるのは知覚だけだ。

"既知のものと未知のものがあり、その間に知覚の扉がある"

"知覚が変われば、経験も変わる""私に対する認識は、あなたの反映である"

「重要なのは何を見るかではなく、何を見るかだ。

知覚とは、この世のあらゆるものが解釈され、理解されるプロセスである。私たちの知覚は、私たちの思考や信念に基づいており、それが私たちの考え方、ひいては行動様式を規定している。

知覚とは、何かをどのように見なし、理解し、解釈するかということである。それは、私たちが提示されたすべての刺激を理解するために使用する一連のプロセスである。私たちの知覚は、そうしたさまざまな感覚をどう解釈するかに基づいている。知覚のプロセスは、環境から刺激を受け取ることから始まり、その刺激を解釈することで終わる。

自分自身について言えば、*自分自身と自分の世界に対する* 見方と、*他人からの見方*である。私たちがコントロールできるのは、自分自身の認識だけだ。私たちがどのように世界を認識しているかが、私たちの態度に影響を与え、それが引き寄せるものに影響を与える。豊かな世界を知覚すれば、私たちの行動や態度は豊かさを引き寄せる。自分の人生に必要なものが欠けていると認識すると、欲しいものや必要なものを手に入れることよりも、今あるものを節約することを心配するようになる。私たちの脳は、心配していることを自動的に脅威として処理する。その結果、私たちの知覚が変わり、体内の化学反応までもが変化する。

"認識を変える瞬間は、体の化学反応を書き換える瞬間である"

知覚とは、何が起こるかということではなく、私たちが何に注

意を向けているかということであり、それをどう解釈するかということであり、最終的にはそれに対してどう行動するか、どう反応するかということなのだ。

文を完成させる － 人生は

人生は挑戦であり、冒険であり、試練であり、退屈であり、ひどいひどいものであり、拷問であり、素晴らしいものであり、何でもあり得る。その空白をどう埋めるかは私たち次第だ。問題は......人生は挑戦なのか、冒険なのか、私たちが考えているようなものなのか、ということだ。現実はないのだ。それは、私たちにとって人生とは何なのかという私たちの認識に関するものだ。*私たちの認識は、私たちにとって現実となる。*そして私たちは自分の知覚を形成し、その知覚が現実の私たちのバージョンとなり、それが私たちの人生の物語となる。

楽しいことも悲しいことも、興奮することも退屈なことも、挑戦することも敗北することも、私たちはこの世界で過ごすすべての瞬間を解釈する。そして私たちの世界は、私たちの心がそうだと言うものなのだ。つまり最終的には、私たちの思考、信念、行動のすべてが、私たちの人生に対する認識に最も強い影響を及ぼすということだ。

もし私たちが、自分の人生がこうありたいと願ったものであると認識すれば、もし私たちの認識が力を与えるものであれば、それが私たちに現れるものなのだ。しかし、そうでないなら、認識を改める必要がある。自分の考えを変えると決めたら、それを実現するための行動ステップを踏むことを決めなければならない。So, if we find ourselves encountering a challenging situation in our day, ask - *do I perceive solutions and success, or do I perceive problems and failure?* 選択は常に私たちのものだ。

知覚の段階

感覚と知覚はひとつの連続したプロセスの一部であるため、切り離すことは事実上不可能である。知覚は感覚刺激を処理し、それを経験に変換する。知覚のプロセスは無意識であり、一日

に何十万回も起こっている。知覚は、刺激、構成、解釈-評価、記憶、想起という5つの段階で起こる。我々が認識しているように 脳は能動的に感覚情報を選択し、整理し、統合して事象を構築する。

刺激の選択

人生の一瞬一瞬、私たちは無限の刺激にさらされている。しかし、私たちの脳はそれらすべてに注意を払っているわけではない。知覚の第一段階は、どの刺激に注意を向けるかを意識的または無意識的に決定することである。私たちはある刺激に集中し、それが出席刺激となる。

選択とは、私たちが環境の中のある刺激には注意を向け、他の刺激には注意を向けないようにするプロセスであり、ある行動をとるための動機、誘因、衝動、あるいは衝動に影響される。選択はしばしば強烈な刺激に影響される。

カクテルパーティー効果：パーティーの参加者が騒がしい部屋の中で一つの会話に集中したり、他の会話の中で自分の名前が話されていることに気づいたりするのと同じように、特定の刺激に選択的に集中し、他の刺激をフィルターしてしまう現象である。選択的注意はあらゆる年齢層で見られる。赤ちゃんは聞き慣れた音に顔を向け始める。これは、乳幼児が環境中の特定の刺激に選択的に注意を向けることを示している。

組織

知覚プロセスの第2段階である「組織化」とは、情報をいかにして意味のある消化しやすいパターンに精神的にアレンジするかということである。識別し、認識する能力は、正常な知覚にとって極めて重要である。その能力がなければ、人は自分の感覚を効果的に使うことができない。整理整頓は、物事をひとつの単位として認識するのに役立つ。

ひとたび私たちがその刺激に注意を向けることを選択すると、脳内で一連の反応が起こる。脳は知覚と呼ばれる刺激の心的表現を構築する。曖昧な刺激は、ランダムに経験する複数の教訓に変換されるかもしれない。刺激をグループ

化する傾向は、私たちの感覚を迅速かつ効率的に整理するのに役立つ一方で、誤った認識につながることもある。

知覚スキーマは、外見、社会的役割、相互作用、その他の特徴に基づいて、人に対する印象を整理するのに役立ち、一方、ステレオタイプは、情報が識別、想起、予測、反応しやすいように体系化する するのに役立つ。

解釈-評価

刺激を選択し、情報を整理する段階を経て、次に重要なのは、既存の情報を使って意味のある解釈をすることである。それは単に、感覚的に整理された情報を、分類できるものに変換するということだ。これは継続的かつ無意識に起こることだ。さまざまな刺激をカテゴリーに分類することで、私たちは周囲の世界をよりよく理解し、反応することができる。

情報がカテゴリーに整理されると、私たちはそれを自分の人生に重ね合わせて意味を与える。*刺激の解釈は主観的なものであり、同じ刺激に対しても個人によって異なる結論が導き出されることを意味する。*刺激の主観的解釈は、個人の価値観、ニーズ、信念、経験、期待、自己概念、その他の個人的要因に影響される。人が刺激をどのように解釈するかには、過去の経験が大きな役割を果たす。同じ刺激でも、その刺激に対する過去の経験によって、個人によって反応は異なる。

刺激に対する個人の希望や期待が、その解釈に影響を与えることがある。

もし自分が魅力的な人間だと信じていれば、見知らぬ人からの視線(刺激)を賞賛(解釈)と解釈するかもしれない。しかし、もし自分が魅力的でないと思っているなら、同じ視線を否定的な判断と解釈するかもしれない。

メモリー

刺激、組織化、解釈-評価の段階に続いて、解釈され評価された情報が記憶として保存される。それは知覚と解釈、評価の両方の貯蔵である。私たちの心は10%が意識、90%が潜在意識で

ある。これは 潜在意識は、ポジティブな記憶もネガティブな記憶もすべて保存する記憶銀行である。

リコール

特定のきっかけがあれば、潜在意識に蓄積された記憶を意識状態に呼び戻すことができる。似たような刺激が起こると、過去の似たような出来事に基づいて、刺激の選択、整理、解釈−評価のサイクル全体が起こる。これは、すでに保存されている前回の出来事の記憶に追加される。これにより、似たような出来事の記憶が強化され、最終的にはそれがパターンとなる。トリガーは、以前の出来事の記憶を簡単に呼び戻すことができる。

ケーススタディ

ラフールは5歳だった。ある日、父親が来客の前で、恥ずかしがって知っている詩を暗唱できないことを叱った。部屋に閉じこもり、食事もとらず、泣いた。やがて彼は普段の生活に戻り、もしかしたらそのことを忘れていたかもしれない。

彼は聡明な生徒に成長し始め、先生のペットになった。しかしある日、彼はクラスで何かを説明するよう求められたとき、舌打ちをしてしまった。恥ずかしくなって家に帰り、鍵をかけて泣いた。大人になってからは、社交の場やパーティーを避けるようになった。ただ、彼はその理由がわからない。彼は黙って、自分自身に言い聞かせるのだ。私は失敗作だ。人前で自分を表現することはできない。

知覚の理解に基づいて、このことを理解しよう。

ゲストの前で詩を朗読するように言われた。これが刺激だ。この刺激は脳によって整理され、処理された。彼は暗唱できなかった。ラフールは、人前で恥をかいたと解釈している。これは、彼の生来の内気な性格と憤怒に敏感な性格によるものだった。

実際に起こったことは、ラウールの父親が彼に詩を暗唱するように言ったが、彼はできなかった。

処理されたのは、人前で叱られたことだった 。これはラフー

ルの潜在意識に残っていた。次に、先生の前や社交の場で同じような出来事や刺激が起こったとき、潜在意識の過去が呼び起こされ、人前で恥ずかしくなって舌打ちをするという同じような知覚が起こった。

そのとき実際に起こったことは取るに足らないことになる。ラフールが知覚したものが彼の現実となった。そして、そのような出来事が続いた後にラウールが感じたのは、「自分はダメな人間だ」ということだった。私は失敗作だ。

「物事をありのままに見るのではなく、ありのままに見る。

"人は自分が見たいものを見るし、人が見たいものが真実とは限らない"

"現実とは結局、知覚と解釈の選択的行為である"

「知覚と解釈を変えることで、私たちは古い習慣を断ち切り、バランス、癒し、変容のための新たな可能性を目覚めさせることができる。

孤独の認識 - "サイコ・アローン"

"私たちに 起こることは、私たちに 起こることよりも重要である"

私たちの両親は、成長する過程で親になるための訓練を受けたのだろうか？

彼らは過去と未来、家族と社会、善と悪のバランスを取ろうとしていたのだろうか？

彼らは私たちを自分たちのレプリカにしようとしていたのか、それともその反対だったのか。

私たちは、彼らの満たされない目標、野心、欲望のチャンネルだったのだろうか？

私たちをこの世に送り出すと決めたとき、彼らは内面的に癒されていたのだろうか？

私たちが成長するにつれて

両親は私たちを愛していなかったのだろうか？彼らは私たちのことを気にかけていなかったのだろうか？

彼らは私たちを無視したのだろうか？

彼らの意図や行動、現実のバージョンを検証したり確認したりすることはできない。

彼らは私たちをないがしろにしているかもしれないし、していないかもしれない。

しかし、私たちは無視されていると感じたかもしれない。そしてそれは重要なことだ。それはすべて、私たちが最も必要としているときに無視されているという感覚から始まる。

それはすべて、私たちが成長するにつれての認識なのだ。孤独感とは、孤独であるという感覚であり、誰も私のことを理解してくれない、誰も私の痛みを見てくれない、私は一人ぼっちなのだという感覚である。

ロンリーとは孤独ではなく、誰も気にかけてくれないという感覚だ。大切な人が他人になるのは寂しいものだ。

誰にも知られず、誰にも相談できず、孤独なんだ。

私はただ、自分が誰かにとって大切な存在だと感じたいだけなんだ。

私はこれを「サイコ・アローン症候群」と呼んでいる。

それは、私たちの内なる自己の中に存在するサイクロンである。

外の環境に存在するサイクロンは、強い低気圧の中心の周りを回転する大規模な気塊であり、内向きに渦巻く風を持つ。

同様に、"サイコ・アローン"は、私たちの孤独の知覚を取り巻く環境の中に存在し、経験を集め、知覚を作り、生涯を通じて私たちを取り囲む。

孤独を感じるときに本当に起こることは、自分自身を捨てたということだ。私たちは自分自身の基本的なニーズを大切にすることをやめ、自分自身を大切にせず、自分自身の考えに耳を傾けず、肉体的、感情的、精神的な自分自身を大切にしない。これがサイコ・アローン症候群である。私」は「私」を捨てた。

サイコ・アローンという感覚は、実は目に見えず、微妙で、記憶に残らない子供時代の経験なのだ。

それは、私たちが成長する過程で、両親が私たちの感情的欲求に十分に応えてくれなかったと感じるときに経験する。私たちの両親は、おそらく彼らの認識ではベストを尽くしてきた。何が正しくて何が間違っているかということではなく、何が良くて何が悪いかということでもない。*それが私たちの認識であり、期待なのだ。*

ネグレクトの経験は虐待の経験とは異なる。虐待とは親の行為であり、ネグレクトとは親の不作為である。

彼らはおそらく、私たちの気持ちに気づき、適切に対応することができなかったのだろう。それは不作為の行為であり、目に

見えず、目立たず、記憶に残らない。ネグレクトは前景ではなく背景である。それは陰湿で、静かなダメージを与えながらも見過ごされてしまう。皮肉なことに、親たちでさえ不平を言う。しかし、何が間違っているのか理解できない。

それはおそらく、彼らが成長する過程で同じ思いを経験したからだろう。

このようなことは、ほとんどの家庭で、ほとんどの子供たちに、毎日起こっている。そのような家庭の多くは、他のあらゆる面で愛情深く、思いやりがある。*感情的にネグレクトする親の多くは、たいてい悪い人間でもなければ、愛情のない親でもない。*、多くの人たちが懸命に子どもたちを育てようとしている。親がそれに応えないということは、子供の頃に起こることではない。その代わり、子供の頃は*失敗*するものだ。ずっと後になって大人になると、何かがおかしいと感じるが、それが何なのかはわからない。私たちは幼少期に答えを求めるが 目に見えないものを見ることはできない。だから私たちは、何かが根本的に間違っている--*私のせいだ、私は違うのだ、私はダメなのだ*--と安易に決めつけ、結論付けてしまう。

サイコ・アローン症候群の感情

- 自分には何ができるのか、自分の長所と短所、何が好きなのか、何が欲しいのか、何が自分にとって重要なのか。

- 空虚感や無感覚を感じる。

- 私たちは、自分が何を感じているのかを伝えることが難しい。

- 私たちは自分の問題について話すことができない。

- 私たちは自分自身を責め始める。私たちは自分自身を恥じている。怒りが蓄積され、すべてに罪悪感を感じ始める。私たちは人生でネガティブな出来事が起こると、すぐに罪悪感や羞恥心に飛びつく。

- 　　　私たちはいつも、自分の人生に何か問題があると感じているが、それが何なのかを特定することはできない。
- 　　　私たちは自分自身をないがしろにしている。
- 　　　周囲に人がいても、孤独を感じる。
- 　　　友人や家族と一緒にいても、自分の居場所がないと感じる。
- 　　　仕事でも私生活でも、自分の潜在能力を発揮できないと感じる。
- 　　　他人に依存することを恐れる。
- 　　　私たちは衝突を避ける。

年齢が低いうちは、理解するのに十分成熟していないし、自分を表現する訓練も受けていない。だから、知らず知らずのうちに、無意識のうちに感情を押し殺してしまう。感情的に無視されていると感じている子どもは、大人になってから自分の感情を理解するのが難しい。これは空虚さを残し、断絶、満たされない、空虚といった感情につながる。

子供の頃の自分の捉え方が、大人になってからの自分の扱い方を決める。幼少期に養育者から感情的な肯定を受けると、一般的に自分の子供にもそれを与えることができる。自分自身がそれを十分に受けられなかった者は、親としてそれを提供しようと奮闘する。

なぜこんなことになったのか？

孤独を感じ、無視されていると感じたとき、幼い脳は自分の感情を遮断するために壁を作った。そうすれば、彼らを無視し、抑圧することができる。そうすれば、私たちの怒り、傷、悲しみ、必要性が両親や私たち自身に迷惑をかけることはない。大人になった今、私たちはその壁の向こう側で自分の気持ちと向き合って生きている。私たちはそれを感じることができる。私たちは心のどこかで、何かがおかしいと感じている。何かが欠けている。そのため、私たちは空虚で、他の人たちとは違っていて、どこか深い欠点があるように感じる。

子供の頃、精神的な支えとなるものを求めて両親のもとを訪れた私たちは、しばしば手ぶらで一人で帰ってきた。だから今、誰かに何かを求めることは難しいし、誰からのサポートや助けを期待することも恐れている。私たちは感情というものをほとんど意識せずに育ってきたため、自分自身や他の誰かに強い感情が生まれると、いつでも不快になる。私たちは、おそらくポジティブな感情さえも、完全に避けようと最善を尽くす。

欠点があり、空虚で、孤独で、自分の感情との接点がないと感じ、自分はどこにも属していないと感じる。私たちが何を望んでいるのか、何を感じているのか、何を必要としているのかを知ることは難しい。それが重要だとは信じがたい。*自分たちが重要だと感じるのは難しい。*

ホーム・アローン」症候群 - 見えない子供たち

親は自分の葛藤の網の中で忙殺され、子供が感じていることに気づけないことがある。それは、親が子どもの感情的な欲求に寄り添わない場合である。これには、子どもの気持ちに気づかず、それを認めず、愛情や励まし、サポートを示さないことが含まれる。そして子どもは、感情や失敗、成果を隠すことで状況に適応し、透明人間になる傾向がある。これが『ホーム・アローン』症候群だ。このような子どもは通常、良いことも悪いことも含めて親と何も共有せず、秘密主義で無口な傾向があり、親しい友人もいない。透明児は、人に囲まれていても孤独を感じる。

このような人々は、自分の子供時代を「良かった」と表現することが多く、悲しみや抑うつ、不安、その他の不定愁訴の原因となるような深刻な欠陥やトラウマを特定することができない。

対立回避は、目に見えない存在であり続けるための簡単な手段となる。議論や喧嘩をしたくないということであり、長い目で見れば人間関係にダメージを与えかねない。また、未解決の問題からくる怒り、フラストレーション、傷は蓄積され、瓶詰めとなり、後に大きな形で噴出する。私たちは衝突や口論を不快

に思うあまり、問題を議論する代わりに絨毯の下に隠してしまう。

「*私たちが他人に耳を傾けてほしいと思うのは、自分の話を聞いてもらい、理解してもらいたいからだ。*

他人が話を聞いてくれないとき、私たちは自分が孤独で、注目される価値がないと感じ、傷つく。

さらに悪いことに、孤独を感じる苦痛は、いじめられるよりもひどいという研究結果もある」。

仏教の精神的指導者であるティク・ナット・ハンは、"心の奥底から聞こえる叫びは、内なる傷ついた子供からのものである"と言った。

サイキアローン：嵐の「私

"私は"という言葉には力がある。
私たちは宇宙に向かって、自分が何者であるかを宣言しているのです」。
「私は最も賢い男だ、
私はひとつだけ知っていることがある。
- ソクラテス
"あなたの時間は限られているのだから、他人の人生を生きて無駄にしてはいけない。
ドグマに囚われるな――それは他人の思考の結果とともに生きることだ。"
- スティーブ・ジョブズ
「人生は自分探しじゃない。人生とは、自分自身を創造することだ」。
- ジョージ・バーナード・ショー

自分の意見を持ってはいけない。
発言したり、違う行動をとろうとすると罰せられた。
イライラや怒り、不安といった感情を表に出すのは良くないと言われた。
泣くのは弱い人間だけだから。
従わないと叱られたり、罰を受けたり、監禁されたりした。私は両親と彼らの幸せに責任がある。
ハグやキスをされる幸運はなかった。
成長...嵐とともに
子供の「成長」の過程は、親が計画したり夢見たりしたようなものではめったにない。私たちは決して過去に安住することは

ない。

私たちの育て方に満足している。だから、もう一度大人になりたいんだ！

この成長過程は、成長する子供の人生に嵐を巻き起こし、自分の理解レベルを超え、自分の力ではどうにもならないことを経験し、感じる。支配的な教育には、しばしば積極的な罰と報酬（「ニンジンと棒」のアプローチ）、拒絶、条件付きの「愛」、幼児化、不公平な基準などが含まれる。

幼児化

幼児化された人とは、年齢も精神能力も子どもではないが、子どもとして扱われてきた人のことである。この扱いは幼児化と呼ばれる。それは、*親が子供を実年齢より若く扱ったり、子供の能力に関して過剰な批判をしたりすることである*。子供が年齢相応の責任を果たせないかのように扱う。成長期の子どもは、実際の自分よりも能力、実力、自己充足感が低いと感じ始める。これは想像以上によくあることだ。心配しすぎの親や、子どもを信頼していない親に起こることだ。

その結果、親が良かれと思ってやったこととはいえ、子どもは依存的、受動的、やる気のない状態にとどまることになる。世話をされる」子どもは、実際には成熟のレベル より下にとどまっている。

ちゃんとやるんだ。壊すかもしれない。これを食べて、あれをするべきだ。あなたには対処できないだろう。私たちは、あなたにとって何がベストかを知っています。

成長期の子どもは、残念ながら他人を過度に頼ることを学ぶ。大人になるにつれて、依存的になり、操られやすくなる。

不支持

親が子どもを見る目や質問によって、不承不承が伝わることがある。親が、自分の意見や承認なしになされた決断に反対する傾向がある場合、親は子供に、あらゆる決断をまず親が下すようにしつけようとしているのだ。これによって、子どもは自分

で決断できないという思い込みが生まれ、強化される。

妨害

成人した子どもの私生活に干渉する権利があると考える親もいる。この干渉には、子どもの交際を妨害したり、誰と付き合うべきか、どのような職業選択をすべきかを指図したりすることさえ含まれる。こうした子どもたちにとって、親が友人関係や恋愛関係に口出しすることは、生活のあらゆる場面で葛藤を生む。

過剰な批判

傷つけるような発言は、子どもの自信を削ぐために使われ、多くの場合、子どもを助けるという名目で使われる。服装の選択、体重の増加、職業やパートナーの選択など、人生のあらゆる側面が親の厳しい目にさらされることになる。

処罰

いたずらをしたり、言うことを聞かなかったり、嘘をついたり、あるいは親を不快にさせるような真実を話したりすると、子どもは日常的に罰を受ける。スパンキング、平手打ち、監禁など、体罰は子どもの行動を正すのにうまく機能しない。子供に向かって叫んだり、辱めたりするのも同じだ。矯正や躾のための罰は、子供を育てるための過酷な方法である。子供は親が気に入らないことをするかもしれない、だから子供は"悪いこと"として罰せられる。

そうなると、子どもには罰を受ける以外の選択肢はない。子どもは次第に、悪いことをしたわけでもないのに、「自分は悪い人間に違いない」と思い込むようになる。無意識のうちに、そして静かに、子どもは内面化し、自分を責めることを学び、慢性的な罪悪感にさいなまれる。自分たちは"悪者"であり、罰を受けるに値すると信じているのだ。

報酬

報酬はエキサイティングなものだと考えられているが、長期的に見れば、報酬は賄賂として機能し、悪影響を及ぼす可能性が

ある。親は、子どもにやってほしいことにご褒美を与えることで、子どもの「やる気」を引き出しているように見えるかもしれない。しかし、そうではない。子どもはその仕事の重要性を理解していないが、ご褒美の見返りにその仕事を押しつけられるかもしれない。

親は、子どもが日課の課題をこなしたら、板チョコで「ご褒美」を与えるかもしれない。子供は人生において、報酬のないものは努力に値しないことを学ぶ。親は、仕事をさせるために即効性のある賄賂を与えるのではなく、子供が理解できるように仕事の関連性を説明しなければならない。

条件が適用されます

これは受動的な罰だ。子供は無視されることで罰せられる。子供が親の要求に応じ、それを満たし、満たしたとき、初めて親の愛情が満たされるのである。子どもの真のニーズ、感情、好みは無効化され、子どもは自分らしくないことを学ぶ。

非現実的な期待と不公平な基準

子どもたちが、非現実的で自分の能力をはるかに超えた期待に直面することはよくあることだ。病気の家族や弟妹の世話をすることもある。ここでは子供が親になり、子供時代の喜びさえ経験していない子供が、大人になってからの重荷に苦しむことになる。これは役割の逆転である。この子どもは他の子どもたちよりも大人びて見え、自給自足しているように見える。その結果、子どもは夢やニーズを犠牲にし、孤独と過剰な責任を感じ始める。

嵐の影響…インサイド

- 孤独を感じ、誰の世話にもならない。
- 自己価値や自尊心が低い。
- 喪失感、混乱、無目的、自信喪失。
- 本物の目標、興味、野心、意欲がない。
- 自分の存在を認めてくれる人が誰もいない空しさ

を感じる。
- 自己意識の深刻な欠如。
- 貧弱なセルフケア、自傷行為、自己消去、人好き、承認欲求。
- 内発的動機づけがない。
- 過去に傷ついたと感じたことをする意欲がなくなる。
- 受動性と依存性。
- モチベーションの必要性。
- 感情的な欲求を無視する。
- 嘘をつく、黙っている、作り笑い、苛立ち、怒り。
- 依存症と神経症。
- 心理的・身体的な病気。
- 健全な人間関係を維持するのが難しい。
- 身体的無視、摂食障害（拒食症、肥満）、不健康な食生活の維持、睡眠の問題、悪夢。

"私は大丈夫"

「ノーとは言えない

"自分はダメだ" "自分に非がある"

"私は失敗作です" "申し訳ありません"

"私は嘘つきだ"

上記の文章に共通しているのは、すべて一人称が「私」であることだ。

すべてがつながっていて、私自身に関係している。

これらは、私たちが自分自身について形成した*認識*である。すべては内なる気持ちなのだ。

嵐の『私』、つまり自分自身の中で渦を巻き続ける嵐が、私たち、私たちの核となる自己、世界や周囲の人々や出来事に対す

る見方、そしてそれに対する私たちの反応を定義しているのだ。

私が自分自身をどう見ているかということは、他人が私をどう思っているかということだ。すべては、私たちが現実だと思っている知覚の問題なのだ！

驚くことに、私たちは成長するにつれて、嵐の目のように内なる嵐に気づかなくなることがある。私たちはしばしば、大人になっても自分の生い立ちに問題があると認識できない。だから、嵐の"私"の起源を理解することは不可能なのだ！

TCA ヴェンカテサン博士の詩を引用する 。

彼女は一歩外に出て、じっと見つめた、

彼女の心は燃えている。

彼女の内なる目は中心にあり、誰からも怒りを隠し、外なる目は燃えている、

強風のような勢いで、すべてを吹き飛ばす。彼女には出口が必要だった、

彼女の感情が溢れ出し、彼女の言葉が真実を語り、彼女の思考が流れ出すように。自分の声を聞こうとしている、

彼女の言葉は邪魔になるだけだった。どうすれば彼女は、彼らを迷わせることなく、世界に知らせることができるのだろうか？

彼女には善意しかないことを理解してもらうために、

もし彼女の言葉が別のものであったとしても、それは彼女が伝えたかったことではない。彼女の言葉は彼女自身のものではない、

コントロールできない出来事によって、

彼らは他者によって形作られ、誰がその犠牲となったのか。彼女の深い感情だけだ、

その内なる思いは彼女のものだ、

彼らは別の何かに変わる。彼女は多くのものを手にした、

しかし、多くの犠牲を払ってきた、

*彼女は何を返したのだろう？誰が彼女を理解してくれるだろう、
誰が彼女のそばにいるのか、誰が嵐を乗り越えるのか、誰が彼
女とともに航海するのか。
誰が内に入り、誰が内を見るのか、誰が冷静さを見るのか、
外は嵐が吹き荒れている。顔は冷静、心は燃えている、
彼女は一歩外に出て、じっと見つめた、
彼女の平和を分かち合うために。*

サイコ・アローンアイ・アム・ファイン

"最も美しい笑顔には、最も深い秘密が隠されている。最もきれいな目が、最も多くの涙を流した。そして、最も優しい心が最も痛みを感じている」。

「笑顔は千の言葉を意味するが、千の涙を隠すこともできる。

「笑顔はごまかせるが、感情はごまかせない。

「いつの日か、誰かに私の作り笑顔を見透かして、私を引き寄せてこう言ってほしい。

「私は元気です」と微笑むことで、サイコ・アローン症候群の人を完璧にカバーすることができる。

お元気ですか？

ある考えが頭をよぎる。この質問をしている人は、本当に私がどうなのか知りたいと思っているのだろうか？私がどうであるかを知って、彼に何か違いがあるのだろうか？だから、私の心境や感情を表に出す意味はない。だから、私はただ微笑む。私のトラブルで彼の機嫌を損ねたくはない。だから、私は元気だとだけ言っておく。実は、この3つ以上の言葉が見つからないんだ。

私が元気だと言う意味を理解してほしい。自分の気持ちを言う勇気がないということだ。

私は批判されることを恐れている。私が弱いと思うかもしれない。あなたが本当に気にしているかどうかはわからない。

そう、あなたは私にやる気を起こさせようとするだろうし、私たち全員がそう感じているとコメントするだろう。

でも、こんなことはよくあることなんだ。私のことを……完全に理解する時間があるだろうか？ネガティブな考えや感情でいっぱいだ。それで、あなたは本当に知りた

いのだろうか？

「私は大丈夫」というのは、実は「私は本当に大丈夫ではない」という意味なのだ。

心の状態から抜け出すためには、誰かの助けが必要だということだ。助けが必要だということかもしれない。私たちの一部は大丈夫だと言い、一部は助けを求めて泣いている。これは単純に言葉にできない感情だ。これらの感情に共感する者だけが、"私は大丈夫"の背後にある痛みを本当に理解することができる。私たちの本能が、拒絶から身を守るように仕向けているのか、それともただ怖がっているだけなのか。

笑顔と微笑みは、私たちの感情を誰からも隠してしまう。笑顔は他者から本心をカモフラージュするだけでなく、自分自身から感情を隠すことができる。

本物の笑顔から偽物の笑顔へ

新生児は自分自身を表現し、感情を抑圧しない。笑ったり、泣いたり、笑ったり、泣いたりして、自分の気持ちを伝える。幸せであれば、彼らは微笑み、くすくす笑い、純粋な喜びの声を上げ、興奮し、やる気、好奇心、創造性を感じる。傷つけられれば、泣き、離脱し、怒り、助けを求め、保護を求め、裏切られた、悲しい、怖い、寂しい、無力だと感じる。彼らは仮面に隠れてはいない。少し大きくなると、言葉で自分を表現するようになる。子供たちはフィルターなしで話す。内なるものは外へと表現される。しかし、外に表現されたものが気づかれ、認められ、理解されないとしたら……。親に助けを求めに行ったが、何らかの理由で親はそこにいなかった。

何があったんだ？

今日、学校で何がありましたか？何が望みだ？

このような思いやりのある質問に直面しないと、子どもは個人の感情や欲求、ニーズは重要ではないと思い込むようになる。しばらくすると、子どもは期待するのをやめ、表現するのをやめる。どうせ誰も気にしていない！すべてを解決してくれる唯

一の表現は、"甘い"笑みを浮かべたアイ・アム・ファインだ。子どもたちは成長するにつれて、嘘をつくこと、不誠実であること、不誠実であること、不真面目であることが普通であることを、デフォルトで理解するようになる。

大丈夫です」というのが最も安全な答えで、それ以上の質問やコメントを引き出すことは通常ない。私たちのほとんどは、毎日「大丈夫」と言って歩いている。

私はただ礼儀正しくしているだけだ

お元気ですか」はデフォルトの質問であり、「元気です」は二人が出会ったときのデフォルトの返事である。それは礼儀の交換である。両者とも、言っていることに意味はないし、重みはない。

自分の本当の気持ちがわからない

多くの場合、私たちは自分の感情を理解したり表現したりすることが難しい。そこで私たちは、それ以上の質問や質問者に不快な思いをさせないために「大丈夫です」と言う。

誰も私の本当の気持ちを理解してくれない

私たちの多くは、自分の傷を他人に投影したくはない。うつ病や痛みはしばしば羞恥心を伴う。このことについて話すことは、私たちの弱さを示すことになり、不快感や脅威を感じることがある。

そのことは話したくない

感情について話すことは、傷口を広げるように感じるかもしれない。共感や理解を欠く相手と分かち合うことは、落胆を招き、恥の感情をさらに助長する。

成長が早すぎる

「成長が早すぎる」とか「年相応に成熟している」というのは、実は成長ではない。そして、それは間違いなく正しい成長の仕方ではない。

孤独を感じたとき、感情的に無視されていると感じたとき、指

導やサポートがほとんどないまま、大人になれと言われたとき、あるいは役割逆転に陥ったとき、私たちは自分のことだけでなく、親や兄弟、友人、その他の家族の面倒を見ることができる「小さな大人」に成長する。

成長した子供は微笑む。そして親は、子供が人生の中でより困難なことに対処できるほど成熟していると感じている。不当な責任や非現実的な基準を子供に負わせるのだ。子どもは、実際にやり方を教えられることなく、あるいは完璧であることを期待され、当然ながら不完全であれば、それに対して厳しい否定的な結果を受ける。

私は強くなければならない。強いと見せかけて、本当の弱さはその中に隠れている。これでは、私たちは本当の状態から切り離されてしまう。私たちは感情的に強く、「頼れる」人物に見せようとする 。私たちは、寄りかかる肩が必要だということに気づいていない。

何でも自分でやらなければならない。他人の面倒を見るのは自分の責任であり、誰も助けてはくれないと思い込んでいる。私たちは 助けを求めようとせず、自分の能力をはるかに超えたことをしようとする。私たちは仕事中毒に陥り、孤独を感じ、孤立し、不必要に不信感を抱き、"世界に対して自分は孤独だ"と感じる。

私たちが笑顔の裏に隠しているものは

- セルフケアが不十分、あるいは自傷行為もある。
- 仕事中毒。
- みんなの面倒を見ようとしている。
- 人を喜ばせる。
- 自尊心の問題。
- 常に自分の身体能力以上のことをしようとする。
- 自分自身に対して高くて非現実的な基準を持つこと。
- 虚偽の責任。

- 　　　慢性的なストレスと不安。
- 　　　人間関係における親密さの欠如。

私は大丈夫

そして、あなたは私に元気かと尋ねる。そして、あなたはこう聞きたいだろう

すべてがうまくいっている。そしてどんなに願ったことか。そうではないと言えたらどんなにいいか。しかし、私は古い格言を守っている。「私は大丈夫」。

友人から、私の気分を色で表現してほしいと頼まれた。

簡単なことならいいんだけどね。

色彩がどのように消えていったかを伝えるために。

みんな同じに見えた。

漆黒から鮮やかな赤まで、みんな同じだった。

あなたと話せたらと思う。長い間。

でも、なんとなくそうすべきではないような気がする。

結局のところ、私たちは皆、軌道に乗せるための人生を持っている。

歌を聴くのはボーッとするためだ。私は話す。そして私は気づいた。なんてひどいフリをしているんだろう。やってみるんだ。

私を説得し、考えるのを止めさせ、疑問を抱かせる。

でもね。

毎回、言葉にするのは簡単ではない。

死にゆく物語からメタファーを構築するのは容易ではない。

この心が考えることすべてを砂糖でコーティングするのは容易ではない。そして時には

あなたはそれに気づいている。それでもあなたは尋ねる。「大丈夫ですか？

それでも私は「大丈夫」と言うだろう。

サイコ・アローンノーと言えない

最も古く、最も短い言葉、つまり"イエス"と"ノー"は、最も思考を必要とする言葉である。
　「NO は完全な文章だ。それに続く説明は必要ない。
誰かの要求には、シンプルな「いいえ」で答えることができる。"本当の自由とは、理由をつけずに「ノー」と言うことだ""トーンはノーと言う最も難しい部分である"
　「この人生の悩みの半分は、イエスと言うのが早すぎ、ノーと言うのが遅すぎたことに起因している。

"NO-O-PHOBIA"

いいえ、小さな2文字です。

ノー」と思っていても、意外と「イエス」と口にしてしまうことが多い。最後に"ノー"と言ったのはいつだろう？

覚えていない！

職場でも、家でも、友人にも、隣人にも、社交的な誘いにも！

私たちの中には、「イエス」と言うのが習慣で、自動的な反応になっている人もいる。また、「イエス」と言うことが強要になる人もいる。

なぜ、自分自身を憎み、『臆病者』だと感じるほど、皆を喜ばせることが重要なのか？

ノーと言うことは、あなたが悪い人間だということではない。

ノーと言うことは、無礼であったり、利己的であったり、思いやりがなかったりすることではない。ノー--力強い言葉だ。

いや、そのおもちゃが欲しいんだ。

いや、そんな野菜は食べたくない。

子供の頃、NO と言うのはとても簡単だ。そして大人になると、いつの間にかノーと言う力を失ってしまう。やりたくもないことに

イエスと答えたり、エネルギーを消耗させる人たちと一緒に過ごしたり、やりたくもない好意を抱いたり……。

子供の頃、私たちはフィルターにかけられなかった。内側にあるものを言葉で表現した。しかし、大人になるにつれて、ノーと言うことは失礼だとか、不適切だということを学ばされた。ママやパパ、先生にノーと言うと、相手のエゴを傷つけることになり、失礼にあたるからだ。

はい」と言うのが礼儀だった。

大人になると、私たちは幼少期に育った環境にしがみつき、嫌われること、行儀が悪いこと、利己的であることを連想し続ける。ノーと言うと、罪悪感や恥ずかしさを感じ、拒絶され孤独を感じることになる。

"彼らの私に対する評価は、私自身に対する私の評価よりも重要だ"

他人の承認に頼って生きていたら、自由も幸せも感じられない。

なぜノーと言えないのか

私たちが最も恐れるのは拒絶反応だ。もし No と言ったら、誰かを失望させ、怒らせ、感情を傷つけ、不親切で無礼に見えるだろう。人から否定的に思われることは、究極の拒絶だ。他人からどう言われるか、どう思われるかは、私たちにとって重要なことだ。ノーと言えないことは、他者からの承認を求める必要性に直結している。だから、ノーと言うのは難しい。

ノーと言えないもうひとつの重要な理由は、人生に何を望んでいるのか見当がつかないことだ。自分たちのものが何なのか、まったくわからない。私たちを本当に『幸せ』にしてくれるもの。私たちに深い満足感を与えてくれるもの。魂の糧となるもの。だから、何にでもイエスと言うんだ。

- コンフリクトは避けたい。
- 無礼に思われたくない。
- その特別な機会を与えられたことを光栄に思う。

- 私がノーと言ったら、誰がやるんだ？
- 私ほど完璧にできる人はいないから、私がやるべき』。
- 評価されたい。

それは、自分らしくいるだけでは愛を得られないと感じた子供時代に根ざしている。私たちは他人を喜ばせることでそれを獲得しなければならなかった。

- 親の期待に応えれば報われ、拒否すれば罰せられる厳しい子育て。
- 曖昧な子育て、ある瞬間は"クール"で、次の瞬間には"失礼"になる。
- 両親の関係がうまくいっていなかったり、ストレスが溜まっていたりする場合、両親の負担を減らすには同意するのが一番だった。
- 不安定な子育てとは、親が自分の自尊心を高めるために子どもを利用することであり、子どもは親に良い思いをさせるよう圧力をかけられることである。

ほとんどの子どもは親の愛と関心を求めており、親の要求を拒否することはそれを得るための方法ではない。親の要求に従わないことは、特権を取り上げられることにつながり、それは10代まで続く。

大人になる頃には、ほとんどの人が「ノー」と言うことを考えるだけで不安になる。会社での昇進がなくなるのでは？クールな社交グループから外れてしまうのだろうか？答えは確かに"ノー"だ。

ノーと言えない……その代償は？

ノーと言わないことは、非常に高い代償を伴う。

- イエスと言うことは、自分の望みやニーズを知ることから遠ざける自己犠牲の一形態かもしれない。
- 常にイエスと言うことは、人間関係を強化するように

見えるかもしれない。しかし、長い目で見れば、私たちは操られていると感じ始め、その結果、尊敬を失い、絆を弱めることになる。

- 自分のことよりも他人のことに時間とエネルギーを割くようになると、すぐに消耗してしまう。
- 目標の達成や夢見た人生の実現から遠ざかると、フラストレーションが生じる。
- 他人のために時間を費やせば費やすほど、自分のための時間は減り、やりたいことをやり遂げる時間も減る。これは優先順位のアンバランスにつながる。
- 自己主張のないコミュニケーションは、自分自身を悪く感じ、自尊心の低下につながる。
- 最終的には、自分が何を望んでいるのかさえわからなくなる可能性がある。他人が望むことをすることで、私たちは無感覚になる。好きなことも嫌いなことも忘れ、本当の自分を忘れてしまう。

アサーティブであること

受け身になりすぎるとどうなるか？

- 私たちは望んでいないのに『イエス』と言う。
- 他人の世話に忙殺され、自分の世話はしない。
- 私たちは、与えることで、感情的に消耗し、受け取ることがで きない。
- 私たちは評価されていない。
- 人々は私たちの親切を利用する。
- 私たちが引き起こしたのではないことについて謝罪する。
- 私たちは罪悪感を感じる。
- 私たちは好きでもない人たちと時間を過ごす。
- 私たちは衝突を避ける。

- 　　　私たちは価値観を妥協する。

人を助けることはいいことだ。しかし、自己主張が弱いばかりに、自らを傷つけるようなことをしてしまう人もいる。感情的、精神的な補給が必要なのだ。セルフケアや充実した人間関係を通じて自分のタンクを満タンにすることなく、人に与えたり奪われたりすると、私たちは疲れ果て、憤慨することになる。

自己主張の邪魔をするものは何か？

自己主張が強くなるのを邪魔しているのは、どんな恐れだろう？自己主張を強めれば、どのような不愉快な結末が待っているのだろうか？

人の気持ちを傷つけることを恐れ、拒絶されることを恐れ、人が自分の人生から出て行くことを恐れ、衝突を恐れ、気難しいと思われることを恐れ、頼んでも自分のニーズが満たされないことを恐れる。

アサーティブなコミュニケーションの障壁は、自己主張と攻撃性の混同である。アサーティブネスとは、怒鳴ったり言い争ったりすることではない。アサーティブなコミュニケーションは、尊敬の念を込めたコミュニケーションに基礎を置いている。失礼にならないように、自分の考え、感情、ニーズを明確に、直接、敬意を持って伝えることである。

私たちは、自分たちが何を望み、何を望んでいないのか、人に分かってもらおうとする間違いを犯す。彼らがそれを知っていると期待する　するのはフェアではない。と言わざるを得ない。自己主張は技術だ。練習すればするほど、簡単になる。

アサーティブなコミュニケーションは尊敬を促進する。彼らは、自分自身のために立ち上がり、自分が欲しいものや必要なものを求めると同時に、他者を尊重する人を尊敬する。自己主張は自尊心も高める。自分の感情やニーズを無視するのではなく、大切にするようになる。そうすることで、私たちのニーズが満たされる可能性が高まる。それは人間関係の温かさを向上させる。

断り方

私たちは、執着するほど他人や他人の問題に焦点を当てる傾向がある。コントロールできないことに集中するのではなく、コントロールできることに集中し、できないことを受け入れることを学ぶ必要がある。

何かできることに集中することで、より効果的に、より多くのことを成し遂げ、仕事や私生活に満足感を得ることができる。

- 自己主張が強く、率直で、明確であること。いや、できない、したくない」と言う。
- 礼儀正しく - "ありがとうございます。
- やりたくないなら、「考えておきます」と言うのは避けよう。これは状況を長引かせ、さらなるストレスにつながるだけだ。
- 嘘は厳禁だ。嘘をつくことは罪悪感につながり、関係を悪化させる。
- 謝ったり、言い訳や理由をつけたりしてはならない。
- 断る練習をする。
- 後で恨まれるよりは、今断った方がいい。

私たちの自己価値は、どれだけ他人に尽くしたかで決まるものではない。

「自分が何を受け入れ、何を受け入れないかを決めることで、人々に自分への接し方を教えるのだ」。

「時には "ノー " という言葉が、相手にとって最も名誉で尊敬に値する言葉であることもある。

「私は NO と言うことを学んだ。今はもう囚われたり、憤慨したり、罪悪感を感じたりすることはない。その代わり、力が湧いてきて、自由になった気がする」。

"他人や自分が望まないものにノーと言うとき、より良いもの、つまり自分自身にイエスと言っていることを忘れないで"

サイコ・アローン私は十分ではない

「あなたは何年も自分を批判してきた。
自分を認めてみて、どうなるか見てみよう」。
- ルイーズ・ヘイ
"誰もあなたの同意なしに劣等感を抱かせることはできない"
- エレノア・ルーズベルト

「失恋、テストの不合格、望んでいたものや当然のものが拒絶された後、私たちは自分自身に叫ぶ。どんな人間でも、他の人間にとって"良すぎる"ということはない。私たちは日常生活の中で、人生に全力を尽くし、懸命に働き、努力してもなお、「自分はまだまだだ」と感じる経験をする。私たちは常に、まだまだもっとでなければならない、もっとやらなければならない、もっとうまくならなければならない、もっとうまくやらなければならない、と自分を責めている。私たちは否定的な思考を現実的に理解し、力を与える思考に変えることはしない。私たちはネガティブな思考を拡大解釈し、最悪のシナリオに目を向ける。私たちは、人生が崩壊していくように感じるほど、それを引き伸ばす。

自分の考えに引きずられるのはとても簡単だ。子供として親に十分でなかった。子供たちの親として十分ではない。人間関係において十分ではない。自分たちのやることでは十分ではない。私たちの仕事には十分ではない。何をやってもダメだ。

世界で最も魅力的である必要も、最も賢い人間である必要も、最も適者である必要も、最も創造的な人間である必要もない。このような感情を抱いているのは私たちだけではない。私たちは皆、自分の価値を何度も疑っている。そのような考えが、現代社会のプレッシャーやストレスと相まって、私たちの自信や自尊心をズタズタにしてしまう。

自分は十分ではないと感じる......基準に達していない......
。

他の人の方が僕よりずっと優れていると感じるんだ......。

"私は十分ではない"という創世記

それは私たちの心の奥深くに根付いていて、その気持ちを振り払うことはできない。他の自己制限的信念体系と同様、これも成長期に根ざしている。

乳幼児は非常に感受性が強く、周囲の環境を簡単に吸収してしまう。唯一重要な感情は、周囲の人々から愛と愛情を得ることである。それ以外の感情は、彼らにとってはまだ異質なものなのだ。彼らはただ、愛され、世話され、愛撫されたいだけなのだ。彼らは、両親の間で起こる口論や子供を取り巻く環境に対する理解も、成熟も、認知的認識もない。機能不全家族では、子どもは大人がなぜそのような行動をとるのか理解できない。

無意識のうちに、成長期の子どもは「私は親に愛されていない。もっと成績が良ければ、こんなことにはならなかったのに』。成績がもっと良ければ、両親は誇らしい気持ちになり、喧嘩もしなかっただろう』。私が従えば、両親のストレスは減るだろう』。もし私が母を助けていたら、母はとても喜ぶだろう』。

子供たちは、知らず知らずのうちに、環境の中の問題を合理化し、自分自身に集中させる。自分さえ良ければ、自分の世界はもっと良くなるはずだ」と。自分が何をしても、親の問題を解決することはできないと内面化してしまうのだ。まだ子供だし、自分たちの問題ではない。だから、彼らは挑戦し続ける。*悲しいことに、機能不全家族の親は子どもを責めたり、親が今感じている悪い感情を子どもに投影したりする。*子供の存在が不幸の元凶だと呪うことさえある。*子供は結局、家族の感情的な荷物を背負うことになる。*

私たちは、私たちが親にされたのと同じように、子供たちを育てている。自分は十分ではない』という内面化された感情が強くなる。親として成長した子どもは、「私は親として不十分だ

」と言う。否定的なメッセージは、単純な肯定や、自分は大丈夫だと自分を納得させることでは『取り消す』ことはできない。私たちは、大人になった子どもの中に埋め込まれた深いトラウマを明らかにし、それを解放する必要がある。

アテロフォビア

アテロ恐怖症とは、何かがうまくできないことへの恐怖、あるいは十分でないことへの恐怖である。

簡単に言えば、不完全さへの恐れである。アテロフォビアという言葉は2つのギリシャ語からなる：アテロは不完全、フォビアは恐怖を意味する。アテローム恐怖症の人は通常、期待と現実が一致しないときにうつ病や不安症を発症する。

- アテローム恐怖症の人は、自分のしていることが何であれ、大丈夫なのか、受け入れられないのではないか、完全に間違っているのではないかと心配する。ルーティンワーク、勉強、電話をかける、メールを作成する、人前で話すなど、日常的なタスクは試練となりうる。彼らは、自分が何かの間違いを犯し、自分の仕事をやり遂げられないのではないかと恐れているのだ。これは、極度の自意識過剰と、常に批判され評価されているという感情の温床となる。

- アテローム恐怖症の人は、無意識のうちに完璧を目標にする。この目標はほとんどの場合つかみどころがなく、達成されることはめったにない。これでは、その人は惨めで、役に立たず、人生において無能なままだ。彼は次第に自信と自尊心を失い、自分は何をやってもうまくいかないという信念を強めていく。

- そのような感情を持つ人は、他の人と同じように知的で才能があっても、自分は十分ではないという感情によって、その可能性が覆い隠されてしまう。彼らは誰とも競わず、挑戦も受け入れない。

- 受験勉強が一段落しても、復習に復習を重ね、挫折してしまう。彼らは自分が"完璧"ではないと信じ、決して満足しない。不完全さを恐れるあまり、生産的なことができな

くなり、自分だけでなく周囲の人たちを失望させたり、失望させたりすることを恐れるからだ。

- アテローム恐怖症の人の中には、自分が完璧だと思う程度に、自分が行うすべての仕事を確実にこなさなければならないと感じるほど、不完全さを恐れる人もいる。これは次のような形で現れる。

完璧主義と強迫性障害の傾向がある。これらの人々は、心配、恐れ、不安で混雑している。

原因とパターン

私たちはもともと非合理的な存在であり、私たちを形作るすべての経験の結果なのだ。このような不合理な行動や思考に取り組むためには、その根本原因を考えることが重要である。

子供時代の経験

幼少期に経験したことが、私たち自身や私たちを取り巻く世界についての考え方を形成する。もしかしたら、自分たちは十分ではないと言われたり、悟らされたりしたのかもしれない。子供が必要とし、期待するケア、愛情、承認は、時として欠落する。いつも親が与えないからというわけではなく、ほとんどが同じことの定義が違うからだ。ただ、両親が自分たちの未解決の問題のために、愛することが苦手だっただけかもしれない。兄弟の存在や愛情の分断は、その気持ちを悪化させるかもしれない。生まれてから7年間は、子どもは無条件の愛と、主たる養育者を信頼できることを絶対に必要とする。そうならないと、自分も他人も信じられず、自信も持てない「不安執着」に陥ってしまう。

拒絶への恐れ

拒絶され、ありのままの自分を評価されないことを恐れて、私たちは周囲に壁を作ってしまう。それゆえ、誰かにとって十分でないことが言い訳になる。私たちは自分の内面に人を入れることを恐れている。

過去の不快な経験

自分は十分でないという感情は、特に以前の恋愛における経験の結果である可能性がある。多くの場合、私たちの気遣い、愛情、愛情が返ってこないのは、おそらく一方的な期待だったのだろう。これは、自信や信頼の欠如が原因であることもあるが、パートナーがそうでないことが原因であることもある。

私たちを安心させるために、その役割を果たしているのだ。時には、パートナーは私たちの関係に必要な精神的なサポートや安心感を与えてくれないかもしれない。彼らから多くを期待するのではなく、問題の原因は自分の中にあると結論づけるのだ。これは現在と未来における私たちの他の関係にも一般化される。すべては、私が十分でないからだ。

感情の一般化

人生のある領域で傷ついたり、不十分だと感じたりすると、他の領域や人間関係にも及んでしまう。経済的な損失を経験し、自分はビジネスには向いていないと感じ始めるかもしれない。次第に、どのような事業に挑戦するにも十分でないことが一般化されていく。金融におけるうつ病は、私たちに感情的な影響を与え、乱れた感情は人間関係を混乱させる。たった一度の嫌な経験のために。

中核となる信念体系

自己価値の低さは、私たちの潜在意識の奥深くにある核となる信念、つまり私たちの内面や外面に関する認識と関係しており、私たちはそれを事実だと勘違いしている。このような核となる信念は、私たちが小さく、成長するときに形成されたものであり、私たちの小さな年齢ではほとんど意識も視野もなかった。意外なことに、私たちはそれを中心に人生の決断を下している。

ネガティブな環境

時には、十分だと感じられないのは、いつも一緒にいる仲間が引き金になり、増幅されることもある。私たちの有害な友人関

係や人間関係は、自分は十分ではないという気持ちを強める。
何ができるか
比較をやめる
私たちは自分の内側にあるものと、他人の外側にあるものを比較する。*私たちの悪いところは、他の人たちの良いところと比較すると、常に私たちを十分だと感じさせない*。だから、他人がやっていること、成し遂げていることは無視する。私たちの人生とは、自らの限界を打ち破り、最高の人生を生きることなのだ。従順にならず、親切にする。対立を避け、関係を認めてもらうためだけに物事に同意してはならない。

失敗も人生には必要
失敗は人生の重要な一部だ。均衡をもたらす。失敗を通してこそ、私たちは人生から学べる最大の教訓を得ることができる。失敗は偉大さを生む。失敗を経験することで、成功に感謝することができる。

私と私
どうして私はダメなんだろう』といつも思っているなら、それを決めるのは自分自身だということを忘れないでほしい。自分がどれだけ優れているか、何が得意か、どうなりたいかを決めるのは自分自身だ。もし誰かが、私たち自身の好きなところを嫌ったとしても、私たちは変わる必要はない。人生の遠隔操作を他人に委ねる必要はない。他者から自分が何者であるかを証明される必要はない。私以上に私を理解してくれる人はいない。では、なぜ私たちは自分の中にあるものを称えるのではなく、周りにあるものを自分の価値としているのだろうか？世間が言う「こうあるべき」「こうしたい」「こうするべきだ」ということに耳を傾けるのではなく、自分自身が何者であるかにもっと耳を傾け始めるのだ。*私は私であり、私の宇宙の中心は私である*。私たちは何をしても愛されるわけではない。私たちはありのままの自分で愛されている。他者からの評価や承認を求めるのをやめる。

汝自身を愛せよ

"好きなものを全部挙げろと言ったら、自分の名前を挙げるのにどれくらいかかる?"

「自分自身を愛し、評価することができないなら、他人が私を愛し、評価してくれることなど期待できるわけがない」。

欠点に目を向けるのをやめて、ポジティブな点に目を向ける。私たち一人ひとりが持っている独自性を持っている人間は、今の地球上にはいない。そしてこれからもないだろう。だから、ありのままの自分を愛するべきで、それは認めて受け入れることから始まる。

"絶対的なベストを尽くしても、間違った相手には通用しない"

"自分を愛する方法を憎むことはできない"

"自分は価値がなく、愛されていないと自分に言い聞かせても、それ以上の価値や愛情を感じることはできない"

希望に満ち溢れ、打ち砕かれ、壊れ、いつも理由もなく怒り、この喧嘩を終わらせたいと思い続ける。何度も何度も自分自身と戦いながら、時にはこの人生を終わらせたいと思う。

母は落ち込んでいるが隠れることを選び、そばにいる人に怒りをぶつける。

彼女は私を敬遠し、代わりに嫌っている。おばあちゃんは止められない運命に耐えている。病気が彼女を皿に乗せた。

あんなに罪のない人が、またガンの犠牲者になってしまうのは悲しいことだ。

あまりにも多くの友人が傷ついている。

自殺しか選択肢がないと思っている。しかし、私の心の中は最悪だ。

いつまで背伸びできるかわからない。幸せの記憶は追い払われ、恐ろしいねじれた思考が残る。

私が何をやっても、彼女は誇りに思ってくれない。彼女の雲に明るい兆しはない

私は暗い黒い空に満ちた雨嵐で、嘘でいっぱいの呪わしい雨降りだ。

私はただ、私が懸命に努力している姿を彼女に見せたいだけなんだ。

彼女が信頼し、愛することができる人。それどころか、彼女は私に"十分じゃない"と言うんだ。私のすることはすべて間違った決断だ。

彼女はいつも、私が本当に望む道を生きていないと言う。

できることなら、自分自身をここから消してしまいたい。

私も痩せたい

そしていつもハッピーで、楽しくて、かわいい。その代わり、鏡に映った自分を見て、がっかりする。

今の自分を愛せず、すべてを変えたいと願っているとき、生きるのは難しい。

毎日、心の中でメモしている。

もし行くことを決めたら、どれだけのことを逃すことになるだろうか？

そして、どれだけ傷つくと、私は端に傾くのだろう。

いつまで持つか

私の人生が過去のものになる前に？出典：www.familyfriendpoems.com

サイコ・アローン私にも責任がある

"私はこれまで犯したすべての過ちだ。私はこれまで傷つけてきたすべての人間だ。私は今まで言ったすべての言葉だ。私は欠点でできている。

「欠点を見つけるのは簡単だ。

「手放すんだ。憎しみや愛情、そして恨みは持ち続けることができるが、非難は捨てなければならない。非難はあなたを引き裂くものだ」。

「責任を取るということは、自分を責めないということだ。自分の力や喜びを奪うものは、すべて自分を犠牲者にする。自分を犠牲者にするな！"

「自分を責め続けることはできない。一度だけ自分を責めて、次に進めばいい」。

責任、罪悪感、恥を感じることで、他人を傷つけないようにし、自分の過ちから学ぶことができる。お互いにもっと共感できるようになる。それが人間らしさを保つ。

被害者意識に陥っていることの最も一般的な特徴のひとつは、自分自身を責めることだ。問題なのは、やってもいないこと、責任を感じるべきでないこと、恥じるべきでないことで自分を責めるときだ。自分を責めることは、無力感や無力感に対する防衛策になる。

「自分に非がある」－恥とは、何か悪いことをしたと感じたときの罪悪感、後悔、悲しみの感情である。罪悪感、後悔、恥ずかしさ、不名誉といった感情である。自分はダメな人間だ、価値がない人間だという思いだ。罪悪感は私たちの心の奥深くに沈んでいて、それが自分自身をどう考えるかを決め、自分は悪い人間だと感じてしまう。それは、悪い、価値がない、劣っている、根本的に欠陥があると感じる感情的な状態である。

それは、養育者が日常的に私たちを辱めたり、受動的あるいは能動的に罰したりしていたからだ。トラウマは幼少期に経験し思春期。このトラウマは何度も何度も繰り返され、癒されることはなかった。私たちは、恥ずべきことなど何もない、あるいはほとんどないにもかかわらず、日常的に恥ずかしいと感じるように仕向けられた。そのため、私たちは傷つけられたり、真実でない言葉や行動を内面化し、それが自分という人間に対する理解になった。

私に非がある」の起源

機能不全家族では、子どもたちが何らかのトラウマ（精神的、ネグレクト、身体的、性的虐待）を経験すると、その感情が抑圧される傾向がある。傷ついたり、悲しんだり、怒ったり、拒絶されたり……。しかも、こうした感情が理解され、解決されることはない。

私たちは、怒りを示すことは悪いことであり、自分を傷つけた人々、つまり家族に対して怒りを感じることは罪であると教えられている。*子どもは、トラウマを与えた同じ人間に依存しなければならない。*子どもは、なぜこのようなことが起こっているのかわからない。小さな子供にとって、世界は彼らが成長する家であり、重要なのは彼らの周りにいる人間だけなのだ。子供の精神はまだ発達途中なので、彼らにとっては自分が世界の中心なのだ。だから、何か問題があると、彼らの繊細な心は、それがすべて自分に関係している、自分のせいだと考えがちなのだ。

この「自分が悪い」という感覚は、親から聞かされることで、子どもにも確認される。このような抑圧され、解決されず、正体不明の問題は、大人になってからも持ち越される。

自己批判

過剰に批判され、不当に責められ、非現実的な基準を突きつけられると、私たちはこれらの判断を内面化し、ある時点で自分自身を責め、批判する。私は無価値だ』。私は十分でない』。

非現実的で達成不可能な基準を持つなど、完璧主義のさまざまな形で出てくることが多い。

白黒思考
白黒思考とは、私たちが強い極端さで考えることだ。横並び思考はありえない。自己との関係において、慢性的に自己を責めている人は、「私はいつも 失敗する」と考えるかもしれない。私は何一つ 正しくできない』。私はいつも間違って いる他人はいつも よく知っている』。何かが完璧でなければ、すべてが 悪いこととして認識される。

慢性的な自信喪失
私のやり方は正しいのか？私は十分にやっているだろうか？私にできるだろうか？何度も失敗した。私は本当に成功できるのか？

セルフケア不足と自傷行為
自分を責める人は、時には自傷行為に及ぶこともあるほど、自分を大切にしていないと見られている。このような人々は、自分の面倒を見る訓練を受けたことがない。そのような人は自分を責める傾向があるため、無意識の中で自傷行為は、子供の頃に罰を受けたように、『悪いことをした』ことに対する適切な罰のように思える。

不満足な人間関係
自責の念は人間関係において大きな役割を果たすことがある。仕事では、責任を負いすぎて搾取されがちかもしれない。恋愛関係や個人的な関係において、虐待を正常な行動として受け入れたり、対立を建設的に解決できなかったり、健全な人間関係がどのようなものかを非現実的に理解していたりする。

慢性的な羞恥心、罪悪感、不安
最も一般的な感情や精神状態は、羞恥心、罪悪感、不安であるが、孤独感、混乱、意欲の欠如、無目的、麻痺、圧倒、あるいは常に警戒している状態であることもある。このような感情や気分は、考えすぎや破局といった現象とも密接に関係しており

、私たちは外部の現実に意識的に存在するよりも、頭の中で生きている。

自責の念に対処できず、解決されないまま、その思いはその後の人生にも続き、感情的、行動的、個人的、社会的なさまざまな問題として現れる。自尊心の低さ、慢性的な自己批判、不合理な思考、慢性的な自信喪失、自己愛やセルフケアの欠如、不健全な人間関係、有害な羞恥心や罪悪感、不安といった感情などである。

これらの問題とその原因を正しく認識することで、その克服に向けて取り組むことができる。

恥と罪悪感

恥の感情は、しばしば罪悪感を伴う。私たちは恥じるだけでなく、自分に責任のないことに対しても罪悪感を抱く。他人が不幸になると、私たちは恥や罪悪感を感じる。

誤った行動

このような感情は、行動する、他人を傷つける、他人に責任を感じる、自己妨害する、有害な人間関係を持つ、セルフケアが不十分、他人の知覚に過敏になる、操られやすい、搾取されやすいなど、不健全な行動に転化する。

- その結果、私たちは自尊心の低さや自己嫌悪に悩まされ、セルフケアの欠如、自傷行為、共感性の欠如、社会的スキルの不十分さなどが現れる。
- 慢性的な*空虚感*と*孤独*感がある。
- 自責の念は完璧主義に傾くかもしれない。
- 自分を責めることは、不健全な人間関係を築くこと、維持することにつながる。
- 私たちは簡単に利用され、感情的に操作されやすい。

自責の念や羞恥心、罪悪感を抱く習慣は、幼少期の経験が内面化したものであることが多い。このようなことは何度もある。

そのような家庭では、子供は家の中の問題のスケープゴートにされる。そうすることで、親は、家族には何の問題もなく健康で、ただあの問題児が悪いのだ、物事を台無しにして人生を難しくしているのだ、と考えるようになる。子どもは、何度も何度も「すべてはいつも君のせいだ」と言われると、実際にどんな状況でもそれが真実だと信じてしまう。常に批判にさらされることの内面化である。

自分を責めるとき、私たちは現実から切り離され、精神的に構築されたストーリーに囚われてしまう。物事が計画通りに進まないとき、私たちは何かが間違っている、あるいは何かが欠けていると思い始める。自分は頭が悪い、自分は価値がない、自分は愛されていない」といった信念は、私たちの精神に深く刻み込まれている。

私たちの人生がそうあるのは、私たちが繰り返し自分自身に自分が何者であるかを言い聞かせているからだ。なぜ私たちは内なる嵐や自分に非があるという感覚を持ち続けるのか？改善のために自分たちを責めることはできないと理解すべきだ。*自責の念は、感情的虐待の最も有害な形態のひとつである。*それは、私たちが認識する不十分さを拡大し、倍増させ、私たちが前進し始める前に無力にしてしまう。そして最も重要なことは、私たちがより良い存在へと進化するのを妨げることだ。

全宇宙の誰よりもあなた自身が、あなたの愛と愛情に値するのだ。

― 仏陀

自分に非があることは分かっている
やり過ぎたことは分かっている。
君を信用しなかったのは僕のミスだ。
申し訳ないとしか言いようがない
私を見て、理解してほしい。
すべて私のせいだと感じている...。

私の手を握ってくれる人であってほしい……迷い、恥ずかしく感じることがある

この感情は私自身のせいであり、私だけが責められるべきだ。自分の感情に囚われているんだ。

心臓が止まり、人生が動かない。もう食べられないし、夜も眠れない。

頭の中は真っ白で、自分の欠点ばかりが目につく。いったい誰が私を欲しがるというのか？

僕は十分じゃないし、限りなく間抜けだ。泣き寝入りするしかない。

私はとても傷つき、感情が弱っている。

私は自分を亡霊のように、死んだ反射のように扱い、守るものがないから泣く。

昔の自分に戻るのが怖いんだ。

サイコ・アローン私は失敗作

「成功は最終的なものではなく、失敗は致命的なものではない。大切なのは続ける勇気だ」。

― ウィンストン・チャーチル

失敗を感じるかどうかは、実際に自分に何が起こっているかよりも、むしろ自分の内側で何が起こっているかに左右される。

たまには失敗したと思うこともある。また、毎日が失敗の連続だと感じている人もいる。

私は大失敗だ。

私は何もまともにできない。

友達はいない。仕事はない。スキルはない。私は人生の失敗者だ。誰からも愛されていない。私は失敗作だ。

挫折感は、必ずしも人生の重大な出来事によって引き起こされるとは限らない。きっかけは、些細なことで叱られたり、請求書の支払いを忘れたり、約束の時間に遅れたりといった単純なことであることもある。しかし、失敗によって私たちが経験する傷の大きさは、失敗した出来事そのものよりもはるかに大きい。他人が私たちの可能性を見ているにもかかわらず、私たちは失敗したように感じる。

人間関係、キャリア、私生活、期待に応えることなど、誰もが人生のどこかの段階で失敗する。ある時点で、それは慢性的な挫折感となる。この気持ちがあまりに大きくなると、私たちはポジティブなものから目をそらしてしまう。失敗は私たちのアイデンティティと同義語になる。昨日も今日も失敗したと感じることは、将来の失敗を予測することにつながる。

何が言いたいんだ？私はいつも物事を台無しにしてしまう。

この仕事に応募する理由は？私は絶対に選ばれない。

好きな子にはプロポーズしない。私は拒絶されるだろう。

私は失敗作だし、これからもそうだろう。なぜわざわざ何かを成功させようとするのか？

ビーイング対ドゥーイング

失敗の感覚に伴う重さは、失敗の現実そのものに起因するのではなく、その失敗に対する個人的な認識、そしてそれが私たちにとって何を意味するのかに起因する。

失敗したと思うことと、実際に何かに失敗することは違う。

このことを理解しよう。

自分の仕事をやり遂げられなかったので、失敗したような気分だ。仕事をやり遂げることができなかった。

*失敗したと感じるのは、自分という人間に対する解釈から来る*ものだ。実際、失敗は失敗でしかない。それ以外の意味はない。仕事をやり遂げないことは、私の人格やアイデンティティとは何の関係もない。失敗したと感じるのは、認識の問題だ。それは「在ること vs. やること」である。

日常生活では、スケジュールや期限を守れなかったり、携帯電話をどこに置いたか思い出せなかったり、料理を台無しにしてしまったりする。それは避けられないことであり、まったく問題ない。しかし、一般化し、実際に失敗したと感じ始めた瞬間、それは本当に失敗した時なのだ。これは、私たちが自分自身を否定的に考え始めるときだ。徐々に、失敗の感覚は潜在意識に埋め込まれ、信念体系の一部となる。挫折感はフラストレーションにつながり、やがてさらなる挫折感を生む。これが絶望感、無価値感、役立たず感を生む。恥ずかしく、嫌な気分になる。私たちは自分の存在意義を疑い始める。

挫折感の起源

成功するまでトライ、トライ、トライ。

私たちは皆、この格言とともに育ってきた。一方では、あきらめないというモチベーションを与えてくれる。しかしその一方で、成功は必ず成し遂げられるものだと私たちに思わせている。それゆえ、成功することは子供の頃から刷り込まれている。

しかし、失敗の連続がポジティブであり、イノベーションを前進させるという科学的根拠はあるのだろうか？

子供の頃のルーツ

失敗したと感じるのは幼少期に根ざしている。私たちは、人に見られ、価値があり、愛されるためには、ある高みに到達しなければならないと教えられている。親が子供を無条件に愛していても、現実的にはそうではない。多くの親は、子供が間違いを犯すと注意や愛情を引き、失敗すると、たとえそれが小さな間違いであっても、叱ったり怒ったりする。

私たちは幼い頃から、親や社会全体から、ある特定の事柄を体系的に、そして多くの場合、知らず知らずのうちに教えられてきた。*外の世界は熾烈な競争に満ちているので、成功する必要がある*。実際、成功しないことは必ずしも失敗ではない。しかし私たちは、成功すれば生き残ることができ、そうでなければ失敗者であるという、この非論理的な人生哲学で育ってきた。このような自己限定的な信念は、慢性的に失敗したと感じる主な原因である。

また、先生や仲間から失敗作と思われるような扱いを受けた場合、私たちは子供の頃からの失敗の感情を持ち越す。困難な状況にある子どもたちに対して懲罰的な態度をとる教師は、子どもたちの脳や感情の形成に強力な、痛みを伴う、トラウマ的な影響を与える可能性がある。子供の頃、馬鹿にされたり、粗末に扱われたり、他の生徒と比べられたり、授業中に恥をかかされたりした場合、その挫折感を大人になっても持ち続けることになる。外見やファッションセンスで笑われたり、自分の持っている意見で笑われたり、成績で比較されたり罵られたり、話し方を馬鹿にされたり、ためらったり、どもりながら話したりすると、そうした経験が内面化されてしまう。自分自身や自分の置かれた状況に対する否定的な描写は、大人になるにつれて増幅されていく。

子供たちは間違いを犯すことを許されなければならない。「過剰な子育て」には弊害がある。「オーバー・ペアレンティング

」とは、子どもの現在および将来の個人的・学業的成功を向上させようとする親の誤った試みである。子供の自信を失わせかねない。責任感、整理整頓、マナー、自制心、先見性など、人生における重要なスキルを学ぶために、生徒たちは挫折を味わう必要がある。子供たちに苦労させることは難しい贈り物だが、必要不可欠なものだ。

「子供たちに道を用意するのが私たちの仕事であって、子供たちに道を用意するのが私たちの仕事ではない」。

自己認識

自分自身との会話は、私たちを失敗のように感じさせることがある。挫折にどう対処するか、挫折や痛みにどう取り組むか、そして前進し、より良い選択をするためにどれだけ成功するかを決定する上で、自分自身への語りかけ方と人生の組み立て方は、どちらも非常に重要である。私たちが自分自身に語りかける方法は、私たちのアイデンティティを作り出す方法なのだ。それゆえ、*私たちは失敗したと感じるのだ*。

比較と競争

他人と比べてばかりいると、嫉妬やエゴに苦しむことになる。

周囲を見渡して、成功した映画スターやスポーツスターを目にしたとき、そのスターは大金を手にし、賞賛を浴び、数え切れないほどのファンを持っている。私たちは、周りの人たちが恋愛で成功し、結婚し、子供を持ち、幸せな家庭を築いているのを見ている。自分に欠けているものに注意を向けると、私たちはいつも失敗したと感じることになる。人間関係を維持するのは簡単ではない。比較は決して自己価値を測る効果的な方法ではない。生きている人間、そして生きてきた人間は一人ひとり違う。私たちはいつも、*芝生はいつも反対側のほうが青いと感じている*。

バーチャル・サクセス

私たちは皆、自分のために何かを求めている。家庭を築きたいとか、自分のビジネスを立ち上げたいという人もいるだろうし、高等教育を受けたいとか、体重を減らしたいという人もいるだろう。私たちの夢や目標には、日々の粘り強さと、それに向かって努力しようとする内的欲求が必要だ。望んだことを達成するたびに、脳はドーパミンを放出する。だからこそ、何かをするのはとても気持ちがいい。私たちは、モバイルゲームの勝利やソーシャルメディアの「いいね！」など、「バーチャルな成功」で脳を騙して*快感*ホルモンのドーパミンを分泌させている。私たちは脳を騙して、やりがいのある人生を送っていると思い込ませているのだ。しかし、何かが私たちに告げるのだ――これは私が内心で願っていたことではない、これは私が夢見た成功ではない、と。

失敗は何をもたらすか

- 失敗すれば、同じ目標でも達成可能性は低くなる。それは私たちの目標に対する認識を歪めてしまう。現実には、私たちの目標は、失敗したと思う前と同じように達成可能である。

- 失敗は自分の能力に対する認識を歪める。そうすることで、仕事への意欲が薄れてしまう。いったん自分が失敗したと感じると、自分の技術や知性、能力を誤って評価し、実際よりもかなり弱いと見てしまう。

- 失敗は私たちに無力感を与える。それが心の傷になる。私たちがあきらめるのは、再び傷を負いたくないからだ。あきらめる一番の方法は、無力感を感じることだ。成功するためにできることは何もないと思っているから、努力しない。そうすれば、将来の失敗は避けられるかもしれないが、成功も奪われることになる。

- たった一度の失敗体験が、潜在意識に"失敗への恐れ"を生み出す。私たちは成功の可能性を高める方法には取り組まず、失敗したときに嫌な思いをしないようにしようとしているだけなのだ。

- 　　　　失敗を恐れるあまり、無意識のうちに自虐的になってしまう。失敗を避け、将来の失敗の痛手から身を守るために、私たちは自分自身に「ハンディキャップ」をつける。私たちは、失敗した理由を正当化する言い訳や理由、状況を作り出す。そのような行動は、しばしば次のようになる。

自己成就予言は、私たちの努力を妨害し、失敗の可能性を高めるからだ。

- 　　　　失敗を恐れる気持ちは、親から子へと伝染する。失敗を恐れる親は、子どもが失敗したときに厳しく反応したり、感情的に引きこもったりすることで、知らず知らずのうちに子どもに失敗を伝えている。そのため、子どもたちは失敗を恐れるようになる。

- 　　　　成功しなければならないというプレッシャーが、パフォーマンスへの不安を増大させる。不安はかえって努力を減退させ、それがまた挫折感につながる。

- 　　　　失敗すると、何をするにしても気分が沈んでしまう。自分には能力がないと思い込み、劣等感を抱く。人生とは、失敗をどう克服するかを考えるよりも、自分を破滅させるような状況にとらわれ続けるものだ。

失敗を感じやすい要因がある。

- 　　　　子供の頃からのパターン。
- 　　　　先延ばし。
- 　　　　自尊心や自信がない。
- 　　　　比較する。
- 　　　　完璧主義。
- 　　　　規律がない。
- 　　　　自己責任だ。
- 　　　　他人の目を気にしすぎる。

私たちは期待に到達するために理想的な状況に集中しようとするが、避けられない失敗への準備を忘れてしまう。一度しかない人生において、私たちが自分自身にとってのベストを望むのは事実だが、コインの両面を見なければならない。

やがて私たちは、人間関係の問題、不安の問題、恐怖症、耐性レベルの低さ、罪悪感、羞恥心、強迫観念、強迫観念といった精神社会的機能不全に陥りやすくなり、無能感を抱くようになる。絶え間ない批判や非承認は、自殺傾向さえもたらすかもしれない。

何をすべきか

どんなマントラも、グルも、説教も、自己啓発本も、私たちが失敗したと感じるのをやめさせることはできない。

自己の内面に取り組むことは、変容につながる。それは自己認識を深めることから始まる。つまり、自分の制限となる信念を、自分のアイデンティティとは別のものだと認識することだ。たとえ過去の否定的な感情に圧倒されても、その制限的な信念を今、自分自身のものとして受け入れない限り、このプロセスはうまく続かない。リミッティング・マインドセットは、私たちにそれを拒否する能力がなかったときに手渡されたものだ。失敗は抜け出せない陥没穴のように感じられるかもしれないが、自分自身に対する見方や感じ方を改善し、こうした失敗の感情を和らげるよう努力することはできる。

フレーズを反転させる

次に "私は失敗した" と感じたり、考えたり、言ったりしたら、……やめよう……その言葉を "私はミスをした" とか "私は今回、これで失敗した" と言い換えよう。そうすることで、ミスを内面化して人格の一部にすることなく、ミスを悲しんだり悔しがったりする余裕が生まれる。

それから

- 自分の気持ちに正直に。

- スリップの原因を見つめ、自分を改善する方法を模索する。
- 人生には失望を感じる季節があるという現実を受け入れ、それは人生の一部であり、人間であることの一部なのだ。
- 外」の視点から状況を見る。受け入れる練習をする。
- 人生は進行中である。
- 柔軟であれ。
- 小さな目標を設定し、その達成を祝う。
- 立ち直るために必要な時間を取り、やり直す。世界の終わりではなく、せいぜい些細な挫折を乗り越える程度だ。

失敗の原因は何だったのか、個人的なものだったのか。状況次第？それは技術的なものだったのか？時間との関係？そうすることで、失敗を個人的なものと感じさせず、問題解決の機会に変えることができる。たとえ状況を元に戻すことができなくても、私たちはそれを経験することができる。次に失敗を経験したときには、論理的かつ精神的に対処する方法を知っているため、よりコントロールできると感じるだろう。

老子の古代の言葉を思い出してほしい：「思考を見よ、それが言葉となり、言葉を見よ、それが行動となり、行動を見よ、それが習慣となり、習慣を見よ、それが人格となり、人格を見よ、それが運命となる」。

私たちが考え、口にする言葉を大切にしてください。自分の口から出るものを守るように自分自身に教えれば、行動や習慣、そして性格全体が徐々に良い方向に変わっていくのがわかるだろう。転んでも落ち込まず、跳ね返って転ぶ技術をマスターすれば、転ぶことを恐れたり、避けたり、責めたりすることはなくなる。

何をするかではなく、何者であるかを大切にすることに集中する必要がある。私たちが自分の功績に価値を見出そうとすると

き、自分自身を良く思う感覚はその功績の上に成り立っている。だから、いいプレーをすれば、自分たちでもいい気分になれる。成績が悪ければ、価値が低いと感じる。

失敗は障害ではなく、ハードルとしてとらえるべきだ。失敗は克服すべき課題であり、意志に逆らうための試練であり、学びの機会である。また、失敗をネガティブにとらえ、悔やんだり愚痴をこぼしたりする機会や、自分を卑下する理由、すぐにあきらめる言い訳にする　人もいる。実際のところ、踏み台になるかどうかの違いはつまずきやすいのは、私たちがどうアプローチするかということだ。失敗は祝福にも呪いにもなる。それは偉大な教師であり、私たちを強くし、地に足をつけさせることもあれば、私たちを破滅させる原因にもなり得る。それは私たちの選択だ。失敗に対する見方が現実を決める。

"加齢は体にしわを寄せる。やめると魂にしわ寄せがいく""失敗は出来事であって、人ではないことを忘れるな""失敗が永久に続くのは、二度と挑戦しない場合だけだ""私は失敗者ではない、時間が必要なだけだ"

役立たずとは、私が宙を漂う粒子になってしまったことだ。私は成功するために準備をした...しかし、決して...決して失敗はしなかった。

挫折感については誰も教えてくれなかった；

それは自分で学ぶしかないと思う。

自分がこんなふうになっているなんてわからない。

成功しようと思えば、失敗する可能性もある。私は挫折を味わったが、今は自分自身を動かしている！

サイコ・アローンごめんなさい

完璧でなくて申し訳ない
そして、恐怖心を断ち切ることができないことに対しても。
君の涙を誘ったことを申し訳なく思っている。
君がここにいたいと思ってくれるように修復できなくて申し訳ない。
申し訳なく思っている。

私たちは幼い頃から、失敗したら謝るべきだと教えられてきた。

ミスを犯したときに純粋に謝るのはいいことだ。

しかし、謝罪が必ずしも役に立つとは限らず、時には過剰になることもある。

謝りすぎるとは、謝る必要のないときに『ごめんなさい』と言うことだ。これは、私たちが何も悪いことをしていない場合、あるいは他人のミスや自分が引き起こしたわけでもなく、コントロールもできなかった問題の責任を取る場合である。自尊心の低さ、完璧主義、断絶への恐れに根ざした対人関係の習慣パターンである。

間違った商品が届けられ、"申し訳ありませんが、これは私が注文したものではありません"と言う。

ミーティングでは、「お邪魔してすみません。質問があるんだ。

会話の中で「申し訳ありません。聞こえなかったよ。今おっしゃったことをもう一度お願いします」。

このような状況では、私たちは何も悪いことをしていないので、謝る必要はない。しかし、私たちの多くは「ごめんなさい」と言う癖がある。どうしてですか？

自己価値

私たちの多くは、自分には価値がない、十分ではないと考えている。私たちは自分のことを悪く思っている。私たちは実際、自分が何か悪いことをした、あるいは問題を引き起こしている、理不尽なことをしている、過剰な要求をしている、だから謝る必要があると感じている。

高水準の硬直性

潔癖症で、自分自身に高い目標や価値観、基準を設定する人もいる。たいていの場合、私たちは自分の基準に沿って生きることができない。私たちは自分の中に欠点があると感じ、不十分だと感じ、それゆえにすべてが不完全に行われていることを謝罪する必要がある。

礼儀として

私たちの中には、自分を親切で礼儀正しい人間だと思わせたい者もいる。私たちは周囲の人たちを喜ばせようとする傾向がある。私たちは人からどう思われるかを気にしている。私たちが謝罪するのは、他人を怒らせたり失望させたりしたくないからだ。

不安

私たちが謝るのは、不快感や不安感から、どうしたらいいのか言葉に詰まってしまうことがあるからだ。だから私たちは、自分や他人の気分を良くしようとして謝る。

自責の念

私たちの多くは、他人のミスや行動に責任を感じている。他人の感情が爆発するのは自分の責任だと感じ、申し訳なく思う。母親が子供を叱ると、子供は泣き出すかもしれない。母親は自分を責めて謝る。父親が責任を取り、子供のいたずらについて近隣住民に謝罪することもある。責任や所有権を主張し、他人のために謝罪することは、実際には問題を是正することにはならない。

他人の行為に対して謝罪する

謝罪の必要性を感じるのであれば、謝罪は彼ら自身がするべきだというように。私たちは子供の頃に謝る習慣を身につける。多くのコミュニティでは、女性は責任感が強く、他人を思いやるように育てられ、時には謝ることに過剰な責任を負うこともある。そのため、他人の行動に対して謝りがちな人もいる。

日常的な場面で謝罪する

人生のある部分は、私たちが毎日経験する普通のことだ。集団の中でくしゃみをすることを詫びる必要はないが、それでも多くの人がくしゃみをする。

無生物に謝罪する

うっかり椅子にぶつかったり、本を踏み倒してしまったりしたときに、『ごめんなさい』と言う癖がある人がいる。この反射的な行動の習慣は、子供の頃から私たちに染み付いている。

謝るときは緊張する

謝るときに不安を感じるなら、私たちは対処法として過剰に謝る習慣を身につけている。謝りすぎるのは不安の表れかもしれない。それが恐怖、緊張、心配に対処する方法となる。私たちは、謝ることでこのような感情を封じ込めようとする傾向がある。

自己主張しようとしているときに謝る

私たちの中には、自己主張をするときに攻撃的だと思われることを恐れる人がいる。謝罪を繰り返すと、私たちは繰り返し嘘をついているように見え、相手は私たちの言うことを信じなくなる。不当な謝罪はメッセージの明瞭さを損なう。

それが次第に習慣となり、無意識のうちに行われるようになる。私たちは自分の行動パターンを考えたり分析したりせず、それが自動的な反応になってしまう。

私たちは過ちを犯す。私たちはそれを理解している。私たちはそれを理解し、認めている。勇気と謙虚さを持ち、謝罪する。本物の許しを請うことは強さだ。

謝りすぎると、その行為の真剣さが失われてしまう。謝罪行為は相手には感じられない。目的は失われている。それは弱さの表れだ。*自分に非がないのに謝罪を繰り返すと、「本当は自分が悪いのだ」*という印象を与えてしまう。

申し訳ありません......何度も何度も......」は、自尊心の低さ、対立や衝突、口論への恐れを反映している。私たちは、他人の問題を解決しようとする責任を負う。私たちは彼らの行動を、あたかも自分のことのように弁解する。私たちは、すべてが自分のせいだと感じている。このような思い込みは、幼少期に繰り返し「重荷だ」「問題だ」と言われたことから始まった。拒絶や批判を恐れ、謝る。

謝り過ぎは悪影響を及ぼす可能性がある

- 人々は私たちに対する敬意を失っている。実際、私たちは自信がなく、非力だというメッセージを送っているのだ。他人が私たちを粗末に扱うことさえ許してしまう。

- 将来的な謝罪の影響も少なくなる。今、どんな些細なことでも『ごめんなさい』と言ってしまうと、後々、本当に心からの謝罪が必要な状況になったときに、謝罪の重みが薄れてしまう。

- 時間が経つとイライラしてくるかもしれない。予定をキャンセルしたり、別れを切り出したりするときに謝ることで、相手の気分が悪くなることもある。

- 自尊心を下げることになる。

正当な理由-感情を傷つけたり、間違ったことをしたり、不適切な言葉を使ったり、無礼な態度をとったり、境界線を犯したり-で謝罪することは、感謝され、健全であり、私たちの尊厳と尊敬を保ち、他者との絆を維持します。しかし、同情する必要はない。

- 私たちの気持ち
- 私たちの登場だ。
- 私たちがしなかったこと

- 私たちがコントロールできないこと。
- 他の人がしていること
- 質問したり、何かを必要としている。
- すべての答えを持っているわけではない。

自己反省

意識 － 自分の考え、感情、話し方を振り返る必要がある。無意識にやっていることを意識的に注意する。いつ、なぜ、誰と、過剰に謝るのかに気づく。また、1日に何回、どんな理由で謝ったかを記録しておくのもいいだろう。

謝罪は本当に必要なのか？ 私たちは何か間違ったことをしたのだろうか？他人のミスの責任を取るのか？何も悪いことをしていないのに、悪いと感じたり、恥じたりしていないだろうか？謝るべきこと、謝ってはいけないことを知ることが、次の重要なステップだ。

フレーズを反転させる － 同じコミュニケーションでも、どう表現するかに解決策がある。言葉の選び方を変えることで、自分自身に対する認識や、他人が自分に対して抱く印象がすべて変わる。友人が間違いを正してくれたら － 謝る代わりに感謝する。 申し訳ありません」は

お待たせしました。残念ながら、そういう意味ではない。すみません、質問があります。

「*唯一の正しい行動とは、説明も謝罪も求めないものである。*

「*謝罪の後に言い訳や理由が続くなら、謝罪したばかりの同じ過ちをまた犯すということだ*」。

サイコ・アローン私は嘘つき

"本当のことを言えば、何も思い出す必要はない" マーク・トウェイン "真実が沈黙に置き換えられるとき、沈黙は嘘となる"

"人間は自分が思っているものではなく、自分が隠しているものである" "人は正直であることを罰せられると、嘘をつくことを学ぶ"

「何よりも、自分に嘘をつかないこと。自分に嘘をつき、自分の嘘に耳を傾ける人間は、自分の中や周りの真実を見分けることができなくなり、自分自身や他人に対する敬意を失ってしまう。そして敬意を持たず、愛することをやめる"

私は嘘をつく。

私は自分が嘘をついていることを知っている。

何度も自分に嘘をついた。

でも、嘘をついたことを他人に知られることはない。

嘘に頼るのは日課になっている。心の奥底では嘘をつきたくない。私は嘘をつくのが好きではない。嘘に頼って、私は見せかけを作った。

私は今、二重生活を送っているようだ。

私という人間の人生。他人からどう見られたいかという人生。

私たちは、自分がそうであると信じている自分と、自分がどのように振る舞っているのかという間に、不快な緊張を感じがちだ。

なぜ人は嘘をつくのか？

痛みを避けるため？快楽を求めるため？

不正を隠蔽するため？恥を避けるため？個人的な利益を得るため？人気を獲得し、社会的地位を得るため？人間関係を維持し、調和を促進するため？

嘘をついたことがバレたとき、「嘘つき！」と嘲笑され、恥ずかしさで胸が熱くなった幼少期の記憶が誰にでもあるだろう。恥ずかしさや怒り、罪悪感、正当化、そして最も重要なのは、自分自身や身近な人からの疎外感だ。孤独感。サイコ・アローンの感覚。

私たちは成長するにつれ、嘘は罪だと良心に叩き込まれた。私たちは、嘘をつくことは恥ずべきことであり、卑怯なことだと信じていた。私たちの多くにとって、嘘をつくことは内なる罪悪感を植え付けることになる。

真実は、私たちはほとんどの場合、自分自身に嘘をついているということだ！

興味深いことに、最初はそれに気づかない！誰かが嘘をついているかどうかを見抜くのは、自分自身に嘘をついているかどうかを見抜くよりも簡単だ。どうしてですか？

自分に嘘をつくことがいかに多いかを知ることは、自己認識を打ち砕く可能性を秘めている。アイデンティティの見直しはとても難し しく、痛みを伴う。自分に嘘をつくことは、人生に対処するための完全に理解できる戦略かもしれないし、絶望的に不道徳だと考えるべきではない。

自分の動機に正直でないとき、私たちは自分自身に嘘をつく。

実際には利己的な理由であるにもかかわらず、私たちは利己的でない理由で何かをしていると自分に言い聞かせている。

自分の本当の欲求に正直でないとき、私たちは自分自身に嘘をつく。

私たちはコンフォートゾーンに留まり続けているが、それは私たちが本当に望んでいることではない。

自分の行動を偽って正当化するとき、私たちは自分自身に嘘をつく。

大丈夫、私は悲しくない」と自分に言い聞かせるとき、私たちは嘘をつく。いずれにせよ、どうでもいいことだ。私は名声や成功の陰に隠れているわけではない。

私たちが嘘をつくのは、自分の理想主義を見過ごそうとしないとき、あるいは他人の話を聞こうとせず、自分の固定観念に頑なに固執しているときだ。

私たちが自分に嘘をつく理由の核心は、自己防衛である。

私たちは偽りの均衡を保つために、辛い現実を避けたいのだ。

その方が楽だから、私たちは自分自身に"真実ではないこと"を言い聞かせることに慣れてしまっている。

自分に嘘をつくとどうなるか？

私たちは断絶を感じ、イライラし、その理由が理解できない。私たちが自分に言い聞かせていることは、揺るがすことのできない内なる現実と矛盾している。

突発的な感情の爆発は、私たちの不合理な自己から湧き上がり、真実と嘘の間の内なる綱引きを指し示している。

あるいは、疲労や不眠に悩まされることもある。

日常的に自分に嘘をついていると、不真面目だと感じる。本当に欲しいものとそうでないものを区別するのは難しい。

自分に嘘をつくことは、根本的に自尊心を傷つける。

嘘がばれて人間関係が壊れることはよくある。嘘には結果が伴う。私たちが嘘をついたと誰かが知ったら、その人は私たちと一生どう付き合っていくかに影響する。

私たちは自分自身を憎み始める。私たちは苦しむ。

私たちの多くは、複雑な嘘の網を構築してきた。自分の中の物語を変え、本能的な合理化を疑い、自分自身を精査しなければならない。それは至難の業だ。

否定とは、私たちが外的な現実に対して用いる心理的な防衛策であり、偽りの安心感を作り出すものである。否定は、耐え難いニュースに直面したときの防御策となりうる。否定されると、人は自分に言い聞かせる。

ハプニング"私たちは自分の信念を支持する情報を受け入れ、それに反する情報を拒絶する傾向がある。私たちは、成功の原因を自分の性格的特徴に求め、失敗の原因を不運な状況に求めがちだ。

私たちが真実の道を選ぶとき、私たちは自己尊重の感覚を経験し、真正性において平和を感じる 。*嘘は私たちが積極的につくらなければならないものだ。真実はすでに存在している。*

私たちはいつから嘘をつき始めたのか？

私たちは生まれながらの嘘つきではない。私たちの初期設定は純粋さと正直さだった。私たちの周りには両親しかいなかった。私たちの人生における主要なロールモデルとして、両親は正直さを示す上で重要な役割を果たした。彼らはまた、真実を語ることへの根深いコミットメントを植え付けるという点でも、最も影響力があった。では、成長し始めた私たちはどのように嘘をつき始めたのだろうか？私たちの幼少期における嘘の起源を理解しよう。

幼児と未就学児

言葉を話し、コミュニケーションすることを学んだばかりの幼児は、真実の始まりと終わりがどこにあるのか、明確にはわからない。現実、白昼夢、希望的観測、空想、恐怖の区別がつかないのだ。嘘をついたからといって罰せられるには、彼らはまだ若すぎる。

口が達者になるにつれ、明らかな嘘をつくようになり、「チョコレートを食べたか」といった簡単な質問にも「はい」「いいえ」と答えるようになる。表情や声の調子を自分の言っていることに合わせることで、嘘をつくのが上手になるかもしれない。

スクーリング・キッズ

特に学校に関する嘘（授業、宿題、先生、友達など）をつく。彼らはまだ十分に成熟しておらず、嘘を隠し通すのがうまくなっているとはいえ、嘘を維持するのはまだ難しいかもしれない。この

年代の規制や責任は、しばしば彼らにとって大きすぎる。ほとんどの嘘は比較的簡単に見破ることができる。7歳か8歳くらいまで、子どもたちはよくこう考える。

現実と空想の境界線が曖昧で、希望的観測が本当に通用すると思っている。彼らはスーパーヒーローとその能力を信じている。

ティーンズ

この年頃の「大人」のほとんどは、勤勉で信頼でき、良心的なアイデンティティを確立しつつある。しかし、嘘をつき続けることに賢くなり、自分の行動が及ぼす影響により敏感になる。成長するにつれて、バレずにうまく嘘をつけるようになる。また、子どもは言葉数が多く、他人の考えを理解する能力に長けているため、嘘もより複雑になる。思春期になると、彼らは定期的に嘘をつくようになる。

人はなぜ嘘をつくのか？

親しい人たちと健全な関係を築き、安心して話したり情報を開示したりすることができれば、私たちは真実を話しやすくなる。それでも、子供であろうと大人であろうと、私たちは皆、さまざまな理由で嘘をつく。

- 間違いを隠蔽し、トラブルを避けるために嘘をつく。
- 嫌なことや恥ずかしいことが起きたとき、それを隠しておきたい、あるいは自分の気分が良くなるようなストーリーを作りたいがために、嘘をつくことがある。
- 私たちはストレスを感じたとき、衝突を避けようとしたとき、注目されたいときに嘘をつくことがある。
- プライバシーを守るために嘘をつくこともある。
- 私たちはしばしば、嘘をつくことは反抗的な行為だと考える。必ずしもそうではない。衝動的かもしれない。私たちはそれに気づいていないかもしれない。これは、自制心、思考の整理、結果を考えることに問題があるときに起こる。

- 　　　　私たちの中には、誰かの感情を傷つけないように嘘をつく人がいる。これはしばしば「白い嘘」と呼ばれる。
- 　　　　スポットライトを浴びないようにするために、私たちは自己について他人に嘘をつくかもしれない。問題を抱えているところを見られたくないから」。あるいは、自分の問題を最小限にしたいだけかもしれない。

子供時代の嘘

- 　　　　子供たちは想像力を駆使して「物語」を語る。子供たちは素晴らしい想像力を持っており、時にはその妄想を真実として見せることもある。彼らがファンタジーを語り出したら、『それは本当に起こったことなの、それとも起こってほしかったことなの？これは、現実の話と願望的な話の区別を学ぶのに役立つ。決して子供の想像力を削いではいけない。まだ素晴らしい物語を語ることができることを理解させる。
- 　　　　子供はネガティブな結果を避けたがる。叱られることを恐れている。子供たちは、自分がトラブルに巻き込まれることを恐れると、自動的に嘘をつくようになる。叱責されることなく、正直に真実を告白する時間と機会を与える必要がある。
- 　　　　嘘をつくのは、しつけの行き過ぎた子供たちだ。厳しいしつけは、実際に子供たちを良い嘘つきに変えてしまう。私たちの反応を恐れれば、彼らは嘘をつきやすくなる。
- 　　　　人前で見栄を張りたがる」のは、自尊心が低い証拠かもしれない。自信のない子どもは、自尊心を膨らませ、他人の目から自分をよく見せるために、自分をより印象的に、特別に、あるいは才能があるように見せるために、大げさな嘘をつくことがある。子供も大人と同じように、他人を感心させる必要性を感じている。真実を誇張することは、しばしば不安を覆い隠すために使われる。仲間に溶け込もうとするあまり、自分の話を印象づけようとする。彼らは、自分自身について嘘をつくことなく、他人とどのようにつながるべきか、繊細に扱う必要がある。

- 　　子どもたちは複雑なメッセージを受け取っている。親が自分の都合で嘘をつきながら、子供が嘘をついたら叱りつける。

子供時代の嘘への対応

"一針入魂は九針救う"

子供の頃の無邪気な嘘は、成長するにつれて自己を欺く嘘や見せかけに変わっていく。繰り返し行われることは、習慣的なパターンになる。したがって、私たちはこれらのパターンを早めに理解し、子供たちに正しい方法で対処しなければならない。

- 　　結果ではなく、努力を褒める。こうすることで、私たちは無意識のうちに、達成よりもむしろ努力の価値を植え付けるのだ。

- 　　子供たちは私たちを映し出している。私たちは良い模範にならなければならない。私たちが嘘をつけば、彼らも嘘をつく。私たちがズルをすれば、相手もする。困難であっても真実を伝えれば、彼らもそうするだろう。

- 　　私たちや世界が嘘にどう対応するかが、子どもたちが正直さについて学ぶ方法なのだ。正直であること、そしてそれが何を意味するかについて時間をかけて話し合う。

- 　　空想と現実を区別する。これはファンタジーを最小限にするという意味ではない。子どもたちが空想と現実を区別できるようにする。何が本物で、何が本物でないのか、その見分け方について話す。

- 　　悪いことをしたと認めた子どもを褒める。冗談を使って、争うことなく子供が嘘を認めるように促す。

- 　　状況が深刻で、より注意を払う必要がある場合を除き、子供と向き合ったり、真実を探ったりすることは避ける。その理由を探ってみよう。子どもがなぜ嘘をついたのかを理解せずに、嘘をついたことを罰するのは間違っている。

- 嘘を説明する。嘘をついてもいい場合について話す。もし彼らの前で嘘をついたら、その嘘を取り上げ、根拠を説明する。嘘をつくこと、本当のことを言うことについて子供たちと話し合う。彼らはそのような会話をよく吸収する。
- 子どもが嘘をつく必要を感じるような状況を避けるようにする。
- 深刻な問題については、真実を話せば安全だと安心させる。彼らには、すべてのことが 物事をより良くする。子どもが故意に嘘をついたら、まず、嘘はいけないことだとわからせることだ。子どもはその理由も知る必要がある。
- 彼らを『嘘つき』呼ばわりしてはいけない。これは、さらに「反抗的な」嘘をつくことにつながるかもしれない。
- 彼らが嘘をつかないようにする。注意を引くために嘘をついているのであれば、もっと積極的な方法で注意を引き、自尊心を高めるようにする。
- 子供や10代の若者は、結果が交渉の余地があるものだと考えてはならない。
- 話をするときは、決して嘘について議論しないこと。私たちが見たこと、明白なことを述べるだけだ。私たちはその嘘の理由を知らないかもしれないが、やがて子どもはそれを教えてくれるかもしれない。単に見られた行動を述べるだけでよい。何が起こったかを話すために、ドアを開けておく。
- 非常にシンプルに、子供の言うことを聞き、しかし毅然とした態度で接すること。子供にとって、非常に集中し、シンプルなものにすること。行動に集中する。そして、彼が嘘をつく必要があると感じたのは、何があったからなのかを聞きたいと彼に言うのだ。直接的かつ具体的に。子供に長々と説教をしないこと。ただボーっとしているだけだ。彼らはそれを何度も聞いてきた。彼らは聞く耳を持たず、何も変わらない。

- 私たちは嘘の言い訳を探しているのではなく、嘘をつくことで解決しようとした、その子が抱えている問題を特定することを理解してください。
- 最初は私たちに相談する準備ができていないかもしれない。その子の問題が何なのかを聞く姿勢を持つこと。彼らが心を開けるような安全な環境を作る。子どもがまだ準備ができていない場合は、無理強いしないこと。ただ単に、私たちは喜んで耳を傾けるつもりであることを繰り返し伝えるだけでいい。忍耐強くあれ。

子供を追い詰めないこと。その場に置くと嘘をつくようになる。

子供に嘘つきのレッテルを貼らないでください。その傷は、彼らの嘘に対処するよりも大きい。

嘘をつくときのボディランゲージ

1. ヘッドポジションを素早く変える
2. 呼吸パターンの変化
3. じっと立っていたり、そわそわしている。
4. 足のシャッフル
5. 口を触る、または覆う
6. 単語やフレーズの繰り返し
7. 多すぎる情報の提供
8. 話すことが難しくなる
9. まばたきをあまりせずに見つめる
10. 直視を避ける

白い嘘

白い嘘」とは、善意でつく無害な嘘のことで、通常は相手の気持ちを守るためにつく。無害ではあるが、白い嘘はあまり頻繁に使うべきではない。ある時点で、ほとんどの人は他人の感情を傷つけないために真実を曲げる方法を学ぶ。私たちは好き嫌

いに関係なく他人のソーシャルメディア投稿に「いいね！」を押す。嘘には正当な理由があるように見えるかもしれない。せっかく自分のために尽くしてくれた人の気持ちを傷つけたくない。それでも私たちは真実を曲げている。私たちが嘘をつくときはいつも、両親を傷つけるつもりはなかった。私たちが嘘をついたのは、心の奥底で何かが起こっていたからだ。

*嘘をつくことは、問題を解決するために私たちが選ぶ未熟で効果のない方法だ。*根本的な問題を解決するのではなく、嘘をつく。嘘をつくのは、結果を直視するのではなく、結果を回避するためである。嘘は誤った問題解決スキルとして使われる。私たちは自覚し、受け入れる練習をし、より建設的な方法で問題に対処する必要がある。それは、嘘をついたことに直接対処することを意味する場合もあるが、嘘をつく必要があると思わせた根本的な行動に対処することを意味する場合もある。

私たちが嘘をつくのは、問題や対立に対処する他の方法がないと感じるからだ。問題を解決する唯一の方法であることもある。自分自身に嘘をつくために。あるいは他の人たちにも。それは誤った生存戦略だ。

不道徳だ、裏切られた、軽蔑されたと嘘をつき、叱責されたとき、私たちは自分自身を閉ざした。そして、嘘をつくという重荷だけでなく、それに付随する怒りや苛立ち、罪悪感といった感情、さらには他人からの振る舞いにも対処しなければならなかった。嘘に対する怒りや不満、罪悪感は、私たちの習慣や行動を変える助けにはならない。

*嘘をつくことは厳密には道徳的な問題ではなく、問題解決の問題なのだ。*嘘をつくのは、スキルの欠如と結果回避の問題である。私たちが嘘をつくのは、不道徳だからではない。

「自己欺瞞は麻薬のようなもので、私たちを厳しい現実から麻痺させる。"真実は少しの間傷つくかもしれないが、嘘は永遠に傷つく"

"裸の真実は、着飾った嘘よりも常に優れている"「私は真実を扱える私を殺すのは嘘だ」。

「自分に正直になることが、どれほど難しいことか。他人に対して正直になるのは、ずっと簡単なことだ」。

「あらゆる形の欺瞞の中で、自己欺瞞は最も致命的であり、欺かれた人の中で、自己欺瞞に気づいた人が最も少ない。

私の心は嘘の家のようで、決して一人では行かないようにしている。何年もかけてようやく成長できたと思った。

真実』のささやきが私の知覚を侵食した。

私はこの妄想を続けたいと願った。

しかし、結局は精神的な汚染だった。自分がしてしまったことをどうやって修復すればいいのか。

私の孤独が始まった、

外の嵐と内なる嵐に直面し、私は決して苦痛を与えるつもりはなかった。

もし巻き戻してやり直せるなら、見せかけのない人生を送りたい。正直で真実の人生を歩み、もう一度成長したい

セクション2：パターン

パターン

「パターン、パターンの上にパターン、他のパターンに影響を与えるパターンしかない。パターンはパターンによって隠される。パターンの中のパターン"

「人間の心は、信じられないようなパターンを作る機械だ。人間の脳は驚異的なパターンマッチングマシンなのだ。

「私たちがカオスと呼ぶものは、私たちが認識していないパターンにすぎない。私たちがランダムと呼ぶものは、解読できないパターンにすぎない」。

「私たちが知覚するパターンは
私たちが信じたい物語によって。私たちは自分の思考を生きているのだから」。

私たちは皆、母親の胎内にいるときから、栄養、経験、ストレス、合併症など、環境の影響を受けてきた。生まれる前から、すべてが私たちの気持ちに一役買っている。そして、実際の出産経験、乳児期のケア、母親の「感情的な利用可能性」が、そうした最初の影響を強めたり和らげたりしたのだろう。成長するにつれて、私たちは養育者、親戚、友人、就学前や就学初期、そして社会全体から吸収し始める。

私たちはこれらの経験を理解したり、合理化したり、表現したり、記憶したり、解決したりできないかもしれないが、それらはすべて私たちの潜在意識と肉体に保存され、深く凍結され、記録されている。

経験は蓄積される。経験は繰り返される。経験は様々であったり、似たようなものであったりする。経験は増えるかもしれないし、薄れるかもしれない。そして、成長するにつれて、その意味を理解できなくなっていく。しかし、私たちは経験し、良い気分になったり、悪い気分になったりする。この混沌とした経験にはパターンがある。

ケーススタディ

前節と同じケースを見てみよう。

ラフールは5歳だった。ある日、父親が来客の前で、恥ずかしがって知っている詩を暗唱できないことを叱った。部屋に閉じこもり、食事もとらず、泣いた。やがて彼は普段の生活に戻り、もしかしたらそのことを忘れていたかもしれない。

彼は聡明な生徒に成長し始め、先生のペットになった。しかしある日、彼はクラスで何かを説明するよう求められたとき、舌打ちをしてしまった。恥ずかしくなって家に帰り、鍵をかけて泣いた。大人になってからは、社交の場やパーティーを避けるようになった。ただ、彼はその理由がわからない。彼は黙って、自分自身に言い聞かせるのだ。私は失敗作だ。人前で自分を表現することはできない。

ここに見られるのは、慣習的な運営方法や行動である。私たちは、新しい出来事が起こるたびに、浮かび上がり、繰り返され、そして拡大するパターンがあることに気づく。

イベント □出来事に対する認識 □出来事に対する反応 類似の出来事 □出来事に対する認識 □出来事に対する反応

別の類似事象 □知覚の**予測可能性** □**自動**反応

トリガーの 特定 □個人の**傾向を** 理解する

経験の 創造 □経験の**繰り返し** 神経経路の 発達 □**粘着性の**発達 これが私たちのパターンを定義している。

P	予測可能性	で常に行動すること、または発生することである。 予想通り
A	自動	自然に、あるいは無意識に
T	トリガー	知覚された刺激に反応して起こる

		否定的
T	傾向	特定の種類の思考への傾向 アクション
E	経験	何か　　個人的に　　に遭遇した、 くぐりぬけた
R	繰り返し	再三再四
N	神経経路	脳内で作られる神経細胞のつながり 習慣に基づく
S	粘着性	付着させることによって、あるいは付着させるかのように付着させる

パターンを理解する

私たちの脳細胞は、ニューロン発火と呼ばれるプロセスを通じて互いにコミュニケーションをとっている。脳細胞が頻繁に連絡を取り合うと、細胞間の結びつきが強まり、「脳内の同じ*神経経路を* 何度も通るメッセージは、どんどん速く伝達されるようになる」。十分に*繰り返す*ことで、これらの行動は*自動的*に行われるようになる。読書、車の運転、自転車の乗り方などは、神経回路が形成されているために自動的に行う行動の例である。この経路は、新しい行動が新しい常態となるまで繰り返されることで強くなる。

新しい活動に参加することで、私たちは脳に新しい神経回路を作るトレーニングをしているのだ。新しい行動を脳のできるだけ多くの領域に結びつけることは、新しい神経経路を発達させるのに役立つ。五感をフルに活用することで、神経経路の形成に役立つ*粘着性を* 生み出すことができる。それは、新しい*経験を*引きつけ、維持する粘着性である。私たちはただ、ある行動を始める*きっかけが* 必要なだけなのだ。このような経験が、

私たちの傾向（特定の方法で知覚・反応する*傾向*）を形成する。こうした傾向を理解することは、行動の*予測*に役立つ。

出来事、言葉、イメージ、感情など、私たちの記憶はすべて、互いに結びつきを強めている脳内のニューロンの特定のネットワークの活動に対応している。私たちの脳は、どういうわけかネガティブな方向に配線されている。例えば、日中に 10 個の経験、5 個のニュートラルな日常経験、4 個のポジティブな経験、そして 1 個のネガティブな経験があったとしたら、その夜寝る前におそらくその 1 個のネガティブな経験について考えるだろう。

完璧な思い出があれば、どんな人生になるかちょっと想像してみてほしい。もし私たちが、五感でとらえたすべてのことを細部まで記憶しているとしたら、1 日の最初の 1 時間は、あまりに多くの情報で精神的に負担になってしまうだろう。そこで脳は、それらのデータを短期記憶か長期記憶に振り分けるか、あるいは破棄する。

- 短期記憶によって、私たちはその時点で必要な情報を保持し、それを取り除くことができる。小さな情報を一時的に保存し、後でフラッシュするために使用する。
- 長期記憶は、私たちの体内の冷凍庫のようなものだ。何年も、あるいは生涯にわたって情報を保持することができる。

パターンは短期記憶と長期記憶を結びつける。長期記憶の検索には、脳が形成した神経経路を再確認する必要がある。検索はトリガーによって加速される。パターンを認識することで、これから起こることを予測し、予想することができる。

ご存知でしたか？

- ある研究によると、新しい行動が自動的にできるようになるまでには、平均で 2 カ月以上、正確には 66 日かかるという。しかし、それは行動や人、状況によって異なる。

- 　　スキルをマスターし、関連する神経経路を発達させるには、1万回の反復練習が必要だと言われている。
- 　　ある研究では、人々が新しい習慣を形成するのに18日から254日かかった。

"パターンと意味を取り違えてはならない"「成功者は成功パターンに従う"パターンが壊れるとき、新しい世界が現れる"

インナーチャイルドのパターン

「すべての人の中にインナーチャイルドが住んでいることをご存知ですか？

そして、大人の私はその呼びかけに耳を傾ける。

人々が私を理解しないとき なぜなら私は違うから

そして、私が泣いている間、子どもは迷子になったように感じる。

人生のドラマに巻き込まれ、涙するとき、私は彼に気づく。

自分の自己判断で、彼を見抜くことがある。

暴走し、私は泣く。

物事が怖く、恐怖が襲ってくるとき、私は泣きながら彼の存在を感じる」。

インナーチャイルド」とは何か？

ケンブリッジ辞典に よると、インナーチャイルドとは、あなたの人格の中で、いまだに子供のように反応し、感じている部分のことである。

では、このインナーチャイルドとは何なのか？

大の大人なのに、どうして自分の中に子供がいるんだ？成長していないということですか？

インナーチャイルドは実在するのか、それとも単なる心理学的概念や理論なのか？

コンセプト ... フィロソフィー

子どもの生活空間における出来事の発生-例えば、拒絶、侮辱、虐待、ネグレクトなど。

口子どもが生まれながらに持っている核となる性質と感受性に基づいて、ある出来事を知覚する。

- 子どもがその状態に対処できない、あるいは適切に対応できない。
- 感情的な影響を受け、傷ついた子供
- 子供の感情的な状態 – 内側に凍りついた時間 – 「インナーチャイルド
- 拒絶、侮辱、虐待、ネグレクト。
- 凍りついたインナーチャイルド」記憶状態の引き金
- 大人は自動的に反応するため、人生は今この瞬間に経験するのではなく、過去に経験したようになる。
- それゆえ大人は、凍りついたインナーチャイルドが過去にしていたのと同じように知覚し、反応することになる。

感情的になった子供の生存戦略 □混乱に対処しようとする □対処する大人の症状構造の核心。これは、*傷ついたインナーチャイルドが特定の時点で立ち往生しているのだ。*

私たちは常に状況の中にいて、その一部であり、無数の刺激にさらされている。私たちは生来の核となる性質に基づき、特定の刺激に選択的に注意を向け、それらをパターンとして組み合わせ、状況を概念化する。同じ状況でも、人によって捉え方が異なる。通常、特定の人物は同じようなタイプの出来事に対して一貫した反応を示す傾向がある。比較的安定した認知パターンが、特定の状況に対する解釈の規則性の基礎を形成する。私たちは状況や出来事を知覚し、それを言語的または絵画的な内容を含む認知に成形する。

*私たちが過去に凍りついたままなのは、スティーブン・ウォリンスキーが言うところの「仮死状態」、つまりトランス状態を再現し続けているからだ。*こうした浮遊状態は、幼少期の経験による傷や痛みから私たちを守ってくれているようだ。

私たちを凍りつかせるこうした幼少期の体験は、大人になってからも、私たちの合理的な対応能力を制限する。大人が同じような経験をすると、凍りついたインナーチャイルドと同じような反応をする。ゴールは、子供時代の自分の感情、ニーズ、欲

求を拒絶してきたやり方を意識的に変えることで、今この瞬間を生きることだ。

現在の大人の状態は、子供の頃に最初に凍った状態を作り出したものなのだ。私たちは、私たち自身が凍りついた生命の真の源であることを理解する必要がある。

インナーチャイルドとは、内なる子供が外界を経験し解釈する方法として機能する、時間的に凍結されたポジションのことである。現実には、私たちの中には、それぞれが異なる知覚、異なる意識、異なる世界観などを持つ、複数の凍りついたインナーチャイルドがいるのかもしれない。

インナーチャイルドの概念は新しいものではない。

1.　　　　ロベルト・アサジオリのサイコシンセシス – 彼は副人格について語った。

2.　　　　フリッツ・パールズのゲシュタルト療法 – 異なる部分が互いに対話する経験。

3.　　　　エリック・バーン – トランザクション分析 – インナーチャイルド、インナーアダルト、インナーペアレント。

4.　　　　アルバート・エリス博士の認知療法 – スキーマ。現実とは何か？

5.　　　　忘れてはならないのは、私の現実は私の視点だということだ。この内部現実は観察者が作り出したもしたものである。

そのオブザーバーとは誰か。

私たちはその出来事／トラウマを経験し、トラウマの観察者となる。

そして私たちはそれを写真に撮り、抱きしめ、融合し、眠りにつく。

観察者である私 たちは、*外側の出来事を創造するのではない。*

私たちオブザーバーは、*外側の出来事（）* に対する反応を作り出す。観察者である私たちは、それを記憶の中で融合させた。

それゆえ、私たちは記憶を『手放す』ために目覚めなければならない。

私たちはそのループを何度も何度も繰り返し、古い感情や経験を何度も何度も感じたり経験したりする。私たちはまず、インナーチャイルドが何をしているのかを特定する必要がある。そうすれば、*観察者*である*私たち*は目覚め、古いパターンに同調するのをやめることができる。

トラウマを*認識*する たびに、観察者である私たちは、認識された混沌を管理するためのパターンとアイデンティティを作り出す。相手が実際に私を傷つけていないかもしれないからだ。しかし、私は傷や怒り、その他の感情を知覚するかもしれない。これがトラウマだ。

それゆえ、大人の「私たち」の中には、数多くのインナーチャイルドが存在し、それぞれが*パターン、記憶、反応を持って*いる。大人の"私たち"の中で起こる内輪もめはたくさんある。それぞれがアイデンティティを持ち、トラウマと記憶を持ち、パターンを持つ。したがって、どのようなヒーリングにおいても、インナーチャイルドの居場所が特定され、「タグ」が付けられれば、問題がすべて解決するわけではない。あらかじめ凍結されていた別のインナーチャイルドが支配的になり、大人の私たちを別の問題状態へと影響する。

インナーチャイルドの観察者／創造者を目覚めさせることは、インナーチャイルドのパターンを終わらせることである。つまり、*観察者*を目覚めさせることで、そのパターンが崩れるのだ。

人生の早い時期に......ある時点で

1. 子どもは*主体*であり、親、教師、外界が主体である。

インフルエンサー

2.　　　インフルエンサーは、"あなたには無理よ"、"私を喜ばせなさい、そうすれば私もあなたを喜ばせるわ"、"私の言う通りにすれば愛と承認を与える、そうしなければ私は与えない"といった提案をする。

3.　　　子ども（被験者）は、インフルエンサーの提案を信じる。

4.　　　そして、子どもはこれらの提案を内面化し、成長した大人になっても提案し続ける。

5.　　　過去のインナーチャイルドが、現在の大人に影響を与え、問題を引き起こす。

6.　　　何年も経つと、教師や他の権威者が同じような暗示を口にするだけで、対象者は子供の頃と同じ「恐怖」のパターンと反応を引き起こす。時は流れる。子供は成長し、交際を始め、結婚する。そうすると、配偶者がインフルエンサーとなり、配偶者のインナーチャイルドを怒りのパターンや拒絶への恐れのパターンに陥れてしまう。

目的は、パターンの背後にある*自分を* 目覚めさせることだ。

1.　　　威圧的な親を持つ子供は、精神的苦痛を避けるために、その状況から切り離される。このパターンがうまくいくと、子供はこのパターンを"デフォルト・モード"にする。学校、仕事、そしてやがて人間関係において、彼は自分自身が断絶し、空想にふけっていることに気づく。

2.　　　家族にアルコール依存症の病歴がある子供は、健忘症になり、痛みを避けるために過去を忘れるかもしれない。人生の後半になると、健忘症や物忘れが仕事、学校、人間関係で問題になるかもしれない。

3.　　　辛いトラウマから生き延びるために無感覚になった児童虐待サバイバーは、その後の人生で性的体験の際に感覚を感じにくくなることがある。女性はオーガズムが得られないことがある。男性は早漏やインポテンツに悩まされる可能性がある。

子供が作り出すこうした反応パターンは、実は辛い状況に対処するための代償メカニズムなのだ。問題は、こうしたパターンが制御不能になり、「デフォルトで」反応してしまうことだ。それゆえ、大人の私たちは、現在の状況ではそうなりたくないと思っても、デフォルトで、同じように断絶、健忘、無感覚の状態を作り出すことになる。

つまり、私たち自身のインナーチャイルドが、大人の私たちに影響を及ぼし始めるのだ。

その目的は、現在の人間関係に合わなくなった幼少期の生存メカニズムから解放されることである。これには5つのパートがある。

1. パターンを意識する。
2. パターンを認める。
3. パターンから切り離す。
4. 大人の私たちを目覚めさせる。
5. より力強いデフォルトパターンを作る。

そうすることで、私たちは時間に凍りついた過去から、現在という時間へと踏み出すことができるのだ。

インナーチャイルドはどこから来たのか？

子供がある行動に対して親や教師に叱られる。

この状況は*叱られている*ようなものだ。叱ることは、子どものコントロールの及ぶところではない。しかし、子どもは『*叱られる*』という経験をする。子どもは受け手である。子供はそれを観察し、こう解釈する：*自分はダメな人間*だ。そして、このように解釈することで、子どもは実際に叱られる側の一員であり、参加者なのだ。そしてそれは、子供の記憶に刻まれる。

ハイゼンベルクの"*不確定性原理*"によれば、状況の*観測*者と状況は別個のものではない。*観察者は*、観察し、解釈することによって、状況に参加し、その結果に影響を与えた。

私たちは人生を観察し、自分の内的主観世界をどのように構築し、解釈し、経験するかに参加している。*観察者*である私たちは、観察という行為を通じて、結果の創造に参加しているのだ。

観察者は トラウマの前に 存在し、同じ観察者がそこにいた。

トラウマの最中も、トラウマが終わった後も、同じ観察者がそこにいる。

私たちは内的な主観的経験を創造する 。私たちは環境、すなわち両親、教師、配偶者などに対する反応を作り出し、内面的で主観的な経験に対しては責任を負う。

ケーススタディ

ジョンは幼い頃、父と母に愛される唯一の方法は、父と母に従い、父と母を喜ばせ、自分の欲求をあきらめることだと観察し、悟った。

これは、愛と承認を得るために自分の欲求を放棄する「喜ばせ上手な子供」というアイデンティティを生み出す。ジョンの中にいる観察者が、これがうまくいくことを見れば、この観察者はそれを何度も何度も繰り返し、創造し続ける。これがパターンとアイデンティティを生み出し、傷ついた子供というアイデンティティをデフォルトモードにする。時間が経つにつれて、このアイデンティティ、このデフォルトの行動、このパターンは人格と融合していく。その後、大人になったジョンは、人間関係や状況において自分の要求を言うことを忘れた「喜ばせる人間」になる。大人のジョンは今、快活なインナーチャイルドのアイデンティティに影響されている。

大人のジョンが癒されるためには、ジョンはまず、自分の喜ばしい内なる子供のアイデンティティの源に 気づかなければならない。ジョンが否定せず、このパターンの存在を受け入れれば、それを生み出した責任を取り、 それを生み出す のをやめることができる。

何かをあきらめるには、まず私たちが抱えているものが何なのかを知る必要がある。

ケーススタディ

子供のジェーンは、『自分を理解してくれない』父親に対していつも怒りを感じていた。結婚して大人になったジェーンは、自分のことを理解してくれない夫にかんしゃくを起こす。ジェーンは夫を愛しているが、なぜ怒りを抑えられないのか理解できない。怒りに満ちた内面 ジェーンの中の子供が、まるで過去に父親と一緒にいたかのように振る舞わせるのだ。怒れるインナーチャイルドが運転席に座る。

子どもは家族や外界を特別な方法で認識する。そして子どもは、家族の中でこのパターンを反復して定期的に繰り返すようになる。子供が大きくなるにつれて、このパターンが増えていく。

1. 同じような状況にあるすべての人に一般化する。
2. それが子どもにとってうまくいったように、何年も経ってから、内なる子どものアイデンティティがそのパターンを再現し、今ではそれが知覚と反応のデフォルト・モードになっている。大人はもうどう反応すべきかを考えない。なぜそうなるのか、私たちには理解できない。

簡単に言えば、状況はありのままに経験されるものではない。むしろ大人は、自分の内なる子どものアイデンティティに影響され、子どものように振る舞いながら、家族を自分の中に取り込み、現在の時間の中で、それを他者に投影しているのだ。

インナーチャイルドはいったん凍りつくと、大人の関心の焦点を縮めて、避けられない感情、思考、情動、そしてほとんどの場合、不快感を生み出す傾向がある。

インナーチャイルドは、大人が過去の状況を現在の状況として経験することでデフォルトで作動する。

"インナーチャイルドのケアは、パワフルで驚くほど早く結果が出る：そうすれば、子どもは癒される。

「大人になるということが、私の中の大人が私の中の子供を捨てることを意味するのなら、私はそんな恐ろしい提案に興味は

ない。その代わりに、どちらも排除してお互いを高め合うというのなら、私は大いに興味がある」。

"私は、この放置され、傷ついた過去のインナーチャイルドが、人間の不幸の主な原因だと信じている"

インナーチャイルドのパターン

内なるわが子

― キャスリーン・アルゴエ

私は今日、長年閉じこもっていた我が子を見つけた、
愛して、抱きしめて、とても必要としている。
私はこの子を知らなかった、
私たちは3時や9時に知り合ったことはない、
でも今日、私は心の中で泣いているのを感じた。
傷つき、怯える気持ちが湧き上がるように、私たちは強く抱き合った。
大丈夫だよ、愛してるから！
君は僕にとってかけがえのない存在なんだ。
我が子よ、我が子よ、今日も安全だ。
私たちは笑い、泣き、それは発見であった。

思考」とは、頭を使って何かを考えるプロセスである。また、そのプロセスの産物であることもある。すべては常に思考から始まる。私たちがどう考え、周囲の世界をどう解釈するかが、私たちの気持ちに影響を与える。そして、どう感じるかが感情をかき立てる。そして　その感情は、人生経験を解釈するためのフィルターとして使われる。もちろん、これらの解釈はさまざまで、あまり正確でないことも多い。

実際、それは私たちが世界を"ありのまま"に見ることを妨げ、代わりに"自分のあり方"に基づいて世界を認識することを強いる。そしてもちろん、私たちがどうあるべきかは、私たちが世界をどう処理するかにかかっている。

アメリカの精神科医アーロン・テムキン・ベックは、認知療法と認知行動療法の父とみなされている　。ベックは、誰かが

自分の思考を否定的なものにしていると、それがうつ病につながると考えていた。彼は、思考、感情、行動はすべて連動していると考えていた。誰かが否定的な考えを持つと、その人は嫌な気分になり、それが悪い行動を引き起こす。そして、それが繰り返される。認知の歪みとは、個人が現実を不正確に認識する原因となる思考のことである。ベックの認知モデルによれば、否定的スキーマ（またはスキーマタ）と呼ばれる現実に対する否定的な見通しは、感情的機能不全の症状や主観的幸福感を低下させる要因である。

インナーチャイルドが現在の大人に影響を及ぼしているかどうかを観察する良いサインは、凍りつきである。このような締め付け感、硬直感、凍りつきは、顎、胸、胃、骨盤など、体のさまざまな部位で経験することがあり、極端な場合は麻痺のような感覚を覚えることもある。凍りつきの最初の身体的徴候は、筋肉が固くなり、呼吸が止まることである。

インナーチャイルドを理解し、今ある大人を理解する。インナーチャイルドの働きを自己観察することで、*気づき*を得るのだ。何かを諦めるには、まずそれが何であるかを知らなければならない。

私たちは自分の考えについて考えたことがあるだろうか？つまり、私たちは自分の頭の中にある考えに注意を払ったことがあるのだろうか？もしそうなら、自分が物事をどう考えているのか、その考えが実際に役に立っているのか、あるいは邪魔になっているのか、考えたことがあるだろうか？もしかしたら、私たちがこの世界を見て解釈していることは、まったく正確ではないのかもしれない。

ただ、私たちの世界観には多少欠陥があり、それが最適な前進を妨げているのかもしれない。

解決への第一歩は、こうした凍りついた宙吊り状態のパターンを自覚し、知ることである。私たちは、凍りついたインナーチャイルドの状態を*改める*ことを*意識的に*選択する必要がある。現在の状態」を構成する感情やパターンにアクセスし、それ

らを完全に経験する必要がある。時代遅れで、限定的で、歪んだレンズを通して現実をフィルターにかけることで、問題を生み出し続けている、凍りついた内なる子どもの記憶に気づくことが重要なのだ。

アウェアネスとは、何かを意識している状態のこと。具体的には、出来事を直接知り、知覚し、感じ、認識する能力のことである。この概念はしばしば意識と同義であり、意識そのものであるとも理解されている。知覚と反応の内なるパターンに気づくことは、変容、進化、そしてモクシャへの意識的な第一歩である。

このセクションでは、「インナーチャイルド・パターン」のパターンの世界に入っていく。

- 内なる対話 － 「すべきこと」と「しなければならないこと」。
- 年齢回帰。
- 未来化する － 計画しすぎる － 先延ばしする － 空想する － 破局する。
- 混乱 － 優柔不断 － 一般化しすぎる － 見せかけ － 結論に飛びつく － 白黒思考 － 拡大と最小化 － レッテル貼り － 感情的推論。
- 公平性の誤謬 － 非難 － 個人化。
- 断絶－無感情－逃避－離脱－アイデンティティの融合。
- 歪曲 － 錯覚 － ワンダフル化またはアワフル化 － 感覚の歪曲 － 健忘症。
- 特別視 － 魔法的思考 － 理想化 － 超理想化。

なる対話とタイムリープ

内なる対話-頭の中の声」「こんにちは！私は独り言を言っているのだろうか？

- **そうすべきだし、そうしなければならない**
- *私たちの心の中には、一日中、"これが私に合っていると感じる"とささやく声がある、*
- これが間違っていることは分かっている。
- *教師も、説教者も、親も、友人も、賢者も、決めることはできない。*
- *私たちにとって何が正しいのか--ただ、内なる声に耳を傾けるだけでいい」。*
- 私たちの「内的対話」とは、単に私たちの思考のことである。私たちの頭の中にある小さな声が、私たちの人生についてコメントする。私たちは皆、内的対話を持っていて、それは常に動いている。それは通常、その人の自己意識と結びついている。
- それはコメンテーターのようなもので、私たちの行動を観察し、批判する。この"思考のおしゃべり"は、私たちの頭の中を流れる心の連想の流れのようなものだ。考えるということは、私たちが意識的にコントロールできる能動的な何かを示唆している。それはほとんどの場合、無作為で不随意的なものだ。好むと好まざるとにかかわらず、それは私たちの頭の中を駆け巡る。
- 本当の思考とは、理性と論理の力を意識的に使って、さまざまな選択肢を評価し、問題や決定、計画について熟考することである。私たちはしばしば、自分を理性的な生き物だと思いたがる.

しかし、このような理性的思考は、実際にはかなりまれなことなのだ。そして実際、雑念は私たちの理性的な力を使いにくくする。なぜなら、熟慮すべき問題があるとき、雑念は私たちの頭の中を流れ、注意をそらすからだ。それは

常に私たちの経験を思い出し、吸収した情報の断片を再生し、起こる前のシナリオを想像する。

セルフトークは必ずしも言語的であるとは限らず、非言語的であったり、無言であったりすることもある。また、直接的であることも推論的であることもある。父親が黙っていても、子供に「元気か、学校はどうだった、今はどうだ」と聞くことはない。しかし、内なる対話はこうだ——「*誰も私に興味を持っていない*」。

大人の米国内のインナーチャイルドのパターンは、大人の米国と私たちの中のインナーチャイルドの間の絶え間ない対話によって、私たちを制限する。

私たちの中のインナーチャイルド – 内なる対話 – 現状における大人のアメリカ

だから、私たちのインナーチャイルドは、大人の私たちに、*私は十分ではない、私は決して評価されない、それは決してうまくいかない*、と思い出させ、何がなされるべきであったか、あるいはなされるべきではなかったかを示唆することによって、私たちに影響を与え始める。

"shoulds と musts"

- "should"とは、義務、義務、正しさといった意味で、一般的には行動を批判するときに使われる。"Should"は、推奨や忠告、あるいは一般的に何が正しいか間違っているかを語るときに使われる。

- "must"は、義務を表現したり、命令や助言を強調するときに使われる。現在および将来の参考としてのみ使用できる。過去が関係する場合は"have to"が使われる。Must は、何かが起こることが非常に重要である、あるいは必要であることを示す。

should "と "must "はどちらも似たような意味だが、"must "は"should "に比べてはるかに強い言葉である。

べきだ」とは、私たちが自分自身と最も頻繁に交わす内なる対話である。

そんなことをすべきではなかった。

次はこのような反応をしないようにしなければならない。

私は報われるべきだった。

インナーチャイルド・パターンの文脈では、私たちが自分自身に「私はこうあるべきだ／こうしなければならない」と言うとき、それは自分自身や他人がどのように行動すべきかという、*融通の利かないルールの* 集合となる。ルールは正しく、固定的で、厳格で、議論の余地がない。これらのべき事項から逸脱することは、*悪いこと／間違ったことである* 。その結果、私たちはしばしば批判し、欠点を見つける立場になる。"べき"発言は、達成不可能な基準を強調する、自滅的な方法である。そして、自分の考えから外れたとき、自分の目には失敗と映る。

私たちは、「こうすべきだ」とか「こうしなければならない」とか言ってモチベーションを上げようとする……しかし、そのような言葉は私たちにプレッシャーを感じさせ、憤慨させる原因となる。逆説的だが、私たちは結局、無気力でやる気が起きない。アルバート・エリスはこれを"musturbation"と呼んだ。

他者に対して"べき"発言をすると、結局はフラストレーションが溜まる。"べき"発言は、日常生活において多くの不必要な混乱を生み出す。

この状態の進化

1.　生まれたばかりの子供はホワイトボードのようなものだ。過去もなく、良い思い出も悪い思い出もなく、人生に対する判断もない。

2.　親たちは、おそらく善意で、たくさんの「すべきこと」でホワイトボードを埋め始める。

3.　直接的あるいは間接的に、親は子供に報酬と罰を与え始め、人生とは何か、どうあるべきか、どうありうるか、ある

いは物事の意味について、自分の判断、評価、意義を子供に与える。

4.　子どもはホワイトボードの読み手になる。したがって、観察者（子ども）は、自分の人生のパターンの生産者となる。

5.　このようなパターンが何度も何度も繰り返され、子供がそのパターンになるまでになる。

年齢退行」「昔々！」。'過去不完了体'

「人生は後ろ向きにしか理解できないが、前向きに生きなければならない。

「過去を制するものは未来を制する。現在を支配する者が過去を支配する"

年齢退行は、私たちが精神的に以前の年齢に後退するときに起こる。私たちは人生のある時期に戻ったようで、子供じみた行動をとることもある。リラックスしてストレスを解消するための対処法かもしれない。退行は、ストレス、フラストレーション、トラウマ的な出来事によって引き起こされることがある。成人の退行はどの年齢でも起こりうる。退行とは、感情的、社会的、行動的に以前の発達段階に後退することである。不安、恐れ、怒りは、大人を後退させる原因となる。

年齢退行は最も広く経験されているパターンである。それは、子供が不快で、どう対処していいかわからなかった、時間が止まったような体験に関係している。だから、子どもはその経験に抵抗した。□その経験を記憶する □その経験を統合することで、年齢退行したインナーチャイルドのパターンが出来上がる。

自分史の過去のある時点から「抜け出せない」というこの経験は、インナーチャイルドの行き詰まりであって、現在の大人ではない。大人になると、私たちは、その年齢で行き詰まったインナーチャイルドが感じたり、話したり、反応したりするのと同じパターンで、感じたり、話したり、反応したりする。そし

て、"大人の私たち"はそれを理解することさえできないだろう。インナーチャイルドのレンズを通して 現在の関係を見ることは、私たちの視野、感情、決断を制限する。

インナーチャイルドはその出来事、嫌な経験、トラウマの記憶を保存する。この記憶には痛みや感情も保存されている。このパターンに似たものがあると、年齢退行パターンが引き継がれ、インナーチャイルドが支配し、現在の現実とはほとんど関係のない記憶や感情を再生産する。

簡単に言えば、退行とは、成人が精神的に現在の生物学的年齢よりも若い年齢に逆戻りしたり、巻き戻ったりするパターンである。それは、トラウマに直面した人の対処法として不随意に使われることがほとんどで、意図的に引き起こされることもあれば、そうでないこともある。現在の状態では、彼らは常に「過去にとらわれている」のだ。

私たちの多くは、退行した幼少期の自分を「小さな私」、通常の自分を「大きな私」と呼んでいる。退行中に演技やふりをすることはない。誰もが後退する。ただ、回帰の激しさによる。私たちのインナーチャイルドは、安全で幸せだと感じられる安全な空間を求める。「リトル・スペース」は、年齢退行者にとって安全な空間であり、退行中に保護されていると感じる必要があるときに、彼らの小さな自分が行く場所である。小さなスペースは個人によって異なる。多くの客室は、赤ちゃんのおもちゃ、ベビーベッド、ナイトライト、柔らかな毛布などで愛情たっぷりに飾られ、究極の快適さを提供している。

ストレスに耐えられなくなった教授が、ストレスに対処するためにペンをしゃぶったり噛んだりするようになったり（乳児のような行動）、大学のティーンエイジャーが動揺すると抱きしめたくなるようなクマになったりするのは、退行の一種である。

年齢退行とは、大人がインナーチャイルドになる過程を指す。大人が今の時代にいなければ、関係はうまくいかない。その行動は、あたかも今がそうであるかのように見えるが、実際には

、その人は家族の中で子供か青年であるかのように振る舞っている。

年齢退行とは、大人が現在の時間から、凍りついたインナーチャイルドが過去の時間の大人と交流するパターンである。

ケーススタディ

ニタは若くてかわいい女の子だった。彼女は教師から性的虐待を受ける。この出来事は1990年代に起こった。これはニタにとってトラウマになりすぎた。彼女は自分に何が起こっているのか理解できなかった。心に傷を負った瞬間、ニタは固まった。辛い記憶が染みついてしまった。ニタの一部は無意識のうちにこう決めていた。"男は絶対に信用できない。

ニタは大人になった。彼女は40代前半だ。

ニタは深い傷を負ったインナーチャイルドで、男性を信用していない。彼女が地位のある男性、それも権威のある男性に出会ったとき、彼女の内なる子供が顔を出す。

ニタは今、過去の経験を男性上司との新しい関係に活かしている。ニタは知的で仕事熱心、勤勉だ。しかし、彼女のインナーチャイルドパターンが、仕事に適応するのを難しくしている。

私たちは、なぜそうなるのかわからないまま、そのような知覚と行動のパターンに入る。これが*年齢退行のパターン*である。

ケーススタディ

アリーシャはパパの膝の上に座り、パパにお気に入りの人形をもらえるように、パパと一緒に「かわいく」なるのが大好きだ。アリーシャは今、ヤングアダルトだが、ボーイフレンドに同じような振る舞いをし、同じような好意を得ている。これは、成熟したアリーシャが、自分の願いを叶えるために、年齢が退行した若いかわいいアリーシャに変身するのと同じインナーチャイルドパターンである。

「かわいくあること」がアリーシャのパターンになっていた。彼女にとっては効果的だった。だから、それは彼女の一部となった。生存メカニズムとして機能したのだ。幼少期の環境を生

き抜くために、彼女は"かわいくなる"という経験を積んだ。その状況ではうまくいったが、彼女の現在の大人の環境におけるあるエピソードが引き金となり、内なる子供が現在の大人に催眠術をかけるようになった。

ジークムント・フロイトによれば、退行とは無意識の防衛機制であり、自我を一時的あるいは長期的に（受け入れがたい衝動をより成熟した方法で処理する代わりに）以前の発達段階に逆戻りさせるものである。退行は正常な子供時代には典型的なもので、ストレス、フラストレーション、トラウマ的な出来事によって引き起こされることがある。成人の退行はどの年齢でも起こりうる。退行とは、（感情的、社会的、行動的に）以前の発達段階に後退することを意味する。要するに、安全だと感じ、ストレスが存在しなかった頃、あるいは万能の親や他の大人が救ってくれたであろう発達のある時点に、個人は回帰するのである。

一般的な退行行動

泣く／泣く 声が出ない

静かなベビートークをする

呆けている

物や体の一部を吸う

ぬいぐるみのような慰めの対象が必要

身体的に攻撃的である（例：殴る、引っ掻く、噛む、蹴る）。

かんしゃく持ち

未来化」する

バック・トゥ・ザ・フューチャー！』。

過剰な計画 - 先延ばし - 空想 - 破局」"人生とは、他の計画を立てるのに忙しくしている間に、私たちに起こることである" 「心も体も健康になる秘訣は、災難を嘆かないことである。

過去にとらわれず、未来に思いを馳せず、今この瞬間を賢く真剣に生きること。"

「時々、過去と未来が両側から強く迫ってくるのを感じる。

未来化とは、未来がどうなるかについて、非現実的で、ほとんどが否定的な見方をすることである。大げさな結果を期待する傾向があるのだ。言い換えれば、私たちの誤った考え方が、物事を実際より よりも悪く見せているのだ。

未来化とは、単に計画を立てることかもしれないし、将来の大惨事を想像することかもしれないし、将来の楽しい結果を想像することかもしれない。

これは思考錯誤であり、よくあることだ。それは、私たちが考えていることが現実と一致しないという誤った思考パターンである。私たちの思考は歪んでいる。そして思考ミスの場合、その歪みは事実上常にマイナスである。言い換えれば、私たちの誤った考え方が、物事を実際よりも悪く見せているのだ。

私たちは皆そうしている。私たちは一般化しすぎて、たったひとつのネガティブな出来事を、終わりのない敗北のパターンとして捉えてしまう。あるいは、特定の出来事の重要性を拡大し、それがうまくいかなければ永遠に絶望的だと、間違った考えをしてしまう。

未知の未来に対する過度の心配は私たちを不安にさせ、不安は問題解決能力を妨げる。判断力と批判力を高め、破滅的で極端な思考を助長する。私たちは明確に考えることをやめてしまう。そして、今ここに集中し、次の正しいことをする代わりに、暗く遠い未来に集中し、それを変えることはできないと感じる。

このような状況では「不安なインナーチャイルド」が話しているのだが、危険なのは、私たちが自分の不安を信じ始め、緊迫した未来がすでに実現したかのように反応することである。そんなことをすれば、本当の問題に対処するのが難しくなるだけだ。

ケーススタディ

マーサは自尊心が低いまま育った母親だった。彼女は、自分の子供が成長して自尊心が低くなることを心配していた。そのため、マーサの中の不安で心配で緊張したインナーチャイルドは、子供が自分自身を良く思ってくれることを願って、子供を過剰に褒め、溺愛し始めた。マルタの善意にもかかわらず、彼女の子供は他人からの絶え間ない賞賛と注目に依存して育ち、その結果、自尊心が育たなかった。

悲しいことに、マーサが防ごうとしていたのはまさにこれだった。娘の自尊心を心配するあまり、問題を悪化させてしまったのだ。もし彼女が現在に集中していれば、不安は減り、子供を客観的に見ることができただろう。彼女は娘のニーズをもっと理解していただろう。

不安とは、結果が不確かなものに対する心配、緊張、不安の感情である。簡単に言えば、不安とは未来、想像上の未来や結果に対する恐れである。2017年には世界中で推定2億8400万人が不安障害を経験しており、世界中で最も蔓延している精神疾患となっている。

未来化することの最も奇妙な点は、それが破滅的な未来の想像であるにもかかわらず、想像した状況の痛みを今感じていることである。

過剰な計画

「計画を立てれば立てるほど、その計画に執着するようになる。そして、計画に執着しすぎると、融通が利かなくなる」。

そして、計画が思い通りに進まないとイライラして諦めてしまいがちだ。

私たちは、計画を立てるのに時間をかければかけるほど、準備をすればするほど、成功すると考えている。この考え方には致命的な欠陥がある。

過剰な計画は、実際には行動に結びつかない。

プランニングの段階で、今やっていることが生産的でなくなる時期が来る。

過剰な計画は柔軟性を失わせる。

計画の立てすぎは考えすぎにつながり、それが心配につながる。計画を立てすぎると、物事にこだわるようになる。

計画を立てることに全神経を注ぐと、夢そのものが無視されてしまう。こうなると悪循環が始まり、考えすぎや計画性によって私たちは無力になり、多忙な身体と絶えず活性化する心の完全な奴隷になってしまう。注目の集まるところにエネルギーは集まる。精神的にも肉体的にも疲弊するほど過剰な計画を立てているとしたら、私たちはネガティブなエネルギーを人生に招き入れることになる。

それが悪い習慣となり、マルチタスクや集中力の低下につながる。計画を立て、また計画を立て、計画を立て続け、計画に計画を重ねたからといって、夢が要求する実際の仕事をしていることにはならない。

過剰な計画への警告

1. ちょっとした不測の事態にパニックになる。
2. 私たちは変化を恐れる。
3. 私たちは些細なことにこだわる。
4. 私たちはプロジェクトを途中で、あるいはスタートする前に放棄し始める。
5. 私たちは未来に生きている。

過剰な正当化

正当化するとは、何かを説明したり根拠を示したりして、それが問題ないと思わせたり、正しいことを証明したりすることである。これは、人との会話や説明、将来への正当化を計画することだ。

ケーススタディ

カランは8歳の少年だった。お父さんの財布からこっそりお金を取り上げたとか、学校でケンカをしたとか）何か悪いことをしたと思っていた。カランは、父親がこのことを知ったら、自

分が罰せられ、叱られるのではないかと怖くなった。以前、一度だけ、従わなかったことを叱られたことがあった。そこでカランは、将来に向けて正当化する物語を計画している。彼は自分の小さな頭の中で、賛否両論を考え、実践する。カランはまた、両親からの重い罰が予想される恐ろしい破滅的な未来を想像している。このことが、彼の正当化するインナーチャイルドのパターンをさらに強くしている。

その後、大人になってから、カランは自分の行動を正当化するパターンを身につける。彼は自分の行為や行動について長々と説明し始める。これは想像上の未来であり、内なる子どもは正当化するパターンを持ち、行動、反応、感情を絶えず説明し、正当化する。

先延ばし

「あなたは遅れても、時間は遅れない。

「今日の責任から逃れることで、明日の責任から逃れることはできない。

先延ばしとは、ある期限までに達成しなければならない仕事をすることを避けることである。私たちがやろうとしたことを実行に移せないのは、このパターンのせいなのだ。それは、悪い結果を招くかもしれないとわかっているにもかかわらず、習慣的に、あるいは意図的に、仕事を始めたり終わらせたりすることを遅らせることである。生産性を阻害するインナーチャイルドのパターンである。

- 何かを成し遂げなければならないとき、私たちはそれを決断し、決心する。
- そして、私たちのモチベーションからサポートを受け、迅速に物事を進めることができる。
- 場合によっては、不安や失敗への恐れなど、ある種のやる気を削ぐ要因を経験し、それが逆にやる気を削いでしまうこともある。

- 　　　加えて、私たちは時に、疲労や遠い将来の報酬など、ある種の阻害要因を経験し、それが自制心や意欲を妨げる。
- 　　　やる気を削ぐ要因や妨げになる要因がやる気を上回ると、私たちはいつまでも先延ばしにしてしまうか、そのバランスが自分に有利になる時点に達するまで先延ばしにしてしまう。

人が先延ばしにする具体的な理由といえば、やる気をなくす要因や妨げになる要因という点で、次のようなものが挙げられる：

- 抽象的な目標
- 遠い未来の報酬。
- 未来の自分との断絶。
- 圧倒されている。
- 不安だ。
- 仕事嫌い。
- 完璧主義。
- 評価や否定的なフィードバックを恐れる。
- 失敗を恐れる。
- コントロールの欠如。
- モチベーションの欠如。
- エネルギー不足。先延ばしする人はたいていこう言う：

1. "プレッシャーの下でもよく働く"
2. "私は今、とても怠惰です"
3. 「忙しいんだ
4. "もう飽きた"

簡単に言えば、先延ばしは

いつかやる

いつかそうしよう

空想する

空想するとは、望むものについて空想にふけることである。

空想することは、*実際に作る予定のない別の現実を想像すること*だ。

空想することは、私たちを自分ではない人間にしてしまうので、解離を引き起こす。

子どもは想像上のおとぎ話の世界を作り、将来の楽しい結果を想像する。これは生存のためのメカニズムであり、子供は環境における苦痛や苦悩に満ちた状況から自己を隔離する。

子どもは特別な資質や才能を持っていることを想像するかもしれない。子どもは現実世界でトラウマに直面すると、すぐに想像の世界に「飛んで」しまう。空想するインナーチャイルドを持つ現在の大人は、非現実的な理想化された未来を想像し続ける。その結果、大きな期待と失敗が生まれる。

空想傾向パーソナリティ（FPP）とは、生涯にわたって空想に広く深く入り込む性格のことである。過剰な想像力」あるいは「夢の世界での生活」の一種である。この特徴を持つ人は、空想と現実の区別が難しい。

空想癖のある人は、起きている時間の半分以上を空想や白昼夢に費やし、空想と現実の記憶が混同されたり混同されたりすることが多いと報告されている。

パラコズム」とは、極端な空想家や強迫的な空想家によって作られることが多い、極めて詳細で構造化された空想世界のことである。

ウィルソンとバーバーは、その研究の中で数多くの特徴を挙げている：

- 子供の頃に空想の友だちを持つこと。
- 子供の頃、よく空想していた。

- 　　実際にファンタジーのアイデンティティを持つこと。
- 　　想像した感覚を現実のものとして体験する。
- 　　感覚が鮮明である。

それぞれの未来化のパターンにおいて、大人は現在の現実から、過去を未来に移すインナーチャイルドへとシフトする。

ストレスの多い状況に置かれた子どもは、しばしば混乱し、圧倒され、混沌としていると感じる。その混沌の中で、子どもはファンタジーを創造し、混沌の感覚を解消する。大人の中のインナーチャイルドは、ファンタジーを現実だと思い込んでいる。しかし、6歳でうまくいったことが、36歳ではうまくいかないかもしれない。

「空からパイが降ってくるのを待つ者は、決して高く昇ることはできない。空想することは、同じことを達成するための努力が続かなければ、たいてい失敗する。これは、インナーチャイルドが空想するだけで、それを現実に変える努力を学んでこなかったために起こる。

ケーススタディ

ジャッキーにはいつも問題があった。でも、欲しいものは手に入らない」。ジャッキーはいつもクラスで一番になることを空想していた。その後、彼は自分が仕事で一番であり、正当な報酬を得ていると想像するようになる。しかし、彼は自分の仕事に価値を置くよりも、空想することに時間を費やすだろう。つまり、当初は空想するパターンにあったジャッキーが、今では別のパターンである破局を迎える。

現在が破滅的であるだけでなく、未来もまた破滅的であると想像される。

現在、大人は多くの資源を手にしている。資源の重要性に気づいていないのは、インナーチャイルドなのだ。過去の痛みは、現在の経験として、そして投影された想像上の未来として生き続ける。

破局観

大惨事化とは、現在の状況を実際よりもかなり悪いものとして認識することである。

破局的思考は、私たちの多くが持っている非合理的な思考である。現在の状況を大惨事にすることと、未来の状況を大惨事にすることを想像することだ。

そのような思考は、しばしば「もしも」という言葉から始まる。もし試験に落ちたら？

もし全部忘れてしまったら？

もし父が私のパフォーマンスに満足していなかったら？ププロポーズしても彼女に断られたら？

もし失業したら？

- 試験に落ちるのではないかと心配する人がいるかもしれない。そこから、試験に落ちるということは、自分はダメな学生で、合格も学位も就職もできないのだと思い込んでしまうかもしれない。つまり、経済的に安定することはないだろうという結論に達するかもしれない。
- 破局感を抱きやすい人が仕事でミスをすれば、解雇されると考えるかもしれない。クビになれば家を失うことになる。家を失ったら、子供たちはどうなるのか。
- 「この手術から早く回復しなければ、一生治らないし、一生体が不自由になる。
- "もしパートナーに去られたら、私はもう誰も見つけられないし、二度と幸せになれない"

私たちが直面している問題は、実は取るに足らない些細な災難かもしれない。しかし、私たちは破局感を抱く習慣に耽溺しているため、常に問題を人生よりも大きなものにしてしまう。

破局には２つの部分がある：

- ネガティブな結果を予測する。
- もしネガティブな結果が起これば、それは大惨事になるだろうという結論に飛びつくこと。

破局感を引き起こす原因や要因はいくつか考えられるが、ほとんどは3つのカテゴリーのいずれかに分類される。

1. **曖昧さ** －曖昧であることは、人を破滅的思考に導く可能性がある。

例えば、友人から〝話がある〟という内容のメールを受け取るようなものだ。この漠然としたメッセージは、ポジティブなものかもしれないし、ネガティブなものかもしれない。だから、私たちは最悪の事態を想像し始める。

2. **価値観** － 私たちが高い価値を抱いている人間関係や状況は、結果的に破局を招く傾向がある。何かが特に重要な場合、損失や困難という概念に対処するのは難しくなる。

例えば、求人に応募するようなものだ。もし仕事が決まらなければ、大きな失望、不安、憂鬱を味わうことになるだろうと想像し始めるかもしれない。

3. **恐怖** 、特に非合理的な恐怖は、破局感を高める上で大きな役割を果たす。医者に行くのが怖ければ、たとえただの検診であっても、医者から言われるかもしれない悪いことばかりを考え始めるだろう。

破局視は、自分自身を未来に投影し、最悪の結果を想像するときに起こる。*不安とは、破滅的な結果を想像し、いま苦痛を経験していることである。*

このような知覚と行動のパターンは、子どもがトラウマを経験することで形成される。子どもは、これが人生の厳しい現実であり、これからもずっとこうなのだと思い込むようになる。

大人になった私たちは、不安なインナーチャイルドが表面化し続け、結果を破局視し、それが現実であると強く信じている。その結果が、現在における痛みと苦悩である。ここでは、過去の大惨事が未来に投影される。このような思考パターンは、不必要で持続的な心配が不安や抑うつを高めることにつながるため、破壊的となりうる。

シンク・アベレーションズ

混乱」「Do I or Do I Not?
優柔不断

「混乱とは、まだ理解されていない秩序に対して我々が作り出した言葉である。

「人生は多肢選択式問題のようなもので、問題ではなく選択肢に惑わされることもある」。

混乱とは、集中した明確な方法で考えたり推理したりすることができないことである。何かに当惑したり、はっきりしない心の状態である。それはオリエンテーションの 喪失 であり、時間、場所、個人的なアイデンティティによって世界の中に自分を正しく位置づける能力の喪失である。

ラテン語の "confusio" が語源で、動詞の "confundere" は "混ざり合う" を意味する。

ケーススタディ

メアリーは素朴な少女だった。他の単純な子供たちと同じように、彼女は何が正しいのか間違っているのか、何が良いことなのか悪いことなのか、何がポジティブなことなのかネガティブなことなのか理解できなかった。両親は彼女にとって世界だった。一方では、両親は嘘をつくのは悪いことで、常に真実の道を歩むべきだと説く。しかし、何かを避けるために、あるいは彼女の両親が合理的に説明するように、しばしば虚偽に頼ることを彼女は観察した。

ケーススタディ

モハンは、父親がいつも政府が腐敗していると主張し、父親が友人たちと長い間会話するのを目撃するような環境で育った。しかし、交通整理の警官に賄賂を渡すとなると、彼の父親は考えもしなかった。

私たちの多くは、両親の口と行動の二面性を目の当たりにして育ってきた。このことを理解するには、君はまだ若すぎる。でも、違うことになると、「もう大きくなったんだから、こんなことは想定外だ」と叱られる。だから、私たちは親の都合で若くもあり、老いてもいた。

インナーチャイルドは、相反する言動があると混乱するというパターンを発達させる。また、経験しきれない出来事や状況、感情に直面したときにも起こる。子どもはただ、状況や感情にどう反応していいかわからないだけなのだ。その状況は子どもにとって意味が分からず、「混乱したインナーチャイルドパターン」が形成される。後年、成人は自動的に永久に混乱しているように見える。大人は、仕事、家庭、人間関係において決断することが難しい。

それは、親のルールや混乱する社会の規範に従う、馴れ合いのプロセスである。それは、本当の自分を捨てて、そうでない自分になるようなものだ。だから、こう言っているんだ。*私の一部はこうすることになっているが、私の一部はそうしたくない*。これが、多くの「分裂性頭痛」や片頭痛の核心的な原因である。

優柔不断

「誤った決断のリスクは、優柔不断の恐怖よりも好ましい。

優柔不断とは、2つ以上の可能性のある行動の間で揺れ動き、選択ができない状態のことである。

ケーススタディ

アルバートは成績優秀でなければならないという両親からの絶大なプレッシャーを常に受けていた。彼が機械仕掛けのおもちゃで遊ぶのが好きだったことも知っていた。そこで彼らはロボット工学の未来を思い描いた。彼らは知らず知らずのうちに、この「プレッシャー」をミュージシャンを目指すアルバートに伝え、伝えていたのだ。そのためアルバートは、自分の好きなこと、得意なこと、そして自分のやりたいことを決められない、混乱したインナーチャイルドの状態に陥った。

正しい両親が、彼のために最善だと考えたのだ。彼は間違った進路を選び、鬱屈した人生を送ることになった。

親の期待は、難しいもの、不可能なもの、間違ったもの、圧倒的なもの、子どもが望んでいるものと同調していないものとして受け止められるかもしれない。そのような親の期待に子供は応えることができず、戸惑いの感情が生まれる。混乱したインナーチャイルドのパターンが活性化し、人生のあらゆる領域で一般化する。彼らは自分で決めることができない。これは、自分は失敗者だという気持ちを生み出す。誰の期待にも応えられない。熟練し、多くの可能性を秘めているにもかかわらず、彼らは自らを過小評価し、パフォーマンスを落としている。批判されている、無能だ、不適格だという感情が生じる。

一般化しすぎ」「決していつもではない

部分にとって真実であっても、全体にとって真実であるとは限らない。

"常に"と"決して"は2つの言葉だ

決して使ってはいけない。

過剰な一般化とは、一つの出来事と最小限の証拠に基づいて大雑把な一般化をする傾向がある思考異常のパターンである。具体的には、過去の経験を参照点として、現在または将来の状況を推測する傾向のことである。言い換えれば、私たちは本質的に過去の出来事を使って未来を予測しているのだ。

それは、入手可能な情報から論理的に結論づけられることを超えているため、広すぎる結論を導き出す行為である。過剰な一般化は、うつ病や不安障害のある人に頻繁に起こる。ひとつの経験を、将来も含めたすべての経験に適用する考え方だ。

この過度の一般化のパターンでは、私たちはどんなネガティブな経験も、必然的な失敗のパターンの一部とみなす。社会不安は生活に大きな影響を与え、日常生活を阻害する。過剰な一般化は思考を悪化させ、自分は誰からも嫌われている、自分は何一つまともなことができないと感じるようになる。

自己制限的な過度の一般化とは、私たちが自分の可能性を発揮するのを妨げてしまうことだ。これは、"自分はダメだ"とか"自分には絶対できない"といったよくある考えだ。そのため、次のステップに進むことができず、キャリアや社会生活に悪影響を及ぼす。過剰な一般化は、社交不安症の衰弱させる症状である。他人との関わり方を制限し、人生でやりたいことを達成する妨げになる。

一般化しすぎる人は、出来事を評価するときに「いつも」とか「すべての」という言葉を使う。一般化しすぎることは、挑発行為について話すときに使う言葉で理解できる。私たちは"always"(いつも)、"never"(決して)、"everybody"(みんな)、"nobody"(誰も)といった言葉を使う。このような考え方や言葉遣いが重要なのは、ひとたび何かがいつも私たちに起こると言ってしまえば、私たちはたった今起こったひとつの出来事に反応するのではなく、出来事のパターンに反応し始めるからである。

過剰に一般化する人は、他の人よりも怒る傾向があり、その怒りをあまり健全でない方法で表現し、怒りの結果としてより大きな結果を被る。

例えば、一度でも下手なスピーチをしたことがあれば、私はいつもスピーチを台無しにしてしまう、と自分に言い聞かせるようになる。初めの一度の失敗を、「私には絶対にできない」と過大評価する。

部分にとって真実であることは、全体にとっても真実である」というのは、必ずしも真実ではない。私たちはひとつの事件をもとに、大雑把に一般化された結論を下す。異性に拒絶されただけで、「私はダメな人間だ」「私は愛されていない」と一般化されてしまう。表現する言葉は、「時々」から「常に」あるいは「決して」に変わり、「ある者」は「すべて」あるいは「皆無」になり、「誰か」は「みんな」あるいは「誰でもない者」になる。

ファサード」「欺瞞に満ちた混乱

光り輝くものはすべて金ではない！

ファサードは外見を欺くこと。ファサードとは、人々が感情的に取り繕う隠れ蓑のようなものだ。怒っているのに幸せそうに振る舞っているとしたら、それは見せかけのものだ。見せかけの人は、間違いなく見せかけの人だ。

表向きの顔：世間に見せている顔と自分の気持ちが一致していない。

混乱は時に、インナーチャイルドが環境の中で作り出した見せかけであることもある。これは、敵対的な状況での生存を確保するための防御パターンである。インナーチャイルドは混乱を作り出すことで、環境を出し抜く方法を学ぶ。子どもは、ある言葉を使ったり、ある態度をとったりすることで、大人は当惑したままであることを学ぶ。これは、*子供が無力だと感じているときに、力強さを感じるのに役立つ*。実際に子どもは無力感を感じ、圧倒され、混乱し、その混乱の中で、他人を混乱させて力を感じようと決意する。

無力感を処理するために混乱を作り出すことが自動的に行われるようになると、その人は孤立感、疎外感、誤解されること、孤独感を経験するようになる。知的すぎる人は、しばしば上記のような戦略をとる。

結論を急ぐ」「思い込み思考

読心術-占い」。

私たちが結論を急ぐとき、実はほとんど、あるいはまったく根拠もなく否定的な結論を導き出し、人や状況について不合理な仮定をしているのだ。これは、自分の信念を裏付ける証拠がないにもかかわらず、他人が何を考え、何を感じているのか、あるいはなぜ他人が特定の行動をとるのかがわかっていると思い込んでしまう場合に起こる。当然のことながら、これはさまざまな問題を引き起こす可能性がある。

私たちは、将来何かが起こると思い込んだり（予知思考）、他人が何を考えているかわかると思い込んだりする（読心術）。

問題は、こうした結論が事実や具体的な証拠に基づくことはほとんどなく、むしろ個人的な感情や意見に基づいていることだ。

読心術と占いの2つの方法がある。私たちが"読心術"を使うとき、他人が否定的であると思い込んでいる。

私たちを評価したり、私たちに悪意を持っている。私たちが"占い"をしているとき、私たちは将来のネガティブな結果を予測したり、状況が発生する前に状況が最悪になると判断したりしている。

ケーススタディ

パトリシアは同僚との関係も良好だった。しかし彼女は、彼らが彼女を他の社員ほど賢くも有能でもないと思っていると信じていた。パトリシアはある重要なプロジェクトを任され、それを心待ちにしていた。しかし、彼女は自分に言い聞かせた。ミスを犯して、このプロジェクト全体を台無しにしてしまうかもしれない。

パトリシアの考えは事実に基づいていない。彼女には、彼らが彼女を見下しているとか、プロジェクトが失敗するという証拠はない。彼女は他人の考えや将来の出来事の結果について結論を急ぐ。彼女は同僚を"読心術"で読み、プロジェクトの結果を"占い"しているのだ。このプロジェクトで全力を尽くし、ミスがあってもそこから学ぶと自分に言い聞かせるのだ。

人間の最大の思考異常のひとつは、人間が「理性的」な生き物だということだ。一方では、私たちは時に論理的に考えることもあるが、私たちの思考の多くが、多くの場合、私たちが思い込んでいるほど合理的でも正確でもないことは間違いない。

私たちが状況を解釈する方法は、文化的・宗教的背景を含む私たちの生い立ちや、その時の気分、その時に起こっていることに対する感情によって偏ってしまう。

私たちはしばしば自分の推測を誤り、相手を動揺させたり、侮辱したり、怒らせたりすることがある。これは、親密な人間関

係や個人的な人間関係、そして仕事や職場の人間関係にとって悲惨なものとなりかねない。

白黒思考」「自分は善か悪か

オール・オア・ナッシング思考 – 拡大と最小化」。

「人生は白か黒かではないが、カラフルでもない。だから、どう見るかが重要なんだ」。

白黒思考、あるいはオール・オア・ナッシング思考とは、自己と他者の肯定的な性質と否定的な性質の双方を、まとまりのある現実的な全体にまとめることができない人の思考のことである。行動や動機がすべて善か悪か、中間がないといった極端な考え方をすることだ。私たちは決して状況を公平中立に見ることはできない。

私は輝かしい成功者であり、あるいは大失敗者である。私のボーイフレンドは天使か、悪魔の化身よ。

この二極化された思考パターンによって、私たちは世界をありのままに見ることができない。オール・オア・ナッシングの考え方では、中間点を見つけることはできない。私たちの多くは、時折このような思考停止に陥る。実際、このパターンは人間の生存、つまり闘争か逃走かの反応に起源があるのではないかと考えられている。

このようなパターンは、心身の健康を害し、キャリアを妨害し、人間関係を混乱させる。

例えば、以下のようなものがある：

- 突然、人々を"良い人"のカテゴリーから"悪い人"のカテゴリーに移動させる。
- 仕事を辞めたり、人を解雇したりする。
- 関係を断ち切る。
- 問題の真の解決を避ける

このようなインナーチャイルドの思考パターンの異常は、しばしば他者を理想化したり切り捨てたりする間を行き来する。極

端な考え方をする人と交際するのは、感情の起伏が繰り返されるため、本当に難しいことだ。

白か黒かの思考は、私たち自身に厳格なルールを作り出す原因となとなる。白か黒かで考えるとき、私たちは内面化してしまう。

すべての失敗に非現実的な期待を抱き、すべての成功に非現実的な期待を抱く。私たちは皆、自分が"悪人"なのか"善人"なのか考えたことがある。現実には、私たちのほとんどはその中間で、悪いところも良いところもある。白か黒かで考えると、過度に自己批判的になったり、自分の欠点を見ようとしなかったりする危険性がある。他人の意見に過敏になり、批判を受け入れられなくなることもある。これでは、真の成長と自己憐憫が妨げられる。

一人の人間が、私たちの欲求を満たすか、欲求不満にさせるかによって、その時々によって美徳の擬人化とも悪徳の擬人化ともみなされるため、人間関係が不安定になるのだ。その結果、混沌とした不安定な人間関係のパターン、激しい感情体験、アイデンティティの拡散、気分の変動が生じる。

人間関係は、お互いを家族、友人、隣人、同僚、あるいはまったく別の何かとして見ているかどうかにかかわらず、個人間で起こるものだ。人には浮き沈みがあり、衝突は避けられない。通常の対立に白か黒かの思考パターンで臨むと、他人について間違った結論を導き、交渉や妥協の機会を逃してしまう。さらに悪いことに、白黒思考は、その決断が自分自身や関係者に与える影響を考えずに決断してしまうことがある。

このような考え方は、私たちを「自分の仕事」という厳格に定義されたカテゴリーに固執させる。彼らの仕事だ。私の役割だ。彼らの役割だ。

私たちは皆、世界を白か黒かで考えることがある。愛する人の欠点を見ようとしないことから、自分自身に過度に厳しくなることまで、人間の脳は世界を「どちらか一方」で理解しようと

する傾向があり、それが人間関係に大きな影響を及ぼしている。

世界はどちらか一方という場所ではない：私たちの人生はグレーの濃淡に満ちている。世界を白か黒かで見ることで、私たちは当初、善と悪、正と誤、美と醜を分けることが容易になるかもしれない。しかし、このような考え方は、私たちを常に浮き沈みさせ、疲弊させることになる。そして深いレベルでは、物事を簡単な二項対立の言葉に単純化することは、人生や人間関係をとても豊かなものにしている複雑さの多くを私たちから奪ってしまう。

拡大と最小化

拡大・最小化とは、白黒思考の異常パターンのことで、他人の肯定的な属性を拡大し、自分の肯定的な属性を最小化する傾向がある。言い換えれば、私たちは事実上、自分を低く評価し、同時に相手を台座に載せているのだ。謙虚さを持つことは素晴らしいことだが、自尊心を損なってはいけない。

ラベリング
私だけがそうだ」「タグ付け

ラベリングとは、誰かや何かを単語や短いフレーズで説明し、特に不正確または限定的にカテゴリーに割り当てることである。私たちの人生を通して、人々は私たちにレッテルを貼り、またその逆もある。こうしたレッテルは、他人が私たちのアイデンティティについてどう考えるか、また私たちが自分自身や他人についてどう考えるかに影響する。

ほとんどの場合、私たちがお互いを表現するために使うレッテルは、根拠のない思い込みやステレオタイプの結果である。私たちは日頃から、ほとんど面識のない人や会ったことすらない人にレッテルを貼っている。このように、良きにつけ悪しきにつけ、レッテルは私たちのアイデンティティに影響を及ぼすものであり、それはしばしば私たちの手に負えないものである。

人と違う」というレッテルを貼られることは、学校でのいじめや疎外につながりかねない。子どもは変化し、成長するが、残念ながらレッテルは定着しがちだ。そのため、子どもたちはネガティブな評判を捨てて再出発することが難しくなる。ラベルの使用は子どもにとって有害である。レッテル貼りとスティグマ化の関係は　ラベリングとスティグマ化の関係は複雑だが、よく知られている。　複雑だが、十分に確立されている。

子供が抱えている困難に焦点を当てたラベルは、他の分野における子供の能力や長所を認識することを犠牲にしている。このようなレッテルは、子どものアイデンティティの一部でしかないにもかかわらず、それを見過ごすことは非常に難しい。その結果、大人の子どもに対する期待を低下させ、子どもの行動に対する解釈を不当に左右することになりかねない。

物事にどのようなレッテルを貼るかは、しばしば私たちの内的な信念体系を映し出す。私たちが何かにレッテルを貼る傾向が強ければ強いほど、その信念体系も強くなる。私たちのレッテルは、確たる事実や証拠ではなく、過去の経験や個人的な意見に基づいていることが多い。

感情的推論」　「感情的真実と現実」　「感情-思考-行動

動揺するようなことが起きたとき、私たちはどう対処すればいいのだろうか。自分の感情と状況の現実を切り離すことができるのか、それとも両者を一緒にしてしまうのか。

ある状況が私たちの感情的な反応を呼び起こし、それが私たちをそのことについて深く考えさせる。ストレスは、現実の問題ではない事柄について、私たちがどう感じ、どう考えたかによって生じる。

これは感情的な推論であり、そうでないことを証明する証拠があろうとなかろうと、自分の感情的な反応が何かを真実だと証明していると結論づける。感情が思考を曇らせ、それが現実を曇らせる。

感情的な推論の兆候には、"罪悪感を感じているから、何か悪いことをしたに違いない"、"不十分さを感じているから、自分

には価値がないに違いない"、"恐怖を感じているから、危険な状況にいるに違いない"といった考えが含まれる。

感情的な理性は、何かに向かって努力し始める前に、失敗したと感じることにつながる。感情に支配されるのは疲れるし、始める前から失敗したと思い込んでしまう。その結果、先延ばしになり、時にはまったく仕事をしなくなることもある。感情が支配することで、変わろうという気持ちも減退する。変わろうとしても変われないと感じるからだ。

もし感情が私たちの思考を左右し、ひいては行動を左右するのであれば、私たちは感情的な理性を持っているのかもしれない。私たちは、自分の経験を次のように解釈する傾向がある。

その瞬間にどう感じているかに基づいて現実を見る。したがって、私たちが何かをどう感じるかは、私たち自身が置かれた状況をどう受け止め、どう解釈するかを効果的に形成する。つまり、私たちの気分は常に、周囲の世界をどのように経験するかに影響を及ぼすということだ。そのため、私たちの感情は、人生や状況をどう見るかのバロメーターとなる。

公平性の誤り

公平性の誤り

不公平だ』！私を責めないで！』『非難−個人化

「あなたが善人だからといって、世界があなたを公平に扱ってくれると期待するのは、あなたがベジタリアンだからといって、牛があなたを襲わないと期待するのと少し似ている。

「人生を数学の問題にして、自分を中心にして、すべてが平等になるようにしようとしないでください。あなたが優秀でも、悪いことは起こり得る。下手でも運があればいい"

公正さの誤謬

人生は公平であるべきだという信念だ。

人生が不公平だと感じると、怒りの感情が生まれ、状況を正そうとする。私たちが憤りを感じるのは、自分がフェアだと強く信じているのに、他人がそれに同意してくれないからだ。人生は公平ではないので、物事が常に有利に運ぶとは限らない。

このような知覚・反応のパターンを持つ人は、物事が思い通りに進まないと、たいてい「人生は不公平だ」と言う。それゆえ、現実には人生は必ずしも公平ではないため、しばしばフラストレーションを感じる。

世界の見方は、私たちが抱いている信念の結果である。だから、私たちが経験することはすべて、この枠組みの中で解釈されることになる。例えば、もし私たちが運を中核的な信念として信じているならば、人々は幸運か不運のどちらかの烙印を押され、大きくて美しい家や新品の車を持っている人は幸運で、それらを持っていない人は不運である。それは考え方であり、知覚のパターンである。

リアクションだ。だから、何か悪いことが起これば、不運だと解釈する。そして、人生は不公平だとも。

私は不運だ、人生は不公平だ」と決めてしまえば、私たちはもう被害者モードだ。

公平性の誤謬は、しばしば条件付きの仮定で表現される：

- もし彼が私を愛しているなら、ダイヤモンドの指輪をくれるはず。
- 私の仕事を評価してくれたのなら、報いるべきだ。

もし人々が公平 だったら、あるいは自分を評価してくれたら、物事はどのように変わるだろうと仮定したくなる。しかし、それは他人が考えたり、感じ取ったりすることではない。だから、痛みに行き着く。

子供の頃、私たちは親を映す鏡だ。彼らは私たちにとって世界だ。母さんが何かをしたのなら、僕も母さんと同じようにやるべきだ。そうすれば私は正しく、愛され、彼女のようになれる。だから、お母さんの行動がお手本になる。これが鏡のようなインナーチャイルドのパターンを生み出す。

子どもはやがて、親と同じように歩き、同じように話し、同じように振る舞い、同じように聞こえるようになり、さらには親が人生に対して感じているのと同じことを感じるようになる。私たちが大人になり、親になると、親が私たちに話しかけたように、私たちも子供たちに行動し、話しかける。公平の誤謬では、ある価値観が母親、父親、あるいはその両方から子供に吸収され、何が公平かを子供に教える。

言葉、行動、行動の欠如、支持しない視線は、白黒の法則に支配されるものではない。一般的な礼儀以上に、私たちは皆、自分がどのように扱われたいかという考えを持っており、不当な扱いを受けると深く傷つく。人間はこれまでの経験に基づいて現実の見方を構築する。

日常的な状況において、私たちがどのように反応するかは、私たちの信念体系に基づくものであり、当然、その状況において私たちがどのように反応するかは、むしろ自動的であるように思われる。

しかし、公正とは何かという自分の定義に固執しすぎると、自分のカテゴリーに当てはまらない他者の行動に直面したときに、硬直化し、不安や怒りを覚える危険性がある。もちろん、私たちは皆、わずかながら しかし、公正さにこだわると、不安や動揺を招く危険性がある。

問題は、公平とは何かについて2人の意見が一致することはめったになく、それを助ける裁判所もないということだ。公平性とは、自分が期待したもの、必要としたもの、望んだものが、相手からどれだけ提供されたかという主観的な評価である。

ケーススタディ

シーナは、親友がボーイフレンドから花やプレゼントをもらうのを見て、毎週末ティムから花やプレゼントをもらうことを期待している。それが得られないと、彼女は不安になり、傷つき、拒絶され、怒りを感じる。トムは何も知らず、毎週土曜日の夜になると、思いやりがない、愛情がないと非難され続けている。シーナは自分の人生経験と個人的な期待をルールとして適用しているのだ。

公平性とは、あまりにも都合よく定義され、誘惑的なまでに利己的であるため、各人が自分の視点に囚われてしまうのだ。

現代の私たちの多くは、なりたいものに何でもなれると言われて育ってきた。仕事で褒められないとき、あるいは叱られたとき、これは私たちが「公平」と考えることに反することがある。批判されるのはフェアじゃない。私たちは成功するはずだった。

フェアという言葉は、個人的な嗜好や欲求を見事に偽装している。

私たちが望むものはフェアで、相手が望むものはインチキだ。

公正の誤謬は、アーロン・ベックの認知理論に基づく認知の歪みの最も一般的なタイプの一つである。この理論によると、私たちはどんな相互作用においても、泣き言を言ったり、かんしゃくを起こしたり、理不尽な態度をとったりと、子どもモード

で接する（私たちの「ルール」が破られたときにそうするかもしれない）。そうなると、相手はまるで親のように、私たちを見下したり、権威を振りかざしたり、私たちが理不尽であることを印象づけようとしたり、こんなストレスは必要ないなどと言ったりする。

また、この理論では、もし私たちが親モードで相手に近づくと、厳格で、法律を敷き、命令口調で、厳しく、権威主義的になる、

自分の「ルール」が破られたときに、私たちがするかもしれないように）脅したり怒鳴ったりして......そうすると、相手は子どものように反応し、ふてくされたり、黙ったり、パニックになったり、怒ったり、立ち去ったり、ティーンエイジャー全開で反抗したりするかもしれない（「私に指図しないで」）。

人生を通じて、私たちはこの2つの状態の間で揺れ動くことがある。どちらかのポジションからスタートするか、あるいは誰かによって反対の反応に引き込まれるかのどちらかだ。これは、相手がパートナーであろうと、兄弟姉妹であろうと、同僚や上司であろうと、友人であろうと、あるいは親子であろうと同じである。これではどこにも行けない。

非難

"人のせいにすると、自分を変える力を放棄する""人は不自由だと、責めるのが好きになる"

非難とは、責任を追及する行為であり、個人や集団について、その行動や行為が社会的あるいは道徳的に無責任であると否定的な発言をすることであり、賞賛の反対である。誰かが間違ったことをした道徳的責任がある場合、その行為は非難に値する。

非難とは、うまくいかないことの責任を負うこと、あるいはその責任を誰かに押し付ける行為のことである。責めるというのは、誰かを指差して、過ちや間違いの責任をその人に負わせることである。もし私が苦しんでいるなら、誰かに責任があるはずだ。

非難することは、実際には自分の責任である選択や決定を、誰かに責任を負わせることになる。「私に責任はない。私は非難される筋合いはない」。いつも誰かにやられているようなもので、私たちには何の責任もない。

非難とは、自分に起こる困難なことの責任をすべて他人に押し付けるパターンである。私たちの多くは、人生で物事がうまくいけば自分の手柄にするが、物事が悪くなると状況や他人のせいにする。

例えば、ある生徒がテストを受けているとしよう。彼が合格すれば、その手柄は彼の努力の賜物だ。しかし、もし彼がテストに失敗したら、突然、外部に 理由：問題がシラバスから外れていた、チェックが適切でなかった、試験官の機嫌が悪かった。

物事がうまくいかないときに人のせい、特に身近な人のせいにすることは、人間関係や家族、キャリアに深刻なダメージを与えかねない。

他人のせいにするのは簡単だ。非難すれば、責任を問われる必要がなくなるからだ。非難することは、私たちが弱音を吐く必要がないことを意味する。他人を責めることは、支配欲を刺激する。批難は溜まった感情を吐き出す。非難は私たちのエゴを守る。

自分を被害者にするために非難を利用する人もいる。これはエゴの動きであり、『かわいそうな私』モードになっているときは、他のみんなの注目を浴び、まだ『いい人』であることを意味する。

優越感を得るために非難を使おうが、被害者になろうが、どちらも自尊心の欠如から来るものだ。問うべきは、「なぜ私は非難しているのか」というよりも、「なぜ他人を非難しなければ気が済まないほど、自分自身を悪く感じているのか」ということかもしれない。

ケーススタディ

サラは直接、自分の欲しいものを要求するのは難しいと思っている。彼女は頼んでもいないのに、それを期待している。彼女の望みを聞いたり、提案したりすることは決して奨励されなかった。家族の中では許されなかった。彼女は女の子だった！

自分の望みを言うこと、あるいは望んでいることさえ、すべての問題の元凶かもしれない。多くの場面で、子どもは直接求めるのではなく、間接的に行動することで、欲しいものを手に入れる方法を学ぶ。

サラは今、インナーチャイルドが頼みもしないのに欲しがるので、自分が欲しいものをパートナーに直接求めることが難しいと感じている。

サラは今、夫に『尋ねない』ため、夫が何を求めているのかわからないという不満を抱いている。サラは理解されることを期待している。彼女の望みを理解しなかった夫に責任がある！

子どもは自分の願望や欲望を抑圧し、重要でないと考える。その後、彼は自分が何を望んでいるのかさえわからなくなった。

パーソナライゼーション

個人化とは、人生でうまくいかないことの責任を、一貫してすべて自分が負うというパターンである。それは、身の回りのすべてのものを自分自身に関連付ける傾向である。何か期待通りにいかないことがあると、すぐにその不運の責任を取る。

- 結果に責任があるかどうかは関係ない。

最近結婚したある男性は、妻が疲れを口にするたびに、自分に嫌気がさしているのだと思っている。

物価上昇に不満を持つ妻を持つ男性は、その不満を自分の稼ぎ手としての能力への攻撃と受け取る。

自分の人生や境遇に責任を持つことは立派だが、同時に、境遇の犠牲者のように感じてしまうのではまったく役に立たない。

個人化することの大きな側面は、他人と自分を比較する習慣である。彼は賢いが、私は賢くない。根底にあるのは、私たちの価値が疑わしいという前提だ。パーソナライゼーションの基本的な間違いは、それぞれの経験、会話、視線を、自分の価値や価値を知る手がかりとして解釈し、自分自身を責めてしまうことだ。

私たちは、自分のせいではない、あるいは自分ではどうしようもない状況について自分を責めるとき、個人化を行なっているのかもしれない。もうひとつの例は、意図的に排除された、あるいは標的にされたと誤って思い込む場合だ。

たいていの人は、たまに、たまにやるものだ。しかし、もし私たちが、本当はそうする必要がないのに、物事を個人的に受け止める癖がついていることに気づいたら、それは自己非難につながる。実際には自分ではどうしようもないことでも、自分には責任があると思い込んでしまい、自分の責任ではないことや、自分ではどうしようもなかったことに対して、罪悪感や羞恥心を感じてしまうことがある。

ケーススタディ

ステファニーのパートナーは健康状態に苦しんでいた。しかし、彼は治療勧告に従っていなかった。ステファニーは、彼の健康状態が悪化したときに十分な手助けができなかったことに責任を感じていた。

パートナーをサポートするということは、自分の力ではどうにもならないことの責任を負わなければならないということではない。私たちは皆、できる限り自分の行動や選択に責任を持つ必要があるからだ。しかし、私たちはまた、何かが自分たちの手に負えないときを理解し、自分の限界を認識する必要もある。

パーソナライゼーションのもうひとつの側面は、ある出来事や状況が自分のこととはまったく関係のないものであった場合に、物事を翻して自分自身を振り返ることである。不安や心配から来ることもある。

たとえば、ある部屋に入ったとき、みんなが話をしなくなると、私たちは「みんなが自分のことを陰で話しているに違いない」と勘違いしてしまう。実際には、それ以外の可能性もある。プライベートなことを話し合っていたのかもしれないし、部屋が静まり返る瞬間のひとつだったのかもしれない。

私たちは状況を自分のことだと思っているが、実際はそうではない。考えておかなければならないのは、たいていの場合、他人は自分のことを心配し、自分のことを考えているということだ。つまり、ほとんどの時間、彼らは私たちのことを考えたり心配したりしていないのだ。

他人のために時間を費やす人もいるだろう。ゴシップを言う人のことで悩むのは時間の無駄だ。たとえ誰かが私たちを粗末に扱ったとしても、その振る舞いは私たちではなく彼らの問題なのだ。たいていの場合、そういう人たちを変えるために何かをすることはできない。

切断

断絶

私は私ではない、ここではない、そこではない」「無感情-逃避-切り離された-アイデンティティの融合

「平和を見つけるためには、自分の人生に雑音を生み出す人、場所、物事とのつながりを失うことを覚悟しなければならないこともある。

「プラグを抜いて、自分自身と再びつながるために、一人の時間が必要なときがある」。

Disconnection（断絶）とは、孤立または切り離された状態のことで、（何かを）他の何かから切り離すこと、つまり2つ以上のもののつながりを断ち切ることである。

解離とは、自分の思考、感情、記憶、アイデンティティーの感覚から切り離される精神的プロセスのことである。感情的離人症とは、感情的なレベルで他人とつながることができない、あるいはつながろうとしないことである。人によっては、感情的になることを避けることで、不要なドラマや不安、ストレスから身を守ることができる。他の人々にとっては、切り離しは必ずしも自発的なものではない。

トラウマとなるような出来事を経験した子どもは、その出来事自体、あるいはその後の数時間、数日、数週間の間に、ある程度の断絶パターンを持つことが多い。例えば、その出来事が「非現実的」に感じられたり、まるでテレビでその出来事を見ているかのように、周囲で起こっていることから切り離されたように感じられたりする。ほとんどの場合、治療の必要なく解離は解消する。

子どもはある状況において不快感を感じると、その状況を切り離す。無意識のうちに作られたこのパターンが、その不快な状況において子どもを隔離する。これは、子どもが家庭や学校での「プレッシャーのかかる状況」に対処できない場合に起こる

。断絶は、自分がそこにいないような感覚として経験することができる。

無感情

多くの家や家庭では、子供が愛情や感情を示すことは許されない。強い感情を表に出すことは弱点とみなされる。すると、子どもはその感情から切り離されてしまう。

ソニアは保守的で厳格な家庭の少女だった。彼女はいつも、言われたとおりに、特定の方法で物事を行うことになっていた。そうすれば罰はない。彼女は両親から『愛情を受けた』ことがない。おそらく、彼らも保守的な社会で育ったのだろう。ソニアは愛情を受けたことがなかったから、『愛情』から切り離されてしまった。これが、凍りついた感情のないインナーチャイルドのパターンを生み出した。数年後、ソニアは夫婦関係で親密になるのが難しいことに気づいた。

私たち一人ひとりが、大人になるにつれて、ある種の感情を抱くようになる。

怒ることを許されないと、子どもはその感情から切り離されてしまう。これは怒りの状態を抑制し、その状態を否定することにつながる。この"不在の怒り"は、内部でチャネリングされ、別の形で表現される。と聞かれたとき、大人はこう答える。もちろん、そんなことはない。私は決して怒らない」。

逃避行

言い争い、口論、暴力の傾向のある毒家族、虐待家族、機能不全家族では、子どもは無感情になるだけでなく、その状況に自分が存在しないという断絶状態を作り出す。こうすることで、子どもはトラウマ的状況から「逃避」する。

ネーハにはアルコール依存症の父親がいて、母親としょっちゅう喧嘩をしていた。当初、彼女は家の中の光景に怯え、毛布の中に隠れていた。徐々に、彼女は自分自身を状況から切り離し、目を閉じて、自分がどこか別の場所で何か素晴らしいことをしている

姿を想像することで慰めを見出した――家族の毒性から逃れるために。

この「インナーチャイルドからの逃避」のパターンは、その後の人生で、ストレスの多い状況や問題のある問題、仕事、人間関係に対処する上で、さらなる問題を引き起こす。ただ、いないだけなのだ。

すべてがうまくいっているかのように機能し、普通に話しているように見えるが、彼らの目には断絶しているのが見える。彼らは注意力が短く、会話の糸口を見失い、何を話されたか覚えていない。

デタッチメント

簡単に言えば、デタッチメントとは、分離や解離を意味する断絶の一形態である。

パトリックは普通の子供だったが、食事を終えたり宿題を終わらせたりするのに時間がかかった。両親はいつも、『もっと素早く手を動かせないのか』と言っていた。学校では、手のひらの裏に悲しいスマイリーを貼られた。次第に、指に不安震が出るようになった。内心、彼は自分の手を憎み始め、自分の体の一部でないことを願った。パトリックの場合、親や教師による暗示によって、特定の身体の部位が"私のものではない"という経験をした。

この解離のインナーチャイルドのパターンは、進行し、異常で、病的なものになる可能性がある。これは心身症につながる可能性がある。ここで、断絶は解離のパターンにつながる。大人は「あきらめ」始め、身を委ね、やがて現実から自分を切り離す。

アイデンティティ危機

アイデンティティとは、私たちが何者であるかということであり、私たちが自分自身について考える方法であり、私たちが世界からどのように見られているかということであり、私たちを定義する特徴である。

同一性の融合 - 2つのものが融合するとき、その元となるものの同一性は、結果として生じるものの同一性とは異なる。新しいエンティティのアイデンティティは、元のエンティティのアイデンティティから切り離される。

アフリーンは4人兄弟の長女で、父親は病弱、母親は生活のために昼も夜も働いていた。自活し、食事を作るだけでなく、世話人の役割も引き受けなければならなかった。インナーチャイルドのアイデンティティと母親のアイデンティティが融合した。彼女は自分自身から疎外されていると感じ始めた。その後、大人になったアフリーンはいつもこう愚痴をこぼすようになった、

夫も、子供たちも。でも、誰も私のことなど気にしていない』。アフリーンのインナーチャイルドは、世話人というアイデンティティと同調したために、自分自身から切り離されてしまったのだ。

アイデンティティ・フュージョンとは、家族の一員と過剰に同一化し、融合し、融合することによって、子どもの人格が失われていくインナーチャイルドのパターンである。

多くの場合、子どものアイデンティティは親と融合し、子どもは親とより絆を深める。つまり、インナーチャイルドは父親に腹を立てている母親のアイデンティティと融合することになる。そうすると、子どもは振る舞い始め、母親の声になり始める。これは融合したインナーチャイルド・パターンである。生き残るために他人のアイデンティティを引き受けるというこのパターンは、人間関係にも見られる。成長期のティーンやヤングアダルトは、物腰や状況への対処の仕方、仕事のスタイルが母親や父親によく似ている、と他人から言われることがよくある。これは時に問題となる。大人になった私たちは、それなりの振る舞いをしたいと思うものだ。しかし、デフォルトでは、私たちは母親や父親のように振る舞ってしまう。これは内部で対立を生むかもしれない。大人になると、私たちは特定の人に惹かれるようになる。この圧倒的で強迫的な魅力は、インナーチャイルドが他人のインナーチャイルドに惹かれることである。

インナーチャイルドとインナーチャイルドのつながりは非常に強く、大人の中の子供が"これは運命だった"とか"私たちはソウルメイトだ"といったスピリチュアルな哲学を適応させることがよくある。

歪み

イリュージョニング

「そこにないものを見る、聞く、感じる」「素晴らしい-ひどい」

「発見に対する最大の障害は無知ではない。

現実は幻想に過ぎない。非常に根強い幻想ではあるが..."

— アルバート・アインシュタイン

イリュージョンとは、誤った考え、信念、印象のことである。それは、感覚的な経験に対する間違った、あるいは誤った解釈による知覚の例である。それは感覚の歪みであり、人間の脳が通常どのように感覚刺激を整理し、解釈しているかを明らかにすることができる。イリュージョンとは、現実に対する歪んだ認識である。

ケーススタディ

前述したラフールのケースを見てみよう。

ラフールは幼い頃、ある詩を客の前で暗唱することができず、父親に叱られたことがある。彼はただ舌打ちをして、彫像のように動かずに立っていた。その後、学校で、彼はクラス全員の前でまた叱られた。こうした憤りの体験は、彼に大きな影響を与えた。大人になっても、職場やパーティーで同じような場面に直面すると、父親や先生に叱られたときの光景が脳裏をよぎり、舌打ちをしてしまう。その結果、彼は社交の場を避けるようになり、昇進の機会も失った。

イリュージョニングでは、インナーチャイルドは過去に起こったことを選択し、それを現在や未来に重ね合わせる。現在の現実はありのままの姿ではなく、現在に重ね合わされた過去の幻影なのだ。見えているものはそこになく、そこにあるものがあたかも全体像であるかのように拡大されている。上記のケーススタディでは、ラフールは過去のトラウマ的な出来事に対する

幻想が現在のビジョンを曇らせ、目の前の現状に公平に向き合うのではなく、幻想のインナーチャイルドに反応してしまう。

誇張 - ワンダフル化、恐るべき化

Awfulizingは、何かの程度、特に不快なことや否定的なことを強調するために使われる。

素晴らしいとは、喜び、楽しみ、賞賛を呼び起こすこと。

イリュージョンでは、私たちは無意識のうちにある要素を選び、全体から文脈から引き離し、その要素を見ると拡大して見える。そうすることで、私たちは自分の考えをすばらしくしたり、ひどくしたり、誇張したりする。

異なるパターンが組み合わさって、イリュージョンを作り出すことができる。このイリュージョンを作り出す能力は、子どもたちが自分自身を排除し、家族の経験という現実を分散させる方法なのだ。イリュージョンの発達において、人生におけるストレスが大きければ大きいほど、イリュージョンは強くなる。錯覚には感覚的なもの、聴覚的なもの、視覚的なものがある。言っていないものを見たり、そこにないものを聞いたり、そこにないものを感じたりするのだ。

ケーススタディ

幼い頃、母親にベルトで何度も殴られた少女シャナヤは、夢を見るようになり、蛇の幻覚も見るようになった。彼女はいつも蛇に取り囲まれ、首を絞められていると感じていた。10代になると、首を絞められるのを恐れて、ゆったりした服を着るようになった。後に彼女が身につけた奇妙な行動パターンは、相手が自分をハグする前に、自分が相手をハグするというものだった。

イリュージョニングは、インナーチャイルドの防衛手段として採用されるパターンである。イリュージョニングは、インナーチャイルドにとって「コンフォートゾーン」なのだ。現在の大人は、内面の混乱を克服する手段として、この歪んだ状態を採用している。それゆえ、この幻想的な状態から目覚めるのは苦痛の伴うプロセスとなる。映画スターやスポーツスターになり

たいという幻想を抱く子どもは多い。これは、子供が家族の中であまりにも辛い経験をすることに抵抗する方法である。問題は、幻想が強固で規則正しく、永続的なものになったときに生じる。

感覚の歪み

感じられない、触ると痛い」「感情の歪み-知覚過敏-痛み

感覚歪曲は、身体感覚を高めたり、麻痺させたり、何らかの方法で変化させることによって、主観的な身体経験を変化させる。しびれ、痛み、鈍さ、時にはその反対である過敏さとして経験される状態である。

感覚の歪み

感情的な感覚の歪みは、子どもの中に無感覚を作り出す防衛手段である。例えば、児童虐待の事件中に子供がしびれを発症した場合などである。数年後、大人の中の子どもは性的感覚を麻痺させたり、欠如させたりするようになる。それは"ベナンブド・フィーリング"である。

過敏症は、誰かが世界に対して過剰に敏感になっているときに起こる。その人は"神経質すぎる"のだ。過敏なインナーチャイルドパターンを持つ大人は、触覚、嗅覚、聴覚、味覚、そして最も些細な感情にさえ過敏になる。

身体感覚の歪みと痛みは、痛みのある部分だけに注意の焦点を絞るパターンである。例えば、頭痛がする場合、その人の注意は頭に集中する。痛みや問題の中心が体の一部に限定された、一方的な病気のように見える。そのため、大人が責任を背負いすぎると、「責任を背負う」ことに困難を感じ、肩に違和感を覚えるようになる。痛みの語源は、罰則や刑罰を意味する「peine」または「poena」である。

記憶喪失』『いいから忘れろ！』。

忘れること-思い出すこと

健忘とは、事実、情報、経験などの記憶を失うことを指す。

健忘症は記憶喪失の一種である。健忘症の人の中には、新しい記憶を形成することが困難な人もいる。また、事実や過去の経験を思い出せない人もいる。

インナーチャイルドはこれを、不快な状況から身を守る方法として経験する。

- **自己欺瞞性健忘症は**、大人の中にいる子供がある状況を覚えていることを忘れるときに現れる。例えば、アルコール依存症の成人した子供が、親が酒を飲んでいたことを忘れてしまうような場合だ。

- コミュニケーション上のやりとりの中で、適切な情報を**削除**したり省いたりすることで、さまざまな解釈が可能な非公約的な発言が可能になる。"いろいろなことが起きたとき、どんな気持ちになるかわかるだろう"というような単純な言葉だ。何を感じ、誰が感じ、何が起こるのか？

- **物忘れ**、健忘症は、自分がコントロール不可能だと認識している状況をコントロールしようとして、自分が言ったことを忘れてしまうことで起こる。この否定パターンは、人が緊張を和らげるために何かに同意した後、同意したことを忘れてしまうときに起こる。

このような健忘状態は、情報や出来事を忘れることによって、制御不能な状況をコントロールすることによって示され、通常、混沌、虚無感、制御不能感や圧倒感といったかつての経験に関連している。

健忘症とは忘れることであり、それは防衛である。記憶喪失になったのは、トラウマとなった出来事が記憶されるはずではなかったからだ。忘却を維持するために、息が止まったり、筋肉がこわばったりする症状が現れる。

私は世界で一番記憶力が悪いので、それを改善したいのです」とか、「何があったか覚えていないのですが、虐待を受けたような気がします」と言う人がいたら、これは健忘症になりやすいインナーチャイルドのパターンである。

健忘症は すべてを記憶している。これもディフェンスだ。

「彼らが発したすべての言葉に耳を傾け、彼らが言ったことを記憶した。そして数ヵ月後、こうしろと言ったはずだ、と言われ、私はそれを訂正する。彼らはこう言うだろう――神よ、あなたの記憶力など信じられません。あなたは何でも覚えている」。

これは記憶喪失のインナーチャイルドパターンの典型的な台詞である。

健忘症のマイナス面は、過警戒のような警戒心や不信感である。

健忘症も健忘亢進症も、環境的な望ましくない状況に対する反応である。

特別性

特別感

彼らは神のような存在で、常に正しい」「魔法的思考-理想化-超理想化」「世の中には多くのストレスがあり、それを処理するために、

自分を信じて、常に自分が知っている自分に戻り、誰にも違うなんて言わせないことだ。

「僕らはみんな違う。それが私たちを特別な存在にしている。お互いに愛し合い、仲良くやっていかなければならない。誰かを批判するのは私の役目ではない」。

"私は個性を信じている。誰もが特別な存在であり、その資質を見出し、生かすかどうかはその人次第だ"

幼児に戻り、幼児の視点から周囲を見渡してみよう。

母親の胎内では、胎児やその中の子供は母親と密接な絆で結ばれている。母親は子供にとって唯一の現実である。

出産後、子供は母親に慰めてもらおうと泣く。子供が泣くたびに、母親は食事を与え、撫で、世話をする。つまり、子どもの思考状態や欲求状態が、親の反応を生み出すのである。これは漠然と『マジカル・シンキング』と呼ぶことができる。

幼児期に発達した理解は、潜在意識に深く刻み込まれ、のちに一般化される。これがインナーチャイルドのアイデンティティーの発達の始まりである。この理解は、子供が自分自身、両親、神、そして宇宙の仕組みをどのように見ているかということにつながっていく。

乳幼児の基本的な心の構造は世界によって強化されるため、発達途上の乳幼児は元の世界観が正しいと信じるようになる

"他人が私についてどう感じるかは私が作る"、あるいは "他人が私についてどう思うか、どう感じるかは私に責任がある"。これは

早い時期から始まり、"あなたは私たちを笑顔にしてくれる"といった親の言葉によって魔法の思考が強化される。子どもは行動や言葉によるフィードバックを信じ、インナーチャイルドの思考パターンを続ける。

"他人の経験に責任を持つ"

"人々が私についてどう思うか、どう感じるかは、私に責任がある"

"嫌われるようなことをしたに違いない"「自分の考え、感情、行動をコントロールすれば、相手のこともコントロールできる。

私に対する反応、考え、感情"

次のレベルでは、発達途上の子どもは、たいていの場合、両親を理想的で完璧な存在として作り上げる。親の行動が、彼らにとってのデフォルトの普通になってしまうのだ。数年後の人間関係では、大人の中のインナーチャイルドが配偶者を理想化する。このため、現在の成人は配偶者と会うことができない。時にはインナーチャイルドは、配偶者の潜在的な、あるいは想像上の理想像だけを見たり、それに恋をしたりする程度にまで理想化することがある。問題は、配偶者が理想像と一致しないことから生じる失望である。他人の内的理想には誰もかなわないのだから、フラストレーションはエスカレートする。この理想化インナーチャイルド・パターンは、男性が今現在の現実や人間関係に対処するのを妨げる。

ほとんどの子どもは親を理想化する。やがて私たちは、両親も他人と同じただの人間であることに気づく。これで彼らの理想化パターンは終わった。しかし時に、インナーチャイルドは他者を理想化し続け、精神化あるいは超理想化のパターンに陥る。

超理想化とは、インナーチャイルドが親を神のように想像するパターンである。親はすべて善であり、全能で、すべてを愛し、すべてを知っている。この状態は、両親か、両親と同じように答えを持っている師か、師匠か、師匠のことかもしれない。

私たちの多くは、自分の目的や人生の意味を探し、そのために次から次へと師を求める。

"より高い目的"問題は、内なる子供がショーを牛耳っていることだ。

「*彼らは神だ。彼らの言うとおりにすれば、罰を受けることもなく、涅槃に達することができる*」。

超理想化とは、神のような資質を人に移し、人を教祖に仕立て上げ、あたかも願いを叶えたり夢を叶えたりする力があるかのように助けを求めることである。あたかも 彼らの思考が私たちを目覚めさせる力を持っているかのように」。子供は自分の誇大性を人に移し、親にしたように、その人を聖人や教祖などに仕立て上げる。

「*必要なら、両親や神が与えてくれる。必要なければ手に入れない*」。「神様は私にそれを持つことを望まなかったのだろう。

神様が私には必要ないと判断されたのだと精神化するのは、大人の中のインナーチャイルドなのだ。

- 欲しいものが手に入らないとき、"神や親は私に別のことを考えている。
- 物事が混沌としているように見えるとき、"神は不思議な方法で働かれる"。
- 良いことをして報われなかったとき、"私は別の人生で良いことをした報いを受けるだろう"、あるいは"彼らは別の人生で、今悪いことをした罰を受けるだろう"。

認知療法では、この思考の歪みを「天の報酬の誤謬」と呼ぶ。

特別性とは、自分が特別な存在であると考えるインナーチャイルドのパターン状態である。数年後、大人の中にいる子どもは、良い子であること、あるいは特別であることのために世話をされることを期待するようになる。子どもはネグレクトや虐待という混沌を処理することができないので、何か目的があるに違いないと判断し、その反動として特別性を生み出す。特別感とは、子供が自分は特別な存在である、あるいは他の人とは違

う存在であるという感覚を作り出すプロセスである。*君は特別なんだ* "というような発言によって、この傾向は頻繁に強まる。

子供の頃、私たちは皆、物事が起こる理由を与えられる。親は報酬や罰に理由を与える。例えば　親が提案したことを実行すれば、今も将来も報われる。親の言うことを聞かない子どもは、今も将来も罰を受ける。私たちは両親を、私たちに教訓を教えようとしている神々に見立てている。子どもは自分の部屋を掃除するという教訓を学ぶことで、ご褒美をもらう。また別の子どもは、教訓を学ばなかったために親から罰を受ける。と聞かれたとき、親はこう答える。数年後、学校では同じような報酬と罰のモデルがレッスンの概念と融合する。例えば、算数の勉強をしたら、ご褒美がもらえる。そうしないと罰を受ける（宿題を増やさなければならない）。

「もし私が善良であれば、神は私にもっと多くのもの--お金、良い人間関係、幸福など--を与えてくださる。何か悪いことが起きたら、私には学ぶべきことがあるに違いない。

したがって、良い行動＝良い結果、悪い行動＝悪い結果となる。

僕が良ければもらえるし、悪ければもらえない。良い人には良いことを、悪い人には悪いことをする。

不調和な経験は混乱を引き起こし、その混乱は内なる子どもによって合理化される。「その人には別の人生からのカルマがあったのだろう。だから、良い人に良いことは起きなかったんだ」。あるいは、"彼らが学ぶべき教訓は何だろう？""なぜ彼らは自ら悪い出来事を作り出したのだろう？"と。

- 悪いことは良いことに起こる："彼らが学ぶべき教訓があるのだろう"。
- 悪いことは良いことに起こる。"もっと崇高な目的、崇高な計画があるに違いない"。

- 　　　神は私に必要なものを与えてくださる："必要なものが手に入らないとき、それは本当に必要なものではなかったのだ"

親を理想化したり、神格化したりできない人には、理想化が内面化するパターンがある。私たちは内なる世界を創造する。理想化された親は「内なる神」となる。ほとんどの宗教は、私たちに内なる神を見つけるよう求めている。これは外的な混乱に対処する見事な方法だ。

世界を理解するためのシステムが作られ、その世界がインナーチャイルドにとって意味をなさない場合、超理想的な両親を持つ内向的なシステムを発展させることで、インナーチャイルドの心理的システムを存続させることができる。

私たちが「動けない」のは、インナーチャイルドが選択を許さないからだ。大人は選択を経験しない。

刺激と反応がインナーチャイルドに働きかけ、大人がこれが世界のあり方だと決める。

インナーチャイルドの特徴

「みんないろんな考え方が混在している。ある分野では成長マインドセットが優勢であっても、固定マインドセットの特性への引き金となることがあり得るのです」。

「偏見は学習された特性である。生まれつきの偏見ではなく、教え込まれたものだ」。

私たちはもう『大人』だ。私たちは『成熟』している。しかし、私たちの中にはまだ子供のような資質が残っている。こうした子どものような資質は、人生のさまざまな場面で、さまざまな時期に表面化し、発揮される。私たちは皆、自分の中に『インナーチャイルド』を持っている。私たちは子供の頃に傷つき、時には透明人間になったような気がし、大人になることを恐れ、自然や楽しいことが大好きで、のんきで、ファンタジーを信じてきた。どの形質も、ある時点では優性である可能性がある。しかし、私たちの人生の大部分は、ある特定のものが支配している。

インナーチャイルドのパターンに気づくだけで十分だ。こうしたパターンを意識することは、自分の内なる子供の特性を理解するのに役立つ。

人生のすべての瞬間がインナーチャイルドの資質に支配されているわけではない。私たちは成長し、考え、感じ、話し、行動する。私たちは、思考プロセスで生み出される刺激だけでなく、外部からの刺激にも絶えずさらされている。ある種の刺激は、インナーチャイルドの特性を誘発するため、引き金となる。このような特性は通常、私たちの中に潜在しているのかもしれない。しかし、引き金が引かれると、これらの特徴はそのパターンを現す。インナーチャイルドがまだ活発で反応的だからだ。私たちは皆、成長し、克服し、学び、人生を変容させる過程にいる。

インナーチャイルド」は決して年を取らないが、その現れ方は絶えず強くなる。カール・ユングは、このことが私たちの人生の選択や行動を妨げたり、高めたりすると指摘した。彼はそれを「子供の原型」と呼んだ。作家のキャロライン・マイスによれば、それは傷ついた子供、孤児からなる。

子供、依存の子供、魔法の子供／罪のない子供、自然の子供、神の子供、永遠の子供。

無邪気さ、衝動性、自発性、創造性だけでなく、依存性、素朴さ、無知、頑固さといった資質も「子供」というイメージから連想される。例えば、子供の無邪気な面は天真爛漫で遊び好きである。このようなインナーチャイルドの特徴が顕著な大人は、たいてい気楽でのんきで、他人を簡単に信頼できる。私たちの中にある無邪気な子供が健全に精神に統合されていれば、私たちは無邪気で、遊び心にあふれた軽快な面を育むことができる。しかし、不利な状況に陥ったとき、この無邪気な子どもはそれに立ち向かう準備ができていないと感じるかもしれない。そして、絶望の感情を抱くようになる。そのようなとき、私たちは自分の懸念を認めようとしなかったり、否定したりしがちである。

良い意味で、私たちのインナーチャイルドは、遊び心や楽しさを思い出させてくれることで、私たちの責任のバランスをとっている。しかし、安心感が脅かされたり、恐怖や潜在的な不快感を感じたりすると、「インナーチャイルドの特性」が発動し、ネガティブな特性を発揮する。

インナーチャイルドの特徴には7つのタイプがある。それぞれに独特の特徴と暗い特徴がある。私たちの誰もが、これらの原型のそれぞれに一度は共感できる。

永遠の子供の特徴

永遠の子供の特徴」を持つ大人は、永遠に若い。子供のような特徴を示し、大人になることに抵抗があり、楽しいことが大好きだ。彼らは常に心も体も精神も若々しく、他の人たちにもそうするよう勧めている。大きな障害に直面することもないため

、いつまでもこのままかもしれない。彼らは自分の人生において責任逃れをしていないかどうかを確認する必要がある。

Puer aeternus（プエル・アエテルヌス）−ラテン語で「永遠の子供」を意味し、神話では永遠に若い子供神を指す言葉として使われる。心理学的には、感情的な生活が思春期のレベルにとどまっている年配の男性を指し、通常、母親への依存度が高すぎることも相まって使われる。

暗い面では、無責任になり、信頼できなくなり、大人の仕事を引き受けることができなくなるかもしれない。他人の個人的な境界線に苦慮し、自分の世話をしてくれる愛する人に過度に依存するようになる。加齢のプロセスを否定することで、彼らは地に足がつかず、人生のステージの狭間でもがいている。責任を取ることが難しく、依存的になり、実社会で生き抜く自信を育むことができない。長期的な人間関係を築いたり、維持したりすることが難しいかもしれない。

より暗い特徴：自己愛的、利己的、自慢的。

マジカルチャイルドの特徴

マジカルチャイルド特性」を持つ大人は、可能性の世界を見ている。彼らはのんきで、あらゆるものの周りや中に美と驚きを探し、すべては可能だと信じている。彼らは夢想家で、好奇心が強く、理想主義的で、しばしば神秘的である。

暗い面では、悲観的になったり落ち込んだりすることもある。ファンタジーの世界、ロールプレイング活動、ゲーム、本、映画などに引きこもり、現実との接点を失うこともある。空想にふけり、現実から切り離され、他人から距離を置き、愛する人をいらだたせる。通常、悪意はないが、同じ障害や問題、課題の周りで感情的に停滞し続けることで、自分自身や愛する人を傷つけてしまう。彼らはおとぎ話のような物語に魅了され、誰かが助けに来てくれるのを待っている。依存症の餌食になるかもしれない。

不利な状況に直面すると、殻に閉じこもる傾向がある。問題を否定し、逃避し、回避する方法を探し、現実から逃避すること

さえある。物事をありのままに見るのではなく、意識的あるいは無意識的に他人を操ったり欺いたりする代償を払ってでも、現実を自分がどうしたいか、どうあってほしいと願っているかを見るのだ。

暗い特徴：非常に感情的だが、感情的に飄々としている傾向があり、うつ病や極端な悲観主義に陥りやすい。

完璧主義、恋愛、セックス、買い物、ギャンブルなどの行動依存症。

彼らは課題を創造に変える可能性を秘めており、複雑な問題を解決するために一風変わった独創的なアイデアを思いつく。創造力と想像力が最大の財産だ。

ディヴァイン・チャイルドの特徴

神の子特性」を持つ大人は無邪気で純粋で、しばしば神と深く結びついている。彼らは活性化を信じている。神秘的に見えるかもしれない。希望、無邪気さ、純粋さ、変身を表し、新たな始まりを期待させる。彼らは夢想家と行動家の調和のとれたバランスを示すかもしれない。彼らは本能と知性によって導かれ、自分の考えを伝えることに長けている。現実と合理性のバランスを取ることが彼らの領分だ。彼らは献身的で、意志が強く、能力があり、決してあきらめない。

ネガティブな感情に圧倒され、自分を守れないと感じるのだ。怒りっぽく、不利な状況で自分をコントロールできないこともある。

理想主義的になりがちかもしれない。他人の感情を内面化し、他人の問題を自分の問題として引き受けることなく、他人を助けることは難しい。彼らは、逆境において強さと勇気を示すことに個人的な責任を感じている。彼らは世界の重荷を背負い、自分自身に過度の負担をかける傾向があり、疲労、燃え尽き症候群、神経質、不安につながる。

暗い特徴：怒りっぽい、頑固、理想主義的で完璧主義、批判に敏感、自己評価が変動しやすい、人を喜ばせる代償として自己犠牲を払う。

自然児の特徴

ネイチャー・チャイルドの特徴」を持つ大人は、自然や環境、植物、動物、そして周囲の大地と深いつながりを感じている。彼らはペットを飼うことに心地よさを感じ、自然保護問題や環境保護に関心がある。

暗い面では、周囲を虐待することもある。予測不能で衝動的な傾向がある。彼らは「自由な魂」であり、ルールやガイドライン、規律は自分たちの生存を脅かすものと考えている。彼らは自己を守るために恐怖に駆られ、生き残るためには何でもする。

正反対の状態を示し、動物や人間、環境を虐待することもある。暗い特徴：不注意、衝動的、競争的、自己中心的、過敏、気分の変動が激しい。

孤児の特徴

孤児や見捨てられた子どもの特徴」を持つ大人は、孤独感、感情的に見捨てられた、あるいは孤児になったという過去を持つ。彼らは生涯を通じて自立し、物事を自分で学び、集団を避け、恐怖と自ら戦う傾向がある。彼らは自分自身を孤立させ、愛する人を含めて誰も中に入れない。感情的な空白を埋めるために、代理家族を求めて過剰に補うのだ。

彼らは過去にしがみついている。彼らは全世界を拒絶し、締め出す。幼少期に拒絶されたり、見捨てられたりした記憶があるのだ。彼らは許し、手放す必要がある。彼らは常に『世界に対する自分』の状態にあり、仲間はずれのような感覚を抱いている。強く健全な人間関係を築くことが難しいのだ。愛する人を遠ざけ、そして引き戻す。誤解されていると感じることは、彼らにはよくあることだ。

暗い特徴：抑うつ、誤解されているという認識、拒絶と孤独への恐れ、頑固者

傷ついた子供の特徴

傷ついた子どもの特性」を持つ大人は、虐待やトラウマの過去を持つ。彼らは同じような虐待に苦しむ他人を思いやり、赦す気持ちを育む傾向がある。

ほとんどの場合、虐待を繰り返すパターンから抜け出せないままかもしれない。彼らは"被害者"意識で生きている。彼らは泣く。憂鬱で、悲しく、いつも悲嘆にくれていて、自傷行為や自虐行為に走ることもある。彼らは 絶望と無価値感を感じる。拒絶と失敗が支配的だ。見捨てられ、誤解され、愛されず、気にかけてもらえないと感じている。

トラウマや傷が癒えるまで、トラウマと痛みのパターンは何度も繰り返される。いつもこうなんだ』という経験だ。

彼らは過去から逃げている。

両親がありのままの私を愛してくれていたら、私はもっといい親になれたのに。

愛されてさえいれば、私はもっと良くなっていただろう。

敬意を持って接してもらえさえすれば、こんなに怒ることはなかった。

彼らは誤解されていると感じ、すぐに腹を立て、傷つく。物事を個人的にとらえ、状況や人間関係を内面化する。他人に自分を理解してもらいたいと願うと同時に、他人には決して自分を正しく理解してもらえないと感じているのだ。これは自己憐憫、孤立、怒り、執着、感傷、不合理、復讐心といった形で現れる。

自分では立ち向かえない他人の痛みを理解するために、他人の痛みに過度に関与してしまうのだ。理解されたいという欲求があまりに強いため、自傷行為に走るのだ。世界は今、『彼らの痛みを見る』ことができる。これは彼らの苦しみの証拠だ。こうして彼らは他者からの承認、共感、支援を求めるのだ。彼ら

は自分たちが苦しんできたことを知られることを切望している。他人が自分を見て認めてくれたり、同情してくれたりすることを期待しているのだ。もう一つの一般的な経験は、うつ病である。うつ病は傷ついた証拠であり、恥のパターンを作り上げる。

彼らは他者から愛されることを求めるが、実際には、彼らが本当に切望しているのは他者に愛を与えることなのだ。彼らは通常、他者から理解とサポートを求められる「信頼できる全天候型の友人」である。他者を深く理解しようとする強い欲求があり、偏見を持たず、心を開いている。他者を理解することは、自分自身を理解する鍵である。愛を与えることで、彼らは他者の愛を感じ、受け取ることができる。

暗い特徴：誤解されている、価値がない、壊れていると感じている、落ち込んでいる、手放すのが難しい。

依存的な子供の特徴

依存的な子どもの特徴」を持つ大人は、何一つ十分でないという強い思いがあり、常に子ども時代に失った何かを取り戻そうとしている。彼らは注目とつながりを求めるが、それは子供のころの愛情、承認、認可の欠如から来ている。自分よりも他人のニーズを察することができないため、周囲の人々を感情的にもエネルギー的にも疲弊させる傾向がある。故意に、あるいは無意識に、他人を非難し、操り、感情的に恐喝し続けるかもしれない。

意識的にせよ無意識にせよ、被害者意識、自己憐憫、権利意識、個人的な問題の回避を永続させる理由を探している。

暗い特徴：感情的成熟度が低い、自尊心が低い、自己中心的、共感性の欠如、判断力がない。

"優しい"ということは、必ずしも"弱い"ということではない。いい人であると同時に強くもなれる」。

"サピエンス"の真にユニークな特徴は、フィクションを創作し、信じる能力である。他のすべての動物は、現実を描写するために

コミュニケーションシステムを使う。私たちはコミュニケーション・システムを使って、新しい現実を創造するんだ』。

パターンを探る

「昨日から学び、今日を生き、明日に希望を持つ。重要なのは質問をやめないことだ」。

- アルバート・アインシュタイン

「自分が何をしたのか、どうすればもっとうまくやれるのかを常に考える、フィードバックのループを持つことはとても重要だと思う。どうすればもっとうまくやれるかを常に考え、自問自答することです」。

- イーロン・マスク

コンフォートゾーンとは、物事が身近に感じられ、安心している、あるいは少なくともそう思っている心理状態のことである。それは、不安のない中立的な立場で行動する行動状態である。

私たちのコンフォートゾーンは危険な場所だ。それは私たちが向上するのを妨げ、私たちが達成できるすべてのことを達成するのを妨げ、私たちを惨めにする。だから、人生に変化をもたらそうと決めたら、自分自身をコンフォートゾーンから揺り起こす必要がある。

そしてそれは、私たちがこれまで認めようとしなかった厳しい問いを自らに投げかけることから始まる。自分自身に問いかけ、自分自身にも答える必要がある。では、なぜ私たちは抵抗するのか？私たちが抵抗するのは、それが私たちを慰められないからだ。自分自身に問いかけ、同調するというシンプルな行為が、私たちと感情との間の壁を壊し始めることを理解する。自分が感じていることについて、決して自分を批判してはいけない。大事なのは、その気持ちを持って何をするかだ。感情ではなく、行動だけで自己を判断する。

以下は、『Home Coming』からの抜粋である：*Reclaiming and Championing Your Inner Child*, by John Bradshaw.

インナーチャイルド・パターン・アンケート

ここに書かれていることに共感すればするほど、そのことを意識するようになる。受容を伴う気づきは、自分自身のための行動計画を立てるのに役立つ。

A. アイデンティティ

1. 心の奥底で、私は何かが間違っていると感じている。
2. 私は自分の中に感情を閉じ込めている。何かを手放すのが苦手なんだ。
3. 私は人を喜ばせるのが好きで、自分のアイデンティティを持っていない。
4. 何か新しいことをしようとすると、不安や恐怖を感じる。
5. 私は反逆者だ。葛藤しているとき、私は生きていると感じる。
6. 男として、女として、物足りなさを感じる。
7. 自分のために立ち上がることに罪悪感を感じ、むしろ他人に譲歩してしまう。
8. 私は物事を始めるのが苦手なんだ。
9. 最後までやり遂げるのが苦手なんだ。
10. 自分の考えを持つことはほとんどない。
11. 私は常に自分自身を不十分だと批判している。
12. 自分はひどい罪人で、何をやっても間違っていると思う。
13. 私は厳格で完璧主義。
14. 私は自分の実力を測ることができない、何一つうまくいかないと感じている。
15. 自分が何を望んでいるのか、本当にわかっていないような気がする。

16. 私はスーパーアチーバーになるよう駆り立てられている。

17. どんな関係でも拒絶され、見捨てられることを恐れている。

18. 私の人生は空虚で、いつも憂鬱な気分だ。

19. 私は自分が誰なのかよくわからない。

20. 自分の価値観が何なのか、物事についてどう考えているのかがわからない。

ソーシャル

21. 私は基本的に、自分も含めてすべての人に不信感を抱いている。

22. 私はいつも他人に対して自分のことを偽っているような気がする。

23. 私は自分の関係に執着し、支配的だ。

24. 私は中毒者だ。

25. 私は孤立していて、人、特に権力者を恐れている。

26. 私は一人でいるのが嫌いで、それを避けるためならほとんど何でもする。

27. 他人が期待していると思うことをしている自分に気づく。

28. 私は争いを全力で避ける。

29. 他人の提案にノーと言うことはめったにないし、他人の提案はほとんど従えという命令だと感じている。

30. 私は責任感が過剰に発達している。自分のことよりも、他人のことを気にかけるほうが簡単なんだ。

31. 直接ノーと 言わず、さまざまな操作的、間接的、受動的な方法で他人の頼みを断ることが多い。

32. 　他人との衝突を解決する方法がわからない。私は相手を圧倒するか、相手から完全に離れる。

33. 　私は、理解できない発言について説明を求めることはほとんどない。

34. 　私は他人の発言の意味を推測し、それに基づいて返答することがよくある。

35. 　両親のどちらか、あるいは両方に親しみを感じたことはない。

36. 　私は愛と憐憫を混同していて、憐憫を抱ける人を愛する傾向がある。

37. 　自分や他人がミスをすれば嘲笑する。

38. 　私は簡単に屈服し、集団に合わせる。

39. 　私は負けず嫌いで、負けず嫌いだ。

40. 　私の最も深い恐怖は見捨てられることへの恐怖であり、関係を維持するためなら何でもする。

インナーチャイルドクイズ

これはオエノネ・クロスリー＝ホランドによるものだ。

以下の各ステートメントについて、答えなさい...

ほとんどない 時々ある ほとんどある

1. 　私は遊び好きな一面があり、自分の楽しみ方を知っている。

2. 　子供の頃の記憶は強烈で、若かった頃の気持ちを思い出すことができる。

3. 　私は想像力が豊かで、創造的なことを楽しんでいる。

4. 　時々、自分の昔の写真を見るんだ。

5. 　私は兄弟と健全な関係を築いている。

6. 　子供の頃の私を知っている人たちは、私はあまり変わっていないと言う。

7. 　自分の肌が心地いい。

8. 　私はすべての友人関係や親密な関係において、対等なパートナーシップを求めている。

9. 　私は自分の生い立ちに平穏を見出した。

10. 　人生のささやかな喜びが私を喜ばせ、私はしばしば世界に畏敬の念を抱く。

11. 　私は幼少期の傷を自覚している。

12. 　私の態度は私の内面を反映している。

13. 　私は自分を支える生活を築いてきた。

14. 　一人でいても心配はない。

15. 　私は今を生き、人生に対する好奇心を持っている。

16. 　時にはバカになることもあるし、私は笑いを大切にしている。

17. 　毎日、リラックスしてスイッチを切る時間を取っている。

18. 　私は子どもたちと一緒にいるのが好きだし、子どもたちから何かを学ぶことができると感じている。

19. 　私がおもちゃを放り投げているときは、それを認めることができる。

20. 　自由を感じる。

もし、ほとんどの答えが「ほとんどの場合」だったら…。

大人の私たちは、現在と同期し、内なる平和を保っている。

私たちの「インナーチャイルドの特徴」やパターンは、私たちの思考、認識、行動、行為に影響を与えていない。私たちは大人の責任を背負い、過去に縛られることはない。人生において、人間関係に全面的に依存するよりも、あるいは全面的に独立するよりも、私たちはおそらくバランスと相互依存の場所を見つけたのだろう。必要なときには助けを求めることができる。

もし、ほとんどの答えが「時々」だったら……。

大人の"私たち"は、過去の問題と現在とのバランスを取ろうとしている。インナーチャイルドの特性が眠っている、あるいは潜在的な状態にあるときがあり、そのとき大人は精一杯生きている。しかし、引き金が引かれると、その特性が活発になり、インナーチャイルドのパターンが繰り広げられる。

ほとんどの答えが「ほとんどない」だったら……。

インナーチャイルド」のパターンが大人の存在を支配する。大人の"私たち"は"立ち往生"し、認識を変えたり、パターンを断ち切ったりすることができない。意識すること、受け入れること、あるいは行動を起こすことは難しい。

幼少期の経験を探る

以下は、幼少期に経験した可能性のあることのリストである。もしかしたら、ここに書かれているようなことはなかったかもしれないが、似たようなことはあったかもしれない。質問に両親とある場合は、祖父母、義父母、叔父、叔母、兄弟、姉妹、いとこ、教師など、あなたの人生に存在した人のことも考えてください。

この文章はロバート・エリアス・ナジェミーの著作から引用し、改変したものである。

それぞれの経験について、次のことを発見してほしい。

その時、私は子供としてどんな感情を抱いていたのだろう』。

自分、他人、人生について、どんな信念がそのとき子供の私の心の中に作られたのか』。

あの時の私の満たされなかった欲求は何だったのか』。

1.　　誰かに怒られたり、叱られたり、拒絶されたり、非難されたりしませんでしたか？誰が、いつ？

2.　　見捨てられたと感じた経験はあるだろうか？一人取り残されたり、他人が自分を理解してくれないと感じたり、サポ

ートがないと感じたことはなかったか？いつ？誰が？どうやって？

3. もっと愛情や優しさ、愛情表現が必要だと感じたことは？いつ、誰から？

4. あなたの身の回りに、よく病気になったり、病気のことをよく口にする人はいましたか？誰が、いつ？

5. 他人の前で、あるいは他人との関わりの中で、屈辱感を味わったことがありますか？どのような場合ですか？

6. 自分が劣っているとか、価値があるとか、他人と比較されたことはある？誰に対して、どのような場合に、どのような能力や性格に関連して？

7. 愛する人を亡くしたことがあるだろうか？誰が、いつ？

8. ご両親は、一緒にいられたのはあなたのおかげであり、それは大きな犠牲であった、あるいは、あなたのために多くの犠牲を払い、あなたは彼らに恩義を感じている、と言ったことはありますか？誰が？いつ？何が重要なのか？あなたは彼らにいったい何を借りているのですか？

9. 彼らの不幸や病気、問題の原因があなたにあると非難されたことはありますか？誰が、何について告発したのですか？私たちのせいだという彼らの言葉は何を意味していたのか。彼らによれば、あなたはどうすべきだったのか？

10. 君は人生で何も成し遂げられない、怠け者だ、能力がない、頭が悪い、と言われたことはないだろうか？誰が、いつ、何を問題にしているのか？

11. 彼らはよく、誰か、親、あるいは神からの罪や罰について話していただろうか？誰が？いつ？どのような種類の罪があり、どのような種類の罰があるのか？

12. 他の子供たちの前で屈辱を感じた教師はいましたか？いつ？どうやって？何について？

13. 他の子供たちと一緒にいて、拒絶や劣等感を感じたことはありますか？どのような基準で劣っているのか？

14. 自分の兄弟や他人全般に対して責任があり、彼らに何が起こっても自分の責任だと言われたことはありますか？誰が？誰について？どのようなことを担当していたのですか？

15. 誰かが受け入れられ、愛されるためには、人はそうでなければならないということを、否定的あるいは肯定的な方法で理解させられたことはある？

a. 他人より優れている？

b. 何でも一番になる？

c. 欠点がなく、完璧であること？

d. 知的で利口であること？

e. ハンサムで美しく？

f. 家庭は完璧な秩序と清潔さを保っているか？

g. 恋愛で大きな成功を収めているか？

h. 経済的、社会的な成功を収めているか？

i. 誰からも受け入れられる？

j. いろいろな意味で積極的に？多くのことを成し遂げる？

k. 常に他人の欲求を満たしているか？

l. 他人に「ノー」と言わない？

m. ニーズを表現しない？

16. 自分一人では物事を考えたり、決断したり、達成したりすることができない。このメッセージをあなたに伝えたのは誰ですか？あなたが決断できない、あるいは適切に対処できないとされる事柄とは？

17. 両親や兄姉など、とても行動的で有能なロールモデルがいた。

a. 　　　　　彼らのようになる必要性？

b. 　　　　自分の価値を証明し、これらのモデルに到達し、あるいはそれを超える必要があるのだろうか？

c. 　　　　絶望、自己否定、努力の放棄、おそらく自己破壊的な傾向。

18. 　　あなたの身の回りに、予期せぬ、予測不可能な、神経質な、あるいは精神分裂病のような行動をとる人や、アルコール依存症や薬物依存症の人がいて、その人に何を期待していいのかわからなくなったことはないだろうか？暴力はありましたか？誰が、どのような振る舞いをしたのか？

19. 　　両親のどちらか、あるいは両方に対して拒絶感や恥ずかしさを感じたことがありますか？なぜですか？

20. 　　彼らは"懲罰者である神"についてあまりに頻繁に話していたのだろうか？

21. 　　あなたは、彼らがあることを言ったが別のことをした、彼らの言葉と行動の間に一貫性がない、彼らはダブルスタンダードを持っている、１つは自分自身のため、もう１つは他の人のため、または彼らは偽善者であり、偽りであり、真実ではないと感じたことはありますか？誰が、いつ？どのようなトピックについてですか？

22. 　　ご両親のセキュリティは何に基づいていたのですか？他人の意見？教育？個人の力？家族の結束？財産？片方の配偶者に？その他？

23. 　　あなたはいつも欲しいものは何でも手に入り、誰からも頼みを断られることのない甘やかされた子供だっただろうか？もしそうなら、それはあなたにどんな影響を与えたのですか？

24. 　　移動の自由や表現の自由を抑圧されましたか？やりたくないことを強要された？やりたいことを禁止された？強制されたこと、あるいは阻止されたことは？

25. あなたが女の子であることを、何らかの形で理解させられたのでしょうか？
a. お前は男より価値がないのか？
b. 男がいないと危険なのか？
c. セックスは汚らわしい、罪なのか？
d. 社会的に認められるためには、結婚しなければならない？
e. 男性より能力が劣る？
f. あなたの唯一の使命は他人に奉仕することですか？
g. 自分のニーズ、感情、意見を表現してはいけないのか？
h. 夫に服従しなければならない？
i. 美しくなければ受け入れられないのか？
26. あなたは男の子なのだから、そのことを理解するように仕向けられたのですか？
a. 強いんだろう？
b. あなたは奥さんより優れていて、有能で、強くて、聡明でなければならない？
c. あなたの価値は性的能力によって測られるのか？
d. あなたの価値は、仕事上の成功や経済的成功によって測られるのか？
e. 他の男と自分を比べなければならないのか？

子供時代の誤った結論の可能性

自分の中に観察された信念や感情の横に印をつけ、それらに取り組めるようにしてください。

1. 　　　彼らが私を受け入れてくれるためには、私も他の人と同じでなければならない。
2. 　　　彼らが私を愛し、受け入れてくれなければ、私は安全ではない。
3. 　　　他人が私を受け入れなければ、私はふさわしくない。
4. 　　　彼らに愛されるためには、私が『正しく』なければならない。
5. 　　　他人に受け入れられ、愛されるために、私は完璧でなければならない。
6. 　　　私はそうしなければならない　安全であるために。
7. 　　　私はそうしなければならない　に値するとみなされる。
8. 　　　私は達成しなければならない　に値するとみなされる。
9. 　　　自分に価値があると感じるためには、自分が有能で成功しなければならない。
10. 　　私の幸せは私自身の手の中にあるのではない。私は外的要因の犠牲者だ。

私の自己価値は 、（各ポイントを振り返り、その影響力と強さを理解すること）**にかかって** いる

a. 　　他人からどう思われているか。
b. 　　私の努力の結果だ。
c. 　　私の登場だ。
d. 　　私のお金だ。
e. 　　私の知識だ。
f. 　　他人と比べてどうなのか。
g. 　　私のプロとしての立場

h. 　　　その他

インナーチャイルドを知るためのアンケート

1. 　　　子供の頃、私の最も大きな欠点は次のようなものだと聞いていた。

2. 　　　子供の頃、私は罪悪感を感じていた。

3. 　　　拒絶を感じたのは

4. 　　　その時、私は恐怖を感じた。

5. 　　　そのとき、私は怒りを感じた。

6. 　　　そのとき、私は劣等感を感じた。

7. 　　　という安心感があった。

8. 　　　そのとき、私は平和を感じた。

9. 　　　愛されていると感じたのは

10. 　　　そのとき、私は幸せを感じた。

"アイザック・ニュートンは、当時の真の先見者であり、ほとんどの人が尋ねることすら知らなかった疑問に対する答えを、多方面から探し求めていた。"

と、ある非常に賢明で聡明な人物に尋ねたところ、その答えは、「自分が無知であることについては、何事も恐れずに恥ずかしがらずに質問することだ」だった。

「自己変革は自問自答の期間から始まる。疑問はさらなる疑問を生み、当惑は発見につながり、個人的な意識の高まりは人の生き方の変革につながる。自己を目的を持って修正することは、心の内部機能を修正することからしか始まらない。内部機能の刷新は、やがて外部環境の見方を変える。"

第 3 節：変更 知覚、パターンを破る

宇宙は思考である！

"私たちが考えるすべての思考が、私たちの未来を創っている"
- ルイーズ・ヘイ

"無防備な自分の考えほど、自分を傷つけるものはない"
- 仏陀

「私たちは自分の思考が作り上げたものだ。言葉は二の次だ。思考は生きている。
- スワミ・ヴィヴェーカーナンダ

"思考を変えれば世界が変わる"
- ノーマン・ヴィンセント・ピール

「誰もが心の中は海なんだ。通りを歩く一人ひとり。誰もが思考と洞察と感情の宇宙なのだ。
しかし、人は誰でも、自分自身を真に世に示すことができないために、それぞれのやり方で不自由を強いられている。"
- ハレド・ホッセイニ 宇宙には思考ほど大きな力はない。

マインドとは何か？考えしかない！宇宙でさえも思考である。

「私たちはこの宇宙の一部であり、この宇宙の中にいる。しかし、おそらくこの2つの事実よりも重要なのは、宇宙が私たちの中にあるということだ。

思考は微妙に見えるかもしれないが、それは実際の力であり、物質やエネルギーとして非常に"現実的"なものなのだ。私たちは常に、私たちへ、そして私たちを通して流れてくる膨大な思考の海に囲まれている。すべての思考は、それ自体が波動的でスピリチュアルな形態であり、絶えず進化し、発展し、形成され、形作られている。思考とは 私たちにとって、呼吸は継続的なプロセスである。すべての思考は新しい創造である。考えることは心がすることだ。

思考は無限であり、無尽蔵である。思考は最も速く、光よりも速く移動する。チャクラの概念では、クラウン・チャクラはサードアイ・チャクラの上にある。思考は時間や距離に制限されない。地球の反対側に住んでいる人のことを考えてみてほしい。それを思い浮かべるまでにどれくらいの時間がかかっただろう？去年やったことを考えてみて。次の休暇について考えてみよう。このプロセスは事実上瞬時である。

"思考、言葉、行動は互いに密接に関係し、織り込まれている"

思考の秘密は、思考が最も純粋なエネルギーであるということだ。もし私たちが外から宇宙を見ることができたら、その光景に驚くだろう！*私たちが住んでいると思っているこの広大な宇宙全体は、心の中の思考にすぎず、それ自体は無次元の点にすぎない。*

もしシンギュラリティを見ることができれば、それが光の点であることがわかるだろう。もし私たちが光の中を覗くことができたなら、光は波動と周波数の驚くべきダイナミックなシステムであり、無限のパターンを形成していることを発見するだろう。これらのパターンを詳細に研究することができれば、これらのパターンすべてが、互いに影響し合う私たちの心と体の宇宙を構成していることを理解できるだろう。

4つの事柄と4人の個人について考えてみよう。

- ムンバイ
- お金だ。
- 友情。
- マハトマ・ガンジー

ムンバイ

ムンバイカーにとって、ムンバイは異なる経験、感覚、記憶、印象を持っている。ムンバイを訪れたことがなく、ソーシャルメディアを通じてムンバイのことを聞いたり読んだりした人にとって、ムンバイのイメージは次のようなものだろう。

を変更した。ムンバイを訪れる人にとって、ムンバイでの経験や思い出は異なるだろう。テロ攻撃を目撃した者にとって、ムンバイは異なる経験、記憶、感情、気持ちを残す。ムンバイに関する認識、記憶、展望、経験、思考、感情が同じである人間がこの世に2人もいるだろうか？では、ムンバイはどこに存在するのか？地球上のある緯度または経度において？この人たちの思考には違うムンバイがある。ムンバイはそれぞれの思いの中に存在する！

お金

貨幣とは、特定の国や社会経済的背景において、商品やサービスの支払い、税金などの債務の返済として一般的に受け入れられている、あらゆる品目や検証可能な記録のことである。ウィキペディアにはこう書いてある。何も持っていない人、道行く乞食に尋ねてみよう。その日のパンを食べるのに十分なお金を持っていない人にとって、お金の意味は違う。同じお金でも、おもちゃを何よりも大切にする子供にとっては定義が違う。ギャンブルに夢中になっている人にとって、お金は別の顔を持っている。そしてそれは、生涯をバランスと節約に費やす庶民にとっては異なる意味を持つ。では、お金とは何か？それが経済学者の定義なのか？お金の感覚は人それぞれだ。お金に関する認識、記憶、見通し、経験、思考、感情が同じである個人がこの世に存在するだろうか？彼ら一人ひとりにとって、お金は思考の中に存在している！

友情

友情とは、人と人との相互の愛情関係である。私たちは友情の日を祝う。友情についての本や映画や描写がある。親友に傷つけられたばかりの人にとって、友情は最大の苦痛だ。困っている友人とは、単なる友人ではなく、変装した天使なのだ。メディアの投稿を気に入ってくれるソーシャルメディアの友人は、まったく別のタイプの友人だ。母親が親友になると、その友情体験はまた違ったものになる。では、友情の真の理解とは何か？この世に同じ認識、記憶、展望、経験を持つ魂が2人いるのだろうか？

友情についての考えや感情は？それぞれの思考と経験の中に友情が存在する！

マハトマ・ガンジー

マハトマ・ガンジーとは？独立前のインドの支配者たちにとって、ガンディジは別格の存在だった。自由の戦士にとって、ガンジーは模範であり、英雄であった。今日の誰かにとって、彼は紙幣に描かれた単なるイメージかもしれない。そして、ガンジーは息子から見ると違っていた。本当の『ガンジー』は誰なのか？驚くことに、ガンディジは個人によって受け止め方が違う！生きていても死んでいても、ガンジーについて同じ認識、記憶、展望、経験、思考、感情を持つ二人の存在があり得るだろうか？では、彼はどこに存在するのか？彼は私たちの思考の中に存在している！

ムンバイ、お金、友情、ガンジーについて、どの認識が正しいのか？

何が正しくて何が間違っているのか、何が善で何が悪なのか、何が現実で何が虚構なのかについてではない。

ムンバイは地理的な場所ですか？お金は物質的なものなのか？

友情とは抽象的な関係なのか？

ガンジーは、ある時点でこの惑星に住んでいたただの人間なのだろうか？

私たち一人ひとりにとって、これらは思考の中に存在している。現実となるのは、彼らに対する私たちの認識なのだ。この概念をあらゆる場所、あらゆる物質的なもの、抽象的なもの、生きているか死んでいるかにかかわらず、あらゆる存在に拡大すると、それらは私たちの思考の中に存在する。簡単に言えば、私たちが宇宙と呼んでいるものは、私たちの思考の中に存在しているということだ。

私たちはこの宇宙の一部なのだろうか？

それとも、宇宙は思考の一部なのか？

私は私であり、私は宇宙である。

もし私の宇宙が私の思考の一部だとしたら、私が「過去」や「問題」、「認識」や「パターン」と呼んでいるものは、すべて私の思考の中に存在するのではないだろうか？

では、私の人生に対する解決策、私が望む変革は、私の思考の中には存在しないのだろうか？

このことに気づき、認め、受け入れた瞬間から、「認識を変え、パターンを打ち破る」プロセスが始まる。

変革とは、過去を変えたり環境をコントロールしたりすることではない。それは内側にある。私たちに何が起こるかは重要ではない。私たちの中で起きていることは重要だ。そして、*内なる宇宙*に気づき、アンバランスを認め、*ありのままの自分、ありのままの自分*を受け入れると、古いパターンが崩れ去り、新しい人生のデフォルト設定が現れる。

周囲にあるものが気に入らなければ、自分の考えを変えればいいだけだ。私たちはいつでも思考を変えることができ、その結果、今この瞬間から違う状況を作り出すことが常に可能なのだ。実際、ある状況について同じことを考え続けても、外からの助けなしに状況が変わることはまずない。

それぞれの思考は振動数である。ある思考が別の思考を引き寄せ、その思考がまた別の思考を引き寄せ、さらにその思考がまた別の思考を引き寄せ……。思考は感じることができる。軽く感じる思考もあれば、重く感じて重荷になる思考もある。繰り返される思考パターンの性質によって、私たちは軽く感じたり重く感じたりする。

宇宙のあらゆるものは、特定の周波数で振動している。私たちの思考や感情は、潜在意識にあるすべてのものを含めて、特定のバイブレーションを宇宙に発信し、そのバイブレーションが私たちの人生を形作っている。これが宇宙の仕組みだ。良い知らせは、宇宙の仕組みを理解すれば、宇宙を自分のために働かせる力があるということだ！ 行き詰まりを感じたり、満たされなかったり、不満を感じたら その答えは、自分の意図や願望

が宇宙の意図や願望と共鳴するような完璧なピッチまで、自分の波動を高めることにある。

宇宙のすべてがエネルギーだとすれば、私たちが望む"もの"は物体ではなく、エネルギーの流れのようなものになる。そして、このエネルギーを方向転換することで、自分自身に力を与える必要がある。私たちはどのようにエネルギーを使うのか？私たちは意図を創造する。そして私たちは、願望と思考の波動を通して意図を創造する。私たちが焦点を当てていることが、私たちの現実になる。諺にもあるように、*注意が行くところにエネルギーが流れる*。

これが「引き寄せの法則」である。ブッダや老子から『ザ・シークレット』に至るまで、この教えは人間の想像力を魅了してきた。

"人の心が考え、信じることができることは、何でも実現できる"
「心を変えれば、人生が変わる。

"思考は物事になる"

"自分とは、自分が信じるものである"

"一度決断すれば、宇宙はそれを実現するために陰謀を企てる""出したものが返ってくる"

「自分の思考がどれほど強力なものかを知れば、否定的な思考をすることはないだろう」。

"心を蝕むものが人生を支配する"

「あなたが人生でコントロールできるのは、あなたが考える思考、あなたが思い描くイメージ、そしてあなたがとる行動の3つだけです。

あなたが確実に向上できる宇宙の一角、それはあなた自身だ。

変容の旅

「人を変えるために必要なのは、自分自身に対する意識を変えることである。
"人とは、より大きな意識の行動パターンである"
- ディーパック・チョプラ

「自分の考えや感情になるのではなく、その背後にある意識になるのだ」。
- エックハルト・トール

変革はイベントではない。それは旅だ。それは人生の特定の瞬間ではない。それは、力を与えられた生き方の継続的なプロセスである。変革の旅に終わりはないが、変革のプロセスの一歩一歩が、私たちが目指したゴールなのだ。変革の旅は、ある重要な問いから始まる。このような質問には正解がない。重要な質問は以下の通りである。

私は本当に変身したいのだろうか？私は変身する準備ができているだろうか？

変身は可能だと信じているか？

知覚を変え、パターンを断ち切ると決めたその瞬間から、私たちの旅は始まる......。

「問題を解決する方法がわからないということは、解決できないということではなく、今のままでは解決できないということなのだ。

自己変革とは単に、閉ざされていた何かに心を開くことだ。どのように変身すればいいのかわからなくても、内側に目を向けるという単純な行為が、外側に姿を現すことにつながる。

この変革の旅は、次の3つのステップを踏んでいく。

意識、受容、そして行動！

ステップ1：認識

「気づきを通して、私は自分自身をありのままに見ることができる。

"怒りで後ろを振り返らず、恐れで前を向かず、意識で周囲を見渡そう"

"気づき"によって、私たちは心の外に出て、心の動きを観察することができる。

なりたい自分になるために、変身するために、私たちは自己を意識しなければならない。

意識は意識的に私たちを自分自身と結びつける。気づきとは、自分の知覚を意識し、思考・感情・行動のパターンを理解している状態のことである。理解し、率直に反省することだ。意識はさまざまな方法で高めることができる。感動的な本を読んだり、魂に響く映画を観たり、親しい友人やメンターが気づきの源になることもある。ある者は他人に尋ねることで情報を集め、またある者は自ら洞察し、新たな理解レベルに達することができる。

私たちは思考者であり、思考から切り離されている。しかし、私たちの思考と行動が、私たちを私たちたらしめているのだ。しかし、「自己評価」と呼ばれるように、内なる自己に注意を向けることはできる。自己評価をするとき、私たちは自分が『あるべき』ように考え、感じ、行動しているかどうかを考えることができる。

気をつけよう！自己認識に伴う自問自答は、果てしないスパイラルに陥る可能性がある。タマネギの皮のように何層にも何層にも。そして、多くの場合、意識に『より深く』入っても、有益なことは何も解明されないかもしれないが、それを剥がすという行為だけで、より多くの不安やストレス、自己判断を生むことになる。私たちの多くは、常に一段深いところを見てしまう罠に陥っている。これをすることは重要だと感じるが、真実は常にその一定のレベルを超えたところにある。そして、より深く見るという行為自体が、絶望感を和らげるよりも、より多くの絶望感を生み出す。

〝私たちは皆、自分のことを事実と証拠に基づいて推論する思想家だと思っているが、実は脳は、心がすでに宣言し決定したことを正当化し、説明することにほとんどの時間を費やしている。〟

パターンを意識する。

腹が立ったとき、私はどうすればいいのだろう？- 口論になり、罵倒され、そして怒ったことへの罪悪感で泣く。

悲しくなったらどうすればいい？部屋に閉じこもって、泣きながら自分のことを呪い、携帯で暴飲暴食する。

悲しみを感じたとき、私たちの心はどこに向かうのだろう？どんなときに怒りを感じるのか？

有罪か？不安？

自分自身で作り出している問題を認識する。私の最大の問題は、怒りや悲しみについて話せないことでしょう。携帯に熱中して逃げるか、周囲にキレて消極的になるかのどちらかだ』。

私たちの強い感情と弱い感情とは何か？私たちはどのような感情に反応するのだろうか？私たちの最大の偏見や判断はどこから来ているのか？私たちはどうすれば、それらに挑戦し、再評価することができるのか？

私は自分の認識やパターンに気づいているだろうか』。

ステップ２：受け入れ

〝人生において、私たちが本当に受け入れるものはすべて変化を遂げる〟

「ひとつの可能性を認めることで、すべてが変わる。

ある人たちは、気づきを自分の内なる世界を探求する能力と理解している。また、一時的な自意識過剰状態と呼ぶ人もいる。また、「自分自身をどう見るか」と「他人からどう見られるか」の違いだと表現する人もいる。

私たちが気づいていることを受け入れ、認め、無知と否定の状態にとどまらない限り、変容の道を歩み続けることはできない。

アクセプタンスとは、『私は自分の人生の責任者であり、それをどのように導くか選択できる』ということだ。

受け入れるということは、運命に妥協することでも、『自分にできることは何もないし、何をしても何も変わらないからあきらめよう』というあきらめを意味するのでもない。

受け入れは強制できない。受け入れる』旅は、彼らを受け入れることができず、そして受け入れる方法を見つけることから始まる。なぜなら、ありのままの自分を受け入れなければ、人生にいくつもの問題を引き起こすからだ。これらの問題のなかには、私たち個人に影響を及ぼす内部的なものもあれば、他人からの扱われ方に影響を及ぼすものもある。私たちの多くは、ありのままの自分を受け入れず、他の誰かのようになろうとする罠に陥る。

悪いことが起こると、私たちは『信じられない』とか『こんなことが私に起こるはずがない』と言う。私たちは想像したり、理想化したり、期待したりすることを信じ始め、それに流され、自己欺瞞の泡を作ってしまう。そのときこそ、物事をありのままに見る必要がある。それが受け入れだ。

アクセプタンスとは、"なぜ私が"という段階から、"OK、私は私であり、私は私が選択したものへと変化することを選択する"という段階へと移行することである。

私たちが日常生活で遭遇するほとんどの状況は、良いことと悪いことが混在している。受け入れることで良いことが生まれることを常に認識する。受け入れれば受け入れるほど、自分自身について知ることができる。一歩ずつ進んでいけば、私たちは変容の旅を生き抜くことができる。ありそうもないこと、普通でないこと、予想外のことに適応するのは必ずしも容易ではないが、それでも、物事の周囲にもっとリラックスできるようになり、より前向きな態度を身につけることは可能である。*状況を受け入れようともがけばもがくほど、状況は悪化していくよう*

に思える。受け入れることは、私たちの幸せと心の平穏のために必要な旅なのだ。

私たちが今いる場所を受け入れてこそ、マインド、ボディ、エネルギーとの整合が生まれるのだ。そうして初めて、私たちは行動へと前進することができるのだ。私たちが今いる場所を受け入れないとき、否定や無知に陥っているとき、私たちはそれを通り抜けたり、超えたりすることができなくなる。

受け入れるということは、それに同意するということではなく、自分たちが今いる場所にいるということだということを忘れてはならない。受け入れることは服従ではない。

状況の事実を認めること。その上で、どうするかを決める。

私たちの多くは責めている。責めることで身体の緊張がほぐれ、それを何かや誰かに押し付けているからだ。認め、受け入れるというステップを経て初めて、次のステップである行動に移ることができるのだ。

自分の認識やパターンに気づき、それを受け入れることができれば、行動を起こす準備ができる。

内観とは、自分の考えや感情を調べるために内側に目を向けるプロセスだが、より構造化された厳密な方法で行われる。内観とは、自分の考えや感情、行動の原因を調べることで、自己認識を高めるとされている。意外な発見は、内省する人は自意識が低いということだ。

内観の問題点は、ほとんどの人が間違った方法で内観をしていることだ。最も一般的な内省的質問は『なぜ』である。なぜ私はこうなのか？

実は、『なぜ』というのは、最も効果的でない自己認識の質問なのだ。私たちは潜在意識の思考、感情、動機にアクセスすることはできない。では、なぜ？私たちは、真実だと感じながらも、往々にして間違っている答えを捏造しがちだ。例えば、*父親が暴言を吐いた後、本当の理由は両親の口論であったにもかかわらず*

、息子は「自分はダメな人間だ」という結論に飛びつくかもしれない。

なぜ』と問うことの問題は、自分たちがどれだけ間違っているかということではなく、自分たちがどれだけ正しいと確信しているかということだ。人間の心は時に不合理に動き、私たちの判断に偏りがないことはめったにない。私たちは、どんな「洞察」を見つけても、その妥当性や価値を疑うことなく、「盲目的に受け入れる」。

なぜ」と問うことの否定的な結果は、非生産的な否定的思考を招くことである。内省的な人は反芻的なパターンに陥りやすい。*例えば、息子はあらゆる状況において、それぞれの合理的な評価よりも、常に自分が十分でないことに焦点を当てる。*

という*状況*だ。それゆえ、頻繁に自己分析をする人は、より憂鬱で不安になる傾向がある。

フレーズを反転させる － 自己洞察力と自己認識力を高めるには、「なぜ」ではなく「何を」と問うべきだ。What"の質問は、客観的で未来に焦点を当て、新しい洞察に基づいて行動する力を与えてくれる。

なぜ私はこうなのか？フレーズを反転させる。自分が選んだものになるためにはどうすればいいのか？

最初の質問には空欄の答えがある。

つ目の質問は、アクションプランにつながる。

ステップ3：行動

"何かが動くまでは何も起こらない"

－ アルバート・アインシュタイン

「*自分が誰なのか知りたい？聞かないでくれ。演技だ！行動することで、あなたは明確になり、定義される。*

「*行動と結びつかないアイデアは、それが占めている脳細胞より大きくなることはない。*

行動とは、変化をもたらすことだ。

行動とは、私たちの行動であり、私たちを目標に向かわせるために行うことである。行動を起こすことは、達成への重要な一歩である。人は時として、大きなことだけが行動を起こしたことになると思い込んでしまう。しかし、目標達成に貢献するのは、小さな地道な行動であることが多い。

自覚と受け入れなしに行動に移すことは、苦しい闘いとなる。理解し、内省し、質問し、"あるがまま"を受け入れるプロセスを経てから行動に移せば、その周りにエネルギーが生まれる。勢いがあれば、シフトはそれほど難しくない。

意識し、受け入れ、行動することで、心、体、感情がひとつになり、最も抵抗の少ない道を進むことができる。

私たちが実際に変容を『必要とする』段階になったとき、変容が起こり始める。*変革の必要性と変革の追求が結びついたとき、不思議なことが起こる。*

問題に時間を費やしてはいけない。問題を『解決』することにエネルギーを使ってはならない。その代わりに、どのような変容が望まれているかをイメージし、その中に没頭する。一度に大きな変化を起こすことは不可能かもしれない。これは心身に逆効果のストレスを与える。優しく始めて、勢いをつける。

何が問題なのか特定できないこともある。大丈夫だ。私は元気ではない』と受け入れるだけで十分だ。と自問する必要がある。

― もっと快適に感じるためにはどうすればいいのか』。受け入れる段階になると、居心地が悪くなるかもしれない。問うのだ。そう、だから行動する。次のステップに進む。振り返る時間を取る。新たな洞察が開けるだろう。

行動とは、数回深呼吸することかもしれない。緊張を解きほぐす。我々が責任者だ。誰も私たちのために呼吸を整えてはくれない。

アティテュード

私たちの意図は私たちの行動を決定する。私たちの人生は、私たちが取ってきた行動の積み重ねである。もし心のどこかで平和でないとしたら、私たちは自分の意図をもっと意識する必要がある。私たちの意図に注意を向けるという行為は、私たちが何者であり、なぜそのような行動をとるのかをより深く理解することにつながる。自分の意図に気づく習慣を身につければ、望む人生と共鳴する決断を下すことがずっと簡単になる。私たちは、自分が何者であるか、何を達成したいかに沿った行動を選ぶことができる。

態度は、人生の山あり谷ありを乗り切る上で最も重要な要素のひとつである。それが私たちの対処法を決める。私たちの視点は、私たちのパフォーマンスや拒絶への対処法に影響を与える。間違った態度は私たちの成果を妨げる。否定的な思い込みが積み重なれば、非生産的な結果になる。ネガティブな思考は、絶え間ない心配事や「もしも」のシナリオ、あるいは自分自身を信頼して管理したり対処したりすることができないといったものだ。

最悪の事態を想定すると、物事を考え、完成させることが難しくなる。"私には絶対にできない"。そんなことを考えていたら、どれだけ効果的に仕事をこなせるだろうか？

前向きな態度は、自分なら状況に対処できるという信念につながる。それは、私たちが"ハッピーで気にしない態度"をとるという意味ではなく、物事が起こったときにそれに対処できるという意味だ。

正しい」ことをしているかどうかを確かめたいがために、決断を下すことが難しかったり、避けたりしていると、結局何もせずに終わってしまうことが多い。また、その時点で正しい判断だと判断して、何もしないことを選ぶこともある。

気づきのゴールは受容であり、受容のゴールは行動である。

これが変容の旅だ。

プラトンは、すべての悪は無知に根ざしていると言った。問題は、私たちに欠点があることではなく、欠点を認めようとしな

いことなのだ。ありのままの自分を受け入れようとしないとき、私たちは麻痺と気晴らしを常に求めるようになる。そして同様に、他人をありのままに受け入れることができず、他人を操ったり、変えたり、他人を納得させたりする方法を探すようになる。私たちの関係は、取引的で、条件付きで、最終的には有害なものとなり、破綻する。

長い目で見れば、ここに3つのシンプルなルールがある：

1.　　欲しいものを追い求めなければ、決して手に入れることはできない。

2.　　質問をしなければ、答えは常にノーだ。

3.　　前に進まなければ、同じ場所にとどまることになる。

"演技に思考を委ねよ""よくやったことは、よく言ったことに勝る"

"今の自分となりたい自分の違いは、何をするかだ"

トリガー

"私たちの内なる信念は、失敗が起こる前にその引き金となる""きっかけ"は思いもよらないときに起こるものだ。
心の傷がすべて癒えたと思ったとき、まだ傷跡が残っていることを思い出させるようなことが起こることがある」。
「私たちがネガティブな感情を抱くきっかけとなる人々は、メッセンジャーなのだ。
彼らは、私たちの存在の癒されていない部分へのメッセンジャーなのです」。

トリガーとは何か?

引き金とは、私たちに過去のトラウマを思い出させ、追体験させるものだ。フラッシュバックを起こすこともある。フラッシュバックとは、鮮明な、しばしば否定的な記憶のことで、何の前触れもなく現れることがある。

引き金とは、私たちの心の中にある『引き金の思考』だけかもしれない。あるいは、人、言葉、意見、出来事、環境的状況などが、私たちの中で強烈な感情的反応を引き起こすのかもしれない。私たちの信念や価値観、それまでの人生経験によって、声のトーン、人のタイプ、特定の視点、一言など、ほとんどあらゆるものが引き金になりうる。これらのトリガーは、いつでも、どこでも起こりうるし、どんなものでもトリガーを作動させることができる。それは各個人に固有のものだ。たいていの場合、私たちはそれに気づかないか、あるいは『引き金』を感じながらもそれにしがみついている。

きっかけが人間関係の破綻やうつ病、場合によっては自殺につながることもある。トリガーが頻繁に起こり、その対処が困難であれば、問題になる可能性がある。*虐待家庭で育った子どもは、人が言い争ったり喧嘩をしたりすると不安を感じるかもしれない。葛藤への関わり方によっては、恐怖を感じたり、防衛機*

制として暴れたり、葛藤から距離を置いたりする。

トリガーとは、私たちを苦悩、痛み、怒り、フラストレーション、悲しみ、恐怖、孤独などの強い感情に追いやる想起のことである。引き金になったとき、私たちは感情的に引きこもり、ただ傷ついたり怒ったりするか、あるいは攻撃的な反応を示すかもしれない。私たちの反応が激しいのは、表面化したつらい感情から身を守っているからだ。

怒り、罪悪感、いらだち、自尊心の低下といった感情は、引き金となったときに表面化し、さまざまな行動や強迫へと渦巻いていく。残念ながら、感情的な誘因の性質は非常に深く、トラウマになりかねない。なかには、自傷行為や他者への危害、薬物乱用など、不健康な対処法をとるように個人を追い込むものもある。

トリガーを受ける

私たちは皆、生まれながらにして個性的で独特な核となる性質と性格を持っている。私たち一人ひとりには、それぞれの"感受性"がある。私たちの"成長"と子育ては、私たちの感受性を条件づけることもある。他人が自分のことをどう思っているか」に敏感であれば、他人の前で嘲笑されたり、馬鹿にされたり、叱責されたりすることは、強い引き金となる。子供が客の前で叱られたとき、重要なのは叱ることではなく、子供に否定的な反応を示す『他者』の存在である。学校で同じように成長した子供が先生に叱られ、それが引き金となる。だから、生まれつきの感受性を突かれると、それが将来の反応の引き金になる可能性がある。

引き金になる」という言葉は、戦争から帰還した兵士がしばしば経験した過去の不快な体験にまでさかのぼることができる。過去のトラウマ体験が引き金となった場合、私たちの反応はしばしば極度の恐怖やパニックとなる。私たちは、以前のトラウマ的状況を思い出させるものを見たり、聞いたり、味わったり、触ったり、嗅いだりすると、その引き金になる。例えば、レイプ被害者は、加害者もひげを生やしていたため、ひげを生や

した男性を見ると、そのひげに誘発されるかもしれない。子供の頃、アルコール依存症の父親から暴行を受けた少女は、アルコールの匂いを嗅ぐと引き金になるかもしれない。

引き金があると、たとえ完全に安全であったとしても、私たちの脳は脅威を経験していると思い込んでしまう。これは、過去の否定的な出来事を思い出させるような出来事に遭遇したために起こる。トリガーされるとは、過去の歴史に関連する何かに対して感情的な反応を経験することである。*トラウマを経験したことがある場合、引き金に遭遇すると、まるで「過去ではなく今」トラウマを経験しているかのように、体が闘争・逃走モードに入ることがある。*

脅かされている」状況にあるとき、私たちは自動的に闘争か逃走の反応を起こす。身体は「アドレナリン注射」を受け、厳戒態勢に入り、あらゆる資源を優先して状況に対応する。消化など、生存に必要のない機能は保留される。闘うか逃げるかの状況で軽視される機能のひとつが、短期記憶の形成である。状況によっては、脳がトラウマとなった出来事を正確に、あるいは適切に記憶していないことがある。その状況は過去の出来事として記憶されるのではなく、現在も存在する脅威としてタグ付けされる。トラウマ的な出来事の間、私たちの脳は感覚刺激を記憶に植え付ける。別の文脈で同じ刺激に出会ったとしても、私たちはそのきっかけをトラウマと結びつけてしまう。場合によっては、なぜ動揺しているのか気づく前に、感覚的な引き金が感情的な反応を引き起こすこともある。

習慣形成もまた、引き金に強い役割を果たしている。私たちは同じことを同じようにする傾向がある。同じパターンに従うことで、脳は決断を下す手間が省ける。

トリガー・トラッキング

トリガー・マネジメントには、トリガーを特定することが不可欠である。気づき」は、トリガーに操られるのではなく、トリガーに対処するための準備となる。引き金の犠牲となり、衝動

的に反応してしまうことで、友人関係がぎくしゃくし、人間関係が毒性を帯び、人生がより苦しくなる。

意識が高まれば高まるほど、引き金が引かれたときに意識的にそれに立ち向かう準備ができ、引き金に対処できるようになる。

そしてその反応に力を与える。きっかけを探るのはそれほど難しいことではない。一番難しいのは、実際にそのプロセスにコミットすることだ。

ステップ1：ボディ・サイン

すべての引き金は、反応を生み出す行動だ。この反応は物理的な面で経験することができる。これらのボディ・サインに気づく：

- めまいや立ちくらみを感じる。
- 口の渇きや吐き気。
- 震えている。
- 筋肉が緊張したり、拳を握ったり、顎の筋肉が固くなったりする。
- 滑舌が悪くなったり、たどたどしくなったりする。
- 動悸。
- 呼吸パターンの変化。
- 汗をかいたり、ほてったり、のぼせたりする。
- 窒息感。
- 無感覚、空白、迷い、混乱。体が最初に起こす反応とは？

毎回、反応にパターンがあるのですか？これらのボディ・サインはいつまで続くのか？

これらの反応を心の中で記録し、日記に記す。

ステップ2：先行する思考とそれに続く感情

体のサインが出始めたまさにその瞬間、どんな考えが浮かぶのだろうか？

極端で、無意味で、非合理的で不合理な思考を、誰かや何かが善か悪か、正しいか間違っているかといった極端な視点で探す。ただ、こうした思考に反応することなく、*それを意識するだけ*でいい。意識的な状態でそれを得る。

その人、その状況、あるいは自分自身について、心がどんなストーリーを作り出しているのか。

引き金となったときに経験する感情に名前をつける。

不穏な感情に関連した結果の行動に注意すること。

身近にいる人たちは良い情報源であり、今の自分の状態を定義するのに役立つ。

- 激しい感情-孤独、不安、恐怖、怒り、絶望、憎しみ、恐怖、悲しみ、気分が落ち込む、見捨てられたと感じる。
- 行動-怒鳴る、口論する、侮辱する、隠れる、泣く、自分を閉じ込める、過剰に反応する。

ステップ3：以前はどうだったのか？

通常、私たちはその状況にいるとき、状況を理性的に理解できる状態にはない。リアクションの後、すべての始まりの場所を振り返る。引き金になる前に、素因となる状態があるかもしれない

－　　　仕事でストレスの多い日、日常と違うこと、いつもと違うこと......どんなことでも、後に引き金になる可能性がある。そのたびにパターンがあるかどうかを確認する。引き金を特定すれば、引き金になる素因に気づけば、単にペースを落とすだけで、今後引き金が引かれるのを防ぐことができる。

ステップ4：コア・センシティビティ

感情的な引き金になるのは、常に私たちの最も深い欲求の１つ以上が満たされていないことに行き着く。

私たちの中の何が突かれているのか？

認識を理解する。どのニーズや願望が脅かされているかを振り返る：

- 理解されない。
- 愛されている、好かれていると感じていない。

ありのままの自分を受け入れてもらえない。

- 注目されていない。
- 安全や安心が感じられない。
- 敬意を払われていない。
- 必要とされていない、価値がない、評価されていないと感じている。
- 公平に扱われていない。
- 侮辱されたと感じている。
- 不当に扱われたと感じている。
- 拒絶された、あるいは無視されたと感じる。
- 非難されること、恥をかかされること。
- 裁かれること。
- コントロールされている。

反応があるたびに、どのような内なる感情がよみがえるのか？

ステップ5：引き金の特定

トリガーは、何かに反応することで特定できる。身体のサインとそれに続く感情や行動の変化に気づいたら、そのきっかけとなった人物やきっかけに気づこう 。リアクションに先行するアクションをトレースバックする。

私たちは、ある出来事を思い出したとき、あるいは不快な出来事が起こったときに、その引き金を引くことがある。

それはひとつの物であったり、言葉であったり、匂いであったり、感覚的な印象であったりする。また、ある信念や視点、全体的な状況であることもある。たとえば、大きな音から、特定

の外見をした人、あるいは太陽の下にあるほとんどすべてのものが引き金になる。場合によっては、いくつかの誘因が重なっている可能性もある。日記をつけよう。

意識して制限できる状況、人、会話もあれば、完全にコントロールできない状況もあることを自覚し、受け入れる必要がある。きっかけを意識することは、自分のパターンを理解するのに役立ち、自分の状態について警告してくれる。

ということだ。もっと意識すれば、感情に支配されるのではなく、感情をコントロールする方法に責任を持ち始めることができる。

私たちは成長するにつれて、その時点では十分に認めることも対処することもできなかった痛みを経験する。大人になると、昔のつらい感情を思い出させるような体験が引き金になる。

自分の引き金を知ったら、癒しへの第一歩はその起源を考えることだ。

Ask - *Which of the triggers might be related to my childhood experiences?*

もしそのパターンに共感できるのであれば、それについて自分はどう感じるか？痛みを避けようとしたからといって、その痛みが消えるわけではないことに気づくだろう。

きっかけについて正直に考えることが、きっかけを癒す唯一の方法なのだ。

トリガーの種類

トリガーには内部的なものと外部的なものがある。どちらも私たちに強い影響を与える。

外部トリガー - 万能トリガー

引き金といえば、多くの人は外的な引き金を思い浮かべるだろう。環境にあるものはすべて、外的な引き金になりうる。このような病気は目立つ傾向があり、自分自身や身近な人が簡単に診断することができる。

内部トリガー － 頭の中のトリガー

内的トリガーとは、私たちが自分の内側に感じるもの、つまり感情や思考のことである。

外的な引き金とは異なり、これは私たち個人の「内面的」な出来事である。これらはより繊細で目に見えないものであり、理解し、受け入れ、管理するには長い時間、場合によっては一生かかるかもしれない。

興奮が急性症状を引き起こす。

慢性的な出来事のパターンには、根本的な原因と素因がある。

原因と環境を維持することが、慢性的な出来事の経験を強化する経験の繰り返しにつながる。

よくある誘因の例としては、以下のようなものがある：

- 損失やトラウマの記念日。
- 恐ろしいニュースだ。
- やることが多すぎて、圧倒されている感じだ。
- 家族の摩擦。
- 関係の終わり
- ひとりでいる時間が長すぎる。
- 批判され、批評され、からかわれ、貶められる。
- 経済的な問題、多額の請求書。
- 体調不良。
- セクシャル・ハラスメント
- 怒鳴られている。
- 攻撃的な音を立てたり、不快感を与えるものに触れたりする。
- 私たちにひどい仕打ちをした人と一緒にいること。
- 特定の匂い、味、音。

アクションプラン」のきっかけ

トリガーを特定することは、行動計画を立てるのに役立つ。感情の引き金をすべて避けることはできないかもしれないが、こうした不快な状況を乗り切るために、自分自身をケアするための実行可能なステップを踏むことはできる。自分の感情の引き金を知ることで、私たちはその引き金に力強く立ち向かうことができる。こうした状況から逃げる必要はない。

怒りや恐れといった極端な感情に深く埋もれているときに、私たちができることはいくつもある。

1. もし引き金になるようなことが起こった場合、自分自身を慰め、反応がより深刻な症状にならないようにするために、何ができるかを事前に行動計画として立てておく。

2. 過去に成功したツールに加え、他の人から学んだアイデアも含める。

3. そのようなときにやらなければならないこと、そして、その状況において役に立ちそうだと思えば、できることも含める。

アクションプランには以下のようなものが含まれる：

- *"私はこのパターンを打ち破ることを選び、たとえ完全に成功しなくても希望を失わない"* 引き金に直面したときも、それに反応するときも、これを繰り返す。

- 相手や状況から注意をそらし、呼吸に集中する。生きている限り、呼吸は常に私たちのそばにある。数分間、吸う息と吐く息に集中し続ける。注意を引き金となる人物や状況に戻した場合は、呼吸に注意を引き戻す。

- もし誰かと一緒にいるのであれば、しばらくの間席を外し、自分自身をコントロールし、落ち着いてから戻ることをお勧めする。

- *"午前3時の友だち"*、私のサポート役に電話して、状況を話しながら話を聞いてもらう。

- 感情を迂回することはないが、行動に移すこともない。感情を抑圧したり、コントロールしようとしたりすることが答えではない。私たちはトーンダウンし、直面している感情の激しさを軽減することを選ぶことができる。感情を否定したり、感情をトーンダウンさせたり、無意識に抑圧したりすることは紙一重だ。したがって、自己認識のコツを実践することが重要だ。
- マインドフルネスのようなプラクティスは、今この瞬間に意識を集中させる。これは、辛い経験や苦しい経験から切り離すことを促し、ストレスを軽減することができる。

ジャーナリング

"自分が何を考えているかは、自分の発言を読んでみないとわからないから書く"

私の引き金になるパターンは何か？感情的なきっかけは私たちの目をくらませるものだから、それを打ち消すには、好奇心を持つことだ。理解する － 私の中で何が起きているのか？内側で起きていること」を理解することで、私たちは冷静さ、自己認識、コントロールの感覚を取り戻すことができる。

説明されたステップに基づき、思考や感情を日記に書き、反応を認め、その起源まで遡る。

書き留めるんだ。美しく書く必要はない。紙やデジタル上で考えを整理するという単純な行為だけで、自分の考えや感情をより明確にすることができる。

メモを取る：
- 体のサイン。
- 先行する思考とそれに続く感情。
- 以前のこと
- 私たちの核となる感受性。

- 引き金に気づくたびにリストに追加していく。可能性が高いもの、これから起こりそうなもの、あるいはすでに人生で起こっているかもしれないものを書く。

- そのきっかけがどこから来たのか、日記を書く。例えば、両親は私たちのことを「何の役にも立たない」「迷惑な存在」「魅力がない」と言っただろうか？教師は私たちに、私たちは頭が悪く、人生で成功することはできないと言ったのだろうか？それとも、放っておかれたから孤独を感じながら育ったのだろうか？きっかけがどこから来るのかを知ることで、自分自身をよりよく知ることができる。

- もし私たちが引き金になって、役に立つことをするのであれば、それをリストに残しておけばいい。それらが部分的に役立つものであれば、行動計画を修正することもある。もしそれが役に立たなければ、最も役立つものが見つかるまで新しいアイデアを探し、試し続ける。

人々や彼らの話に誘発されたと感じるとき、私たちは2つのことを心に留めておかなければならない。

相手の意図 － 相手は私たちが経験している痛みにまったく気づいていない可能性がある。私たちはコミュニケーションを維持することに不快感を覚えるが、相手の意図について新鮮な視点を持ち続けるべきである。彼らに忍耐強く接し、ゆっくりと、しかしアサーティブに自分の境界線を伝えることが重要だ。

私たちの痛み －私たちが感じていることは、私たちの人生における現実が原因であることを理解することが重要だ。

他人がどんな悩みを抱えているかわからないのと同じように、他人も自分の苦労にまったく気づいていないかもしれない。

感情の引き金は、私たちがそれを管理し、癒すことができなければ、何度も何度もパターンを繰り返すことになる。私たちはその引き金から逃げ、その引き金を癒し、パターンを断ち切るために必要なことをしない。ヒーリングとは、単に気づきを得て、安定したマインドを身につけることであり、それが私たちに力を与えてくれる。

"私たちの感情の引き金は、癒すべき傷である""すべての意図は変容のきっかけである"

- ディーパック・チョプラ

なぜ我々はそうしないのか やりたいことをやる？

"人は自分の欠点を指摘すると怖がる傾向がある。自分の欠点を自発的に認めれば、人から指摘されることはない」。

- アヌパム・カール

「自分を縛っているのは、自分が何であるかではなく、自分が何でないと思っているかである。

- ヘンリー・フォード

"私たちはマインドセットに囚われた自由な世界に生きている！"

やりたいことをやらない理由」は単純で直線的なプロセスではない。私たちのパターンやデフォルトの設定を崩すことは、複雑怪奇である。なぜなら、現在の習慣を崩すと同時に、新しい、馴染みのない一連の行動を育てる必要があるからだ。驚くことに、それは一瞬で起こることもあれば、一生かかっても変身できないこともある。時間通りに起きて10000歩を歩くとか、プラナヤーマを実践するとか、1日にコップ1杯の水を余分に飲むといった単純な変化でも、一貫した習慣的なパターンと行動になるには時間がかかる。

私たちがパターンを断ち切り、新たな力強いパターンを形成することに成功するかどうかは、挫折をどのように管理するかにかかっている。私たちの衝動的な結論は、自己批判的になり、目標を達成するには自分には能力が足りない、あるいは意志の力が足りないと認識することである。

挫折を成功に変えるには、反省、思いやり、努力の一貫性が必要だ。

私たちが自分自身に言い聞かせる、自滅的で自己破壊的な言い訳や結論がある：

理由はわからないが、私にはできない。

それはできない。それは考えだけでいい。私は自分の状態に絶望している。

今は時間がない。後でね。これが私のやり方だ。

これがみんなの生き方なんだ。

現在、私は多くの仕事を抱えている。

子供のこと、年老いた両親のこと、収益のこと、そして高血糖のことに集中しなければならない。

運動、ヨガ、ウォーキング、健康的な食事に時間を割くことができない。私はすぐに飽きてしまう。

機能していない。

私の友人も挑戦したが、うまくいかなかった。近道はないのか？

私は疲れている。

たとえそれが自分にとって何の役にも立たないことであっても。

選択の余地はないと思っている。私たちは変化を好まない。

私たちは習慣を変えない。私たちはストレスに対処しない。

私たちは大きな問題に取り組むことを恐れている。私たちは痛みや疲労を無視する。

私たちは、私たちの身体、心、そして精神がケアされる必要があるこ　があることを認めていない。

自己変革のための時間はない。私たちは失敗を許さない。

時間がないんだ。

何が私たちを阻むのか？

何が私たちを妨げているのか？恐怖、信念、それとも習慣？

私たちは自分が思っている以上のことを成し遂げる可能性を持っており、そのためには情熱と目標への決意が必要だ。しかし、人生の足かせになっているものを見つけることを忘れてしま

っては十分ではない。私たちは皆、そのような要素に囲まれているが、気づかないことも多く、全体的な生産性に影響を与えている。

自信のなさ

自分自身と変革のプロセスに対する自信の欠如は、変革における最大の障害のひとつである。努力はしている。我々は失敗する。こうなると、再挑戦のプロセスはより難しくなる。自分にはできないと思い込んでしまう。しかし、そうはいかない。

自信喪失

"私の問題に対する解決策は見当たらない"

"私には人生を変える可能性があるとは思わない"

常に自分を疑い、目標が達成可能かどうかを疑っていると、悲観的な感情が自己実現的になってしまう。自分を抑えていては成功はありえない。自分を信じ、成功をイメージすれば、成功する可能性ははるかに高くなる。

物事は変わらないと思っている

私たちの多くは、人生の状況は決して変わらないと確信している。私たちはこれまでずっとそうしてきた。私たちは自分の考え方の中に閉じ込められている。池の中のカエルにとって、世界全体が池なのだ。行動にコミットすれば、山は動く。

他人と自分を比較する

最も難しいことのひとつは、他人と自分を比較するのをやめることだ。

お互いを出し抜くために。私たちは嫉妬かエゴのどちらかで苦しむことになる。そして、どちらの状態も私たちの変身を妨げる。

即座に結果を期待する

私たちは「インスタント」で「1分以内」の世界に生きている。大げさな世界だ。今すぐ結果が欲しい。私たちは焦っている

。私たちは『より少ないインプット-より多くのアウトプット』を条件づけられている。私たちは自分自身を変えることを決意する。私たちは考え、計画を立てる。そして、今すぐに結果を出したい。そして欲しいものが手に入らないと、努力やプロセスのせいにする。良いことをするには時間がかかる。努力は必ず実を結ぶ。

結果を前提に

自分が賢いと信じている人もいる。うまくいくはずがない』。失敗するに決まっている。こんなことはあり得ない』。私たちが新しいことに着手しないのは、物事がどう転ぶか-悪い方向に転ぶか-を確信しているからだ！私たちの未来に何が起こるかなんて、知る由もない。楽観的になり、結果は人生に委ねる。

過去に生きる

昨日の拒絶を今日の物語にする。過去が現在に作用しているのではない。そうなった。しかし、過去について考えることで、私たちは過去の思いを現在に生かし続けている。過去に拒絶されたことが、その後のすべての行動を左右する。私たちは文字通り、自分たちがそれ以上であることを知らない。不合格は、私たちが十分でないという意味ではない。つまり、改善したり、アイデアを練ったり、やりたいことに没頭したりする時間が増えるということだ。

過去の罪悪感を持ち続ける

罪悪感とはしばしば、自分自身のためにもっと違うことをしておけばよかったと思うすべてのことを思い出すために、自分で作り出したものである。私たちは誰でも罪悪感を経験する。それは、単にダイエットをごまかすことから、一生を左右するような恐ろしい選択をすることまで、さまざまな形で現れる。罪悪感は私たちを打ちのめし、過ちを再現させ、どうすればもっと違うことができたかを再演させ、膨大なエネルギーを浪費させる。その理由のひとつは　罪悪感を捨ててあきらめることが難しくなるのは、自分自身を罰する必要性を感じるからだ。罪

悪感は、私たちが"今"に完全に存在することを許さず、私たちの人生にあるすべての良いものを見ることを許さない。罪悪感は私たちを「被害者」モードに深く引き込む。悲しみの上に無意味な重荷がのしかかる。

愛する人を失望させることへの恐れ

私たちの多くは、誰かを失望させるかもしれない状況を慢性的に避けている。これは、他人の意見が自己概念の基本であると感じるからである。愛する人の意見は私たちに影響を与えがちだ。レベルに達していないことを恐れるあまりだ。両親の場合はさらに複雑になる。私たちと両親の意見や好み、性格が異なることはよくあることだ。しかし、ひとたび他人を失望させることへの恐れに支配されてしまえば、自分自身を麻痺させてしまうことになる。

コンフォートゾーンにとどまる

"コンフォートゾーンは美しい場所だが、そこでは何も成長しない"

私たちは自分の生活パターンに慣れ親しんでいる。変化は常に痛みを伴う。成長や昇進の機会を拒むのは、それが快適な領域から一歩踏み出し、失敗する可能性を自ら開くことを意味するからだ。リスクを冒すことは、多くの人にとって怖いことだ。結局のところ、コンフォートゾーンから一歩踏み出すということは、失敗の可能性を招くということなのだ。しかし、やってみなければ、自分の本当の実力はわからない。誰でも一度は失敗したことがあるものだが、自分を追い込めば必ず成功する。これはすべての偉人の物語である。大きなリスクには大きな報酬の可能性が伴う。コンフォートゾーンにいることは本当に良いことのように思えるが、同じコンフォートゾーンが私たちの自己実現や実体験を妨げている。

恐怖と失敗

変身の旅は容易ではない。私たちは恐れている。私たちは不確実性、未来、繰り返される過去、失敗を恐れている。途中で失

敗することもある。失敗を恐れることは、私たちを足止めする。

危険を冒すことを恐れている。だから、同じ役割にとどまる。同じことを繰り返すのは、役割を変えると失敗するのが怖いからだ。私たちは空想にふけり、そのまま眠りにつく。

失敗というのは、私たちがやったことが今回はうまくいかなかったということだが、またうまくいかないということではない。失敗が重荷にならないように。リスクを冒したが、うまくいかなかった。それはひどい感情だが、大丈夫だと理解すべきだ。失敗せずに成功する人はいない。何が間違っていたのかを評価する。学ぶべき教訓を学び、前進し、次により良い決断ができるようにする。成功する者は、失敗から学んでいる。

失敗は私たちを壊してはならない。失敗は私たちを強くし、成長させてくれるはずだ。成功は、自分に起こることにどう対応するかによって形作られる。解決可能な問題は解決し、解決できない問題とともに生きることを学ばなければならない。

手放すタイミングがわからない

私たちには手放すべき時が来る。沈みゆく船の船長でさえ、救命ボートをつかむタイミングを知らなければならない。感情的につながっているものから離れるのは難しい。しかし、いつ前に進むべきかを知ることで、私たちは自由を手に入れ、他の機会を活用することができる。

自分自身と調和していない

私たちはみな呼吸をしているが、生きているのはほんのわずかだ。私たちの大半は、ただ日々のルーティンワークをこなしている。私たちは立ち止まって反省することはない。自己の『観察者』になる時間はない。何が悪いのかわからない。私たちは自分の認識やパターンにさえ気づいていない。私たちは変革とは何か、変革に何ができるかを知らない。私たちは何を知り、何をすべきかを知らない。この自覚の欠如、自分自身と調和していないことが、私たちの足を引っ張るのだ。

適切な時期を待つ

始めなければ、成功することはない。私たちは適切な時期を待って待って待ち続ける。完璧な時を待つことはできない。

決して来ない。今が"適切"だと感じるまで戦いに飛び込むことを拒むと、毛布の中で一生を終えることになりかねない。今日は新たな始まりの日であり、変化への第一歩である。私たちの多くは、挫折を味わったとき、胃に蝶のような感覚を覚える。その気持ちを受け入れよう。私たちが恐れなくなるまで待ってはいけない。そんなことは起こらないかもしれない。そのときはもう手遅れだ。小さく始めよう。何かを始める。

計画の欠如

私たちの多くは、現実にしたいアイデアやコンセプト、夢を持っている。しかし、確固とした計画と明確なビジョンがなければ、何も達成することはできない。目標を明確にすることは、それを実現するための第一歩である。私たちを導いてくれるロードマップを作ることだ。計画がなければ、知らず知らずのうちにコースを外れてしまう。これらのことを一つずつ達成する計画を立てる。計画は長く退屈なものである必要はない。マイクロプランと長期的なステップ・バイ・ステップのプランを立てる。そして、ただやるんだ。

完璧主義

私たちは完璧でなければならないとか、一番でなければならないとか、最高でなければならないとか、そういう考え方で育ってきた。完璧な人間などいない。完璧を求め続けても、不満を生むだけだ。人生には得意なこともあれば、苦労することもある。何かを完璧にしたいという欲求が、それを成し遂げることを妨げていることを感じ取ることを学ぶ。完璧主義は私たちを消耗させ、疲弊させる。勤勉な努力と完璧主義の違いについて考えてみよう。もう十分だ。自分自身に達成不可能な期待を抱くのではなく、間違いを犯すことを受け入れるのだ。失敗から学べば、その経験からより強く成長することができる。

承認を求める

"承認や検証を求めるのをやめると、驚くべきことが起こる。お前が見つけろ"

私たちの足を引っ張るのは、自分の行動に対して常に承認を得ようとすることだ。自分の本能や考えよりも、他人の意見の方が重要なのだ。そして、いつも周囲から励まされ、前向きなモチベーションを得られるとは限らない。時には他人の意見を参考にするのもいい。私たちのことを一番よく知っているのは私たち自身だ。最終的には自分の足で立たなければならない。すべての決断を他人の意見に耳を傾けることは、自分が先に何を望んでいるのかに耳を傾けないことと同じだ。

他人の影響を受ける

多くの人は、何かがうまくいかない理由を語ることに奇妙な満足感とスリルを覚え、試行錯誤して失敗した誰かのことを嬉々として語る。成功するのは我々かもしれない！それを知る唯一の方法は、やってみることだ！私たちは、少数の否定的な人々に、役に立たない非生産的なアドバイスで心をいっぱいにさせられている。うまくいかない理由を十把ひとからげにする。批判するのは正しいことよりも簡単だ。尊敬の念を持って励まし、認めてくれる人たちに時間を費やし、耳を傾ける。

責任転嫁 - 理由を探す

"他人のせいにすると、自分を変える力を放棄することになる"

自分の責任は自分にあることに気づかず、自分の欠点を誰かや何かのせいにしているうちは、人生から望むものを得ることはできない。責任を転嫁したくなる。そうしたいと思うのは自然なことだ。説明責任を果たせ。責任を取れ。言い訳をしてはいけない。行動を起こそう。理由を探すのをやめ、問題を解決するためにどのような変更を加えるべきかを考える。

自分や他人を貶める

常に否定的なセルフトークをしたり、他人を貶めたりすれば、人生に否定的なものを招き入れるだけだ。「私はバカだ」「私は

何もまともにできない」と自分に言い聞かせることは、私たちを束縛する傷を与えることになる。同じように、私たちが他人にそれをするとき、私たちは皆の足を引っ張ることになる。ネガティブな習慣をポジティブな習慣に置き換える。うまくいかなかったことではなく、誇りに思うことに集中する。自分自身と他の人たちを向上させる方法を探す。

行動を起こせない

空からパイが降ってくるのを待つ者は、決して高く昇ることはできない。

私たちの中には、行動を起こせないことで足かせになっている者もいる！私たちはマルチタスクをこなしがちで、より重要な事柄に対して実際に行動を起こすエネルギーが残っていない。怠惰で、のんびりしすぎている人もいる。私たちは何もしないことを選ぶ。先延ばしは、私たちが何もできない根本的な原因である。何かをしたいのであれば、行動を始める必要がある。私たちは、物事が自分たちに有利に運ぶことを願って、じっとしているわけにはいかない。

私たちは物事が簡単であることを望み、期待する

タダ飯も簡単なゴールもない。目標には努力と闘い、ハードワーク、献身が必要だ。簡単なのは、ゴールポストに立って何もしないことだ。しかし、それでは試合に勝つことはできない。簡単なことをするのではなく、自分にできることをする。何も変えずに結果を期待する。自分自身を向上させたいのであれば、何が効果的で何がそうでないかを確かめるために、いろいろなことを試してみる必要がある。魔法の豆が届くのをじっと待つ人もいれば、ただ立ち上がって仕事に取り掛かる人もいる。

私たちは真実を避ける

私たちは自分自身に間違ったストーリーを語り続けている。変革は嘘の上に成り立つものではない。私たちは自分自身に正直になる必要がある。私たちは見せかけで生きることはできない。私たちは本物でなければならない。そしてそれは、ありのま

まの自分を受け入れることを意味する。そして、自分自身を変容させることを選択する。そうでなければ、怒りやフラストレーションにつながる。真実を無視することは変革ではない。私たちの存在のいかなる側面についても偽ることは、私たちの魂に暗い空洞を掘り起こす。真実と向き合うことは必ずしも容易ではないかもしれないが、真実と向き合うことこそが唯一の道なのだ。自分自身を裁き続けているのは、私たち自身なのだ。私たちは頭の中で物語を語ることによって、自分自身を判断している。

本当はなかったものを手放す。それはただの幻想で、私たちが思っているようなものではなかった。重要なのは、気づき、受け入れ、手放し、そして次の一歩を踏み出すことだ。

割に合わないと感じる

謙虚であることは、自分自身を小さくすることと同義ではない。しかし、私たちの多くは自己卑下の習慣がある。自分は称賛や賞賛、賛辞を受けるに値しない人間だと考えるようになる。自分に与えられているものに価値がないと感じると、私たちはより多くのことをし、より多くなる機会から遠ざかってしまう。私たちは自分のことを低く見すぎている。今の生活に満足してしまうか、あるいは望むことを実現するのは不可能だと感じてしまう。だから、結局は平凡なんだ。

気が散る！

気が散ることはない。しかし、私たちの注意が100万もの方向に引っ張られているとき、思考を集中させるのは難しい。気の抜けた生活をしていると、目標が横道にそれてしまう。気が散るようなものに餌をやるのはやめよう。次から次へと仕事が舞い込んできたら、深呼吸をしよう。ゆっくりと心を落ち着かせる。

言い訳

何かをすべき理由を作り上げることもできるし、すべきでない理由を作り上げることもできる。なぜ私たちの多くは後者を信じがちなのか？その方が簡単だからだ。人生において、努力す

る価値のあるもの、手に入れる価値のあるものなど、誰にとっても簡単に手に入るものではない。何かを成し遂げたり、成功を手に入れることは、決して「ノー」と言ったり、手が届かないと思い込んで自分を責めたりすることの結果ではない。何かをしない言い訳は常にある。たまには、何かをするための言い訳をしてみよう！

説明責任を果たさない

私たちは自分の欠点、悪い選択、悪い行動を認める必要がある。認め、受け入れる。私たちは誰ひとりとして完璧ではないし、誰ひとりとして他より優れているわけでもない。私たちはただ違うだけだ。私たちには私たちの旅があり、普通というものがある。私たちの行動、経験、感情が何であれ、私たちは自分の選択に対して責任がある。

新しいアイデアや視点に対して心を閉ざす

年齢とともに賢くなっても、私たちは生涯学生であり続けなければならない。どのような理解も、絶対に最終的なものでは決してない。人生における成功は、常に正しいかどうかに左右されるものではない。真の進歩を遂げるためには、すでにすべての答えを持っているという思い込みを捨てなければならない。私たちは相手の意見に耳を傾け、そこから学び、相手の意見にすべて同意できなくても、相手とうまく協力することができる。人々が敬意をもって意見の相違に同意すれば、誰もが多様な視点から恩恵を受ける。

"勝利への意志よりも強力なのは、始める勇気である"

問題のひとつは、何から始めればいいのかを知ることだ。もうひとつは、未知なるものに対する恐れだ。どちらも、私たちが最初の一歩を踏み出すのを妨げてしまう。変身の旅の本質は、コースに留まり、遠くまで行き、転んでもまた立ち上がり、前進し続けることにある。

私たちは何にコミットしているのか？

私たちは間違えて、まずプロセスにコミットすることなく、結果にコミットしてしまう。

一歩を踏み出す努力をする前に、成功を夢見る。プロセスにこだわる前に、結果にこだわる。最初の一歩を踏み出し、次の一歩に備えることだ。それがコミットメントだ。

結果は『そこに到達すること』がすべてだ。それはエゴに基づくものだ。賞金を獲得することだ。認知を得る。賞賛を受け入れるこのプロセスは『ここにいる』ということがすべてだ。それが現実だ。それは今起きていることだ。

そのプロセスにコミットすれば、結果を夢見ることができる。

私たちの多くは、希望と絶望の間で揺れ動く。私たちは停滞を感じ、振り子のように感じている。

自分自身へのコミットメントに失敗しているように感じる。自分たちが何にコミットしているのかがわからなければ、前進することはできない。

"人生の終わりに、もし自分が挑戦しなかったり、やらなかったり、やり遂げなかったりしたら、私を動揺させるものは何だろう？"すぐに答えが出るのであれば それを約束しなければならない。すぐに答えが出なくても大丈夫。ただ人生の流れに身を任せる。適切な思考は、人生の適切な瞬間に現れる。無理強いしてはいけない。答え』が明確になったら、それを形にし、勢いをつけ、素晴らしい創造へと変化させる。必要なのはコミットメントだけだ。

試合をするまでは、勝利の夢を見ることはできない。コメンテーターとして意見を述べるのではなく、シュートに向き合う必要がある。私たちのコミットメントは、プロセスを経ることであり、毎回完璧な結果を得ることではない。

私たちは喜んでいるだろうか？私たちはゲームをする気があるのだろうか？私たちは自分自身をパッドで覆い、ボールと向き合う準備ができているだろうか？勝敗がはっきりしなくても？

足が震えても？我々は現れるだろうか？やるだろうか？内外からの反対にもかかわらず？

これが約束だ。これが何かを起こすために必要なことだ。

右足を前に出す。これがイニシエーションだ。そして左足を前に出す。これが執念だ。

一歩ずつ足を前に出し、道を踏み外さないこと。たとえそれが正しいかどうかわからなくてもね。たとえ、そこにたどり着けるかどうかわからなくても。

コミットメントというシンプルな行為は、強力な磁石となる。

"A man who suffers before it is necessary suffers more than is necessary."

もうたくさんだ、二度とごめんだ、今すぐ変えるんだ！"と自分に言い聞かせるような、感情的な閾値に達する必要がある。

"夢を生きることを妨げているのは、それが夢に過ぎないという思い込みだ"

"何をするにしても、自分を壊したものに決して逃げ帰らないこと"「否定的な心では、肯定的な人生は送れない。

"後ろにあるものを手放さない限り、目の前のものに到達することはできない"

しがみつく……手放す

「真実は、手放さない限り、自分を許さない限り、状況を許さない限り、状況がそうであることに気づかない限り、である。
を超えれば、前に進むことはできない」。

"傷ついたことは忘れても、それが教えてくれたことは決して忘れない""しがみつくことが自分を強くすると思っている人がいる、
しかし、時には手放すこともある。

「私が私であることを手放すとき、私は私であるかもしれないものになる。持っているものを手放すと、必要なものを受け取ることができる」。

「しがみつくことは過去しかないと信じることであり、手放すことは未来があると知ることである。

「手放すとは、私たちの精神を縛っている過去のイメージや感情、恨みや恐れ、執着や失望を解放することである。

「あきらめることと手放すことの間には重要な違いがある。

なぜ過去にしがみつくのか？

なぜ私たちは感情を持ち続けるのか？なぜ私たちはネガティブな感情を持ち続けるのか？

なぜ私たちは、自分に深く影響するものを手放すことができないのだろうか？

なぜ私たちは過去の闇と未来の不安を手放すことができないのか？

なぜ私たちは、マインドスペースにある思考や感情の混乱を手放すことができないのだろうか？

手に紙を持ち、手を体の高さでまっすぐ前に上げ、伸ばしたままにする。

それで問題はないのか？いいえ

紙の重さが負担になっているのだろうか？いいえ

手を上げたまま1時間、同じ姿勢で紙を握り続ける。

何を感じるか？

手の痛み、不快感。そのまま2時間耐え続ける。私たちは今、何を感じているのだろうか？

痛みだ。多くの不快感がある。もう1時間待ってくれ。今度は何だ？

ひどい。激しい痛み。無力感を感じる。しびれる。

もう1時間、もう1時間と持ちこたえるように言われたらどうだろう？とんでもない。無力感を感じるだろう。

そして、私たちの手は死んだように落ちていく。何が起こったのか？

紙が重くて持ちにくかったのか？

握りしめているうちに紙が重くなったのだろうか？

なぜ私たちは、痛み、不快感、苦痛、無力感、無感覚、死にたくなるような感情を経験したのだろうか？

まあ、新聞はそのままだった。

問題はそれに『しがみつく』ことにあった。

最初に新聞を持ったときは問題なかった。それが普通だった。これは私たちの通常の思考、感情、行動で起こることだ。感じたり反応したりするのが人間だ。怒ったり、悲しんだりする。それを感じてもいいんだ。

しかし、紙にしがみついていると、それが私たちを痛めつけ、不快な気分にさせる。しかし、私たちはそれにしがみつく。しがみつけばしがみつくほど、痛みを経験する。

しがみつけばしがみつくほど、私たちは無感覚になる。ある時期が来るまで、私たちは無力感を感じ、『あきらめる』。

紙は私たちの過去を意味する。

紙は私たちの感情を意味する。

その紙は私たちの有害な関係を意味する。

*紙は私たちの**認識とパターン**を意味する。*

手放すことはとても難しい。私たちは何度も同じ思考パターンにはまってしまう。

私たちは心の中で何度も何度も過去に執着し、再生する。物事にしがみつこうとする必死さは、今この瞬間の幸福や喜びを経験する能力を制限する。人生は変化し続けるものだ。どんなに懸命に物事にしがみつこうとしても、好むと好まざるとにかかわらず、遅かれ早かれ変化に直面する。私たちが生きている環境を所有し、コントロールしようとする試みを早くやめればやめるほど、新しい可能性に対してより早く自分自身を開くことができる。

だからこそ、手放すことができるようになることが重要なのだ。

「放して！」。私たちは何度も自分に言い聞かせる必要がある。私たちはそれをマントラにし、一日を過ごすときに繰り返す必要がある。

もちろん、手放すことは重要だ。変化は難しく、過去の出来事や人間関係、希望や願望を手放すことは、人生を前進させるために不可欠だ。しかし、私たちはしばしばこれに失敗し、過去のつらい出来事にしがみついていることに気づく。

なぜ私たちはしがみつくのか？

ジレンマだ！過去にあったことだ。私たちはそれを経験した。心の中で何度も何度も再生する。痛いんだ。私たちはそうしたいし、過去を手放し、できる限りのことをしようとしている。しかし、私たちは行き詰まっている。そして、ものすごく痛い。こんなに痛いのに、なぜしがみつくのか？

私たちは痛みや過去に慣れている

私たちは痛みに慣れ、適応してきた。私たちが苦しむ痛みは、私たちにとって身近なものだ。しばらくの間、私たちが特定の方法で機能していると、それが物事のあり方であるかのように感じてしまう。

たとえそれが苦しみをもたらすとしても、私たちは自分の知っていることに固執しがちだ。手放すことは、私たちを不快にさせる。人生は予測不可能なものだから、何が起こるかを知っていることは心強い。少なくとも、現在の痛みは、何が起こるかわかっている。

無意識のうちに、そして知らず知らずのうちに、私たちは自分自身と過去を混同している。痛みがアイデンティティになる。手放すということは、アイデンティティを手放すということだ。

痛みが私たちを守ってくれると信じている

辛い経験を持ち続ければ、二度と同じことが起こらないようにできる。

私たちは過去を繰り返したくない。そのような思い出を再び思い出したくはない。また同じことを繰り返すのは耐え難い。だから、警戒を怠らない。もしまた同じことが起きたら、私たちは決して自分たちを許さないだろう。潜在的に痛みを伴う経験の兆候を見守ることで、私たちは自分がコントロールしているという感覚を得ることができる。実際、誤ったコントロールの感覚だ。私たちの内なる声は、未来の痛みを遠ざけるために過去の痛みを利用する。まあ、どちらも起こらない。私たちはただ、痛みとともに今を生きている。

私たちを苦しめた者たちを罰したい

あなたは私を傷つけた。

どうすれば君を許せる？

あなたを許せば、あなたは正しくなる。あなたを許すということは、私が敗北を受け入れたということだ。

奢り高ぶる。私が感じたのと同じ痛みを感じるべきだ。あなたにもその気持ちを理解してほしい。

残念なことに、私たちを傷つけた人物は、私たちの気持ちを気にしていないようだ。彼らは知らないかもしれない。自分たちのしたことを認めようとしなかったり、代わりに私たちを責めたりするかもしれない。どうしてそうなるんだ？だから、彼らを傷つけようとする　バック私たちは、彼らが私たちにしたことと同じことをする。そうすることで、問題を解決できると信じている。

彼ら』を罰することは、その瞬間は気分がいいかもしれないが、長期的には私たちの痛みを強めることになる。目には目を、世界は盲目になる。私たちは結局、力を手放すことになり、しがみつくべきものがたくさんあるにもかかわらず、自分自身を縛り付けておくことになる。

私たちはいまだに過去を失敗として処理し、プロセスの一部ではないとしている。

人間関係が終わるとき、私たちは物事を続けることに『失敗している』かのように考える。私たちは、どうすればもっとうまくやれたかを考え、常に相手が正しいと考える。私たちはみな人間だ。私たちは失敗者ではないし、別れを告げなければならないからといって失敗したわけでもない。時には善良な人々が目を合わせなくなることもある。それは生きていく過程の一部でしかない。

経験から学ぶ

私たちの多くが心に引っかかっているのは、『経験から学ぶべきだ』という考えだ。過去の経験を現在の状況に当てはめることは、２つの理由からうまくいかない。まず、現在の状況が過去の状況とまったく同じということはない。第二に、過去の経験に頼ることは、新しいものを受け取ることを妨げる。私たちが自分の経験に頼るときはいつでも、何が現れるかを、過去にすでに現れたものだけに限定してしまう。私たちは過去を未来のすべての創造の源とする。もし、過去に経験したことが今は重要でないとしたら？過去が今、重要でないとしたら？

私たちがしがみつくもの … 人間関係　悩み

私たちのイメージ – 良く見せよう 私たちのコンフォート・ゾーン

私たちの習慣

私たちの過去 物質的な散乱 思考

これは感情の乱雑さだ。

私たちのあり方が、人生における人々や人間関係を引き寄せるのだ。私たちは絆の中に人生の目的を見出す。私たちは彼らにしがみつき、絆の糸を強く引っ張り、関係をこじらせる。人間関係は、たとえその絆が有害なものになったとしても、手放すのが最も難しいものだ。人間関係にまつわる出来事に思い悩むのを本当にやめるまでには、数カ月から数年かかるかもしれない。

私たちは悩みを反芻し続ける。反芻とは、心配の症状や、その解決策とは対照的な、起こりうる原因や結果に注意を向けることである。私たちの多くがそうしていることだが、心配事の細部に至るまで、常にその心配事を洗い直すのだ。少しはいい気分になるが、結局はもっと痛い。

問題を心配することで、問題に対して何かしているような気になる。これだけ考えれば、どうにか解決策が見つかるという幻想がある。問題なのは、私たちがしばしば、どうすることもできない解決不可能な問題を反芻してしまうことだ。手放す代わりに、私たちは何度も反芻する。

ルミネーションが問題になり始めるのは、物事に執着するようになってからだ。頭の中で常に思考が揺れ動き、もはや役に立たなくなったとき、そのときこそ手放すべきときなのだ。

私たちは二重性を生きている。私たちは私たちである。しかし、私たちは他人から、ありのままの自分ではない自分を見てもらいたいのだ。そして私たちは、この存在と外見という二元性にしがみつき続けている。他人にどう見られたいかを手放す必要がある。悲しいことに、多くの人にとって、ソーシャルメディアは人とつながるためのツールになり、孤独に追いやられて

いる。私たちは自分の「欠落」と他人の「ありのまま」を比較する。

手放すことは、しがみつくことの反対である。手放すとは、精神的に何かを握る力を緩めることだ。このコントロールの喪失が、私たちが"させない"ことを選択する理由なのだ。

ゴー何かにしがみついているとき、私たちはまだその状況をコントロールできないという考えを抱いている。

状況をコントロールできないという事実を受け入れたとき、私たちは手放すことができる。特に人間関係の問題ではそうで、時には問題を手放し、あるがままに任せなければならない。

私たちは物質的なものにしがみつく習慣がある。なぜなら、私たちは自分の部屋、おもちゃ、毛布、車、プレゼントといった物質的なものに自分の感情を結びつけているからだ。私たちのものにはセンチメンタルな価値がある。私たちが物を持ち続ける最も一般的な理由は、私たちが感傷的な生き物だからである。また必要なものが出てくるかもしれないと心配になるからだ。愛する人のものを処分することに罪悪感を感じる。あるいは、使ったお金に罪悪感を感じる。私たちは夢や希望を財産に結びつける。

私たちが何かに別れを告げるとき、その何かが私たちにとって象徴する希望にも別れを告げることがある。こうしたものを手放すことは、失敗や恥ずかしいことのように感じるかもしれない。夢をあきらめるような気分になるかもしれない。

私たちが最も捨てられないものは、おそらく自分の価値と結びついている。

悪循環の中で、過去の虚無感、恐れ、罪悪感、不安への反応から生じる散らかりは、私たちにさらなる散らかりを引き起こし、さらに罪悪感や恥、恐れ、不安という反応的な感情的苦痛へと複合化する可能性がある。

私たちが最も大切にしているものは、私たちの自己価値を決めるものだ。例えば、私たちが成功に大きな価値を置いている場

合、賞や大学の成績表のような、自分の功績を目に見える形で証明するものを手放すのは難しいかもしれない。こういったものを捨ててしまうと、成功したと感じられなくなるかもしれない。

あるいは、人間関係を何よりも重視するのであれば、人からの贈り物を処分する方が難しいかもしれない。不要なプレゼントや使っていないプレゼントを捨ててしまうと、贈り主に対して不誠実であるかのように感じてしまうことがある。これは誕生日にも適用できる。

グリーティングカードも同様に、私たちが愛され、感謝されていることを表し、私たちが他の人にとって意味のある存在であることを証明することができる。

散らかっているものは、私たちの感情、記憶、価値、アイデンティティを表しているだけでなく、より深い問題に取り組むことから気をそらし、苦痛からの緩衝材にもなりうる。「物が散らかっていると、周りが見えなくなる。

断捨離をすればするほど、断捨離が上手になり、生活の中で何を残し、何を捨て、何を求めるかを選べるようになる。少しの空きスペースが、より強い人間関係と、より良い心身の健康を通じてより強い私たちを可能にする新しい生き方のためのスペースを作るのに役立つ。

思い出と感情

私たちは過去に生き続けている。過去はすでに起こったことだ。しかし、私たちは過去の思いを現在に生かしている。過去にしがみつくことは、それを現在の一部にすることだ。まるで今、それを追体験しているかのようだ。私たちは過去の経験を、現在の行動を正当化するために使っている。過去にしがみついていると、前に進めない。過去にしがみつくために使うエネルギーはすべて、現在と未来を創造するためのエネルギーではないからだ。

私たちは、強い否定的または肯定的な出来事にしがみつく。これには過去の傷、裏切り、虐待だけでなく、強く肯定的な記憶も含まれる。

私たちがしがみつくのは、しがみつくことが将来の傷から身を守ることになると信じているからだ。それを『意識』の状態に保っていれば、二度と傷つくことはない。このまま放っておけば、私たちは暗闇の中にいることになる。

トラウマドラマが好きだから、過去の傷にしがみついている人もいる。私たちは自分の人生を誰かのせいにしたくて、被害者の立場に居続ける。他人を犠牲にし、操るにはもってこいの方法だ。私たちは過去に生きているだけでなく、他人を陥れるために簡単に過去を利用する。

過去にしがみつくことは、ある意味で常に有害だ。それには判断が必要であり、判断はその性質上、破壊的である。

過去のポジティブな出来事にしがみつくことさえ、私たちの人生に大きな制限を生み出す！

過去の業績や成功、最も幸せだった瞬間について常に話す習慣がつくと、私たちは知らず知らずのうちに過去と現在を比較しがちになる。私たちは10年前、20年前とは違う。ポジティブな過去を思い出すことは、現在がそれほど良くないと感じ、現在を惨めなものにするかもしれないというリスクを伴う。

過去の記憶は、良いものであれ悪いものであれ、消すことはできないということを理解することが重要だ。過去を忘れる』ことは無意味だ。では、どうやって手放すのか？

記憶を消すことはできない。私たちは、記憶にこびりついている感情に働きかけることができる。

過去の思考は、常にポジティブまたはネガティブな感情や情動を帯びている。プラスやマイナスの電荷をニュートラルなものに変える練習ができれば、過去にとらわれることはなくなるだろう。そうして残るのは、中立的な感情を帯びた記憶となる。だから、記憶を消す必要はないのだ。記憶に値するものであれば、記憶は

残る。さもなければ、風化してしまう。どちらでもいい。そして記憶の感情を中和することで、しがみつくことをやめ、手放すのだ。私たちは今、より完全に現在に身を置き、それらを完全に意識するようになる。これがマインドフルネスだ。

手放す方法

意図的に手放すことを選択することで、潜在意識に癒しと前進の準備ができていることを伝える。過去の辛い経験への執着が崩れ始める。

手放すということは、取り除くということではない。手放すということは、あるがままにするということだ。慈悲の心で放っておけば、物事は勝手に動いていく』。

1. 期待せずに行動する。やることを、ただ楽しむために。期待してやることは、期待に応えられないときのフラストレーションにつながる。これは人間関係にも言えることだ。

2. 結果に執着してはいけない。実行に移す。

3. 他人の行動をコントロールできるという考えを捨てる。私たちがコントロールできるのは、自分自身とその行動だけだ。

4. ミスの余地を残す。

5. 変えられないものを受け入れる。

6. 新しい技術を学ぶ。

7. 認識を改め、根本的な原因を不幸中の幸いと捉える。

8. 泣くことで、ネガティブな感情を解放する。

9. 不満を即座に前向きな行動に移す。

10. マインドフルネスや瞑想、プラナヤマで今この瞬間に戻る。

11. 毎日の散歩を始めたとか、ダイエットに取り組んだとか、小さなことでも達成リストを作り、毎日追加する。

12. 　　身体を動かす。運動は心の状態を改善するエンドルフィンを増加させる。

13. 　　コントロールできないことにエネルギーを注ぐのではなく、コントロールできることにエネルギーを注ぐ。

14. 　　感情を創造的に表現する。

15. 　　感情を安全に発散させる。

16. 　　ストレスの多い状況から自分を切り離す、状況を変える、受け入れる――こうした行為が幸福を生み出すのであって、恨みを抱き続けることは決して幸福を生み出さない。

17. 　　終結の感覚を養うために、その経験から何を学んだかを確認する。

18. 　　日記の感想それは表現の一形態だ。

19. 　　自分を受け入れてくれた小さな行為にご褒美をあげる。

20. 　　自然と触れ合う。それは私たちの"ルーツ"とつながっている。

21. 　　グループ活動に没頭する。未知の人たちと一緒にいる。周りの人たちを楽しませる。

22. 　　喩えて言うなら、それを解放する。ストレスをすべて書き出し、紙を排水溝に捨てる。それを洗い流す。実際に機能している。

創造的なファンタジーに没頭する。10年後を見てください。そして20年、30年と見ていく。私たちが心配していたことの多くは　過去も現在も、物事の大枠ではどうでもいいことなのだ。

23. 　　笑い飛ばせ。

24. 　　やるだけだ。

「苦しみはあなたを拘束しない。あなたは苦しみを抱えている。苦しみを手放すのが上手になれば、重荷を引きずっていたこ

とがいかに不必要なことだったかを思い知ることになる。あなた以外の誰にも責任はないことがわかるだろう。本当は、存在はあなたの人生がお祭りになることを望んでいるのです」。

「刷新し、解放し、手放す。昨日はもうない。それを取り戻すためにできることは何もない。何かを『すべきだった』なんてことはありえない。何かをすることしかできない。自分を更新する。その執着を解き放つ。今日は新しい日だ！"

挫折と燃え尽き

「人生において挑戦することは避けられない。『もちろん、難しい。難しいはずなんだ。もしそれが簡単なら、誰もが
そうだろう。ハードこそが偉大なのだ』。
− マイケル・ジョーダン

"自分の人生を振り返ってみると、何か良いものから拒絶されていると思うたびに、実はより良いものへと方向転換されていたことに気づく。"
「故障はブレークスルーを生む。物事がバラバラになるのは、物事が一緒になるためだ。
私は自分自身をやる気にさせた。やってみたよ。
やってみたよ。失敗した。
失敗した。私は失敗作だ
どうすればまたモチベーションを上げられるだろうか？また失敗したらどうしよう？
再挑戦する意欲はない。再挑戦する気力はない。
再挑戦を恐れている。
なぜ失敗したのか分からない。
どうやって再挑戦すればいいのかわからない。
私たちは皆、人生の旅路で挫折や故障、再発を経験する。
些細な挫折は私たちを短期間狂わせるが、他の挫折は私たちの人生全体を狂わせるかもしれない。誰もが人生のどこかで経験することだ。
挫折にどう対処するかで、人生の旅路が決まる。私たちの中には、ピースを拾い上げて前に進む強さを持っている者もいる。また、手放すのが難しいという人もいる。挫折、故障、再発に

直面すると、誰もがフラストレーション、絶望、悲しみ、失望、怒りを経験する。その対処の仕方は人それぞれだ。ある者は否定し、ある者は怒り、ある者は悲嘆にくれ、ある者はただ逃げることを決意する。この感情を何に使うかで、私たちは互いに異なる。この厳しい時代からどう抜け出すか。

私たちの誰もが、自分の人生に変化をもたらそうとする力や意欲を持っているわけではない。インスピレーションを得て、やる気になった者は......やってみる。私たちが望んでいることを達成できない理由は山ほどあるだろう。我々は失敗する。これは後退だと考えている。*挫折は私たちを後退させる*。挫折の最大の問題は、再挑戦するためには以前のレベル以上のモチベーションが必要になることだ。ある程度のモチベーションを持って挑んだが、成功しなかった。次に人生の旅に戻るには、もっと自分を納得させ、もっとやる気を起こさせ、もっと努力し、もっと自分を制限する信念を解き放ち、もっと疑念や疑問を克服し、もっと感情に働きかけなければならない。そして、障害にぶつかるたびに、ますます難しくなっていく。努力することさえ疲れてしまう。私たちは燃え尽きてしまう。挫折が人生の物語になる時まで。それが、私たちが自分自身をどのように認識するかということなのだ。

起きたことをどう振り返り、自己認識を深めるか。

挫折や障害は私たちを脱線させる可能性がある一方で、私たちの人生を違った視点から見る機会でもある。多くのブレークスルーは、人々がリスクを冒し、障害にぶつかり、再編成し、前進した後に達成された。

"挫折はしばしば、私たちをさらに悪い道へと向かわせるが、さらに良い*目的地*へと導く"

「厳しい挫折であればあるほど、良いカムバックができる。

"挫折は、もう一度、今度はもっと賢くやり直すチャンスだ"

ハードルの種類

挫折、障害物、敗北はすべて、私たちが今いる場所となりたい場所の間に立ちはだかる障害物ではあるが、それぞれが異なるレベルの挑戦であることを表している。

挫折は 通常、比較的些細なものだ。スピードブレーカーのようなものだ。足手まといになるだけだ。

再発とは 、成功の後に悪化することである。変化と変容の時期を経て、以前の状態に戻ることである。

障害物という のは、私たちのペースを落とすだけでなく、それ以上の働きをするものだ。私たちを『動けなく』させるのだ。それらは私たちの進歩を妨げるだけでなく、何かを成し遂げることを妨げる。私たちは『障害を越える』ことができるかもしれないが、それには時間と努力が必要だ。

故障とは 、機能しないこと、進展しないこと、影響を及ぼさないこと、崩壊のことである。

敗北は 「負けた」という感覚を伝え、意気消沈し、逆境に打ちのめされたと感じる。それはすべての挫折と障害物の母である。敗北は、人生の認識を変える大きな転機となりうる。

では、私たちはどのようなときにハードルを挫折、再発、障害、故障、敗北と呼ぶのだろうか？答えは失敗やハードルにあるのではない。それは、ハードルに対する私たちの認識と反応のパターンによる。それは、私たちが圧倒されたり、遅れをとったりする度合いと強さである。*それは私たちの希望と対処の仕方次第だ。* 完全にあきらめたら、それは敗北だ。もし私たちがペースを落とし、認識を改め、新たな活力を持って動くなら、それは単なる後退に過ぎない。

私たちが認識を変え、パターンを断ち切れば、敗北に見えた同じハードルが、小さな後退に変わるかもしれない。

困難に直面したとき、私たちは非難する。状況を責め、人を責め、運命を責め、神を責め、そして自分自身をも責める。挫折や敗北に対するもうひとつの反応は怒りだ。自分を失望させられた悔しさや悲しさからくる怒り。

というのも、私たちは人生のこの時点において、自分たちが望んでいたような場所にいるわけではないからだ。私たちがどのように反応するかによって、私たち自身が傷つくのだ。

このような否定的な反応や感情、対応は、私たちが行きたいところに行く助けにはならない。さらに悪いことに、足が止まってしまう。私たちは、竜巻に巻き込まれた塵のように絶望に巻き込まれ、ぐるぐる回り、エネルギーをたくさん使うが、どこにもたどり着けない。これが私たちの気持ちだ。私たちはただ堂々巡りをしているようなもので、どうすれば混乱から抜け出し、再び前進し始めることができるのかわからない。

ステップアップへの挫折
認める

誰も挫折を免れることはできない。挫折に直面したら、それを認識し、認めること。これにより、再形成のプロセスが始まる。挫折の向こう側では、私たちは以前と同じ人間にはなれない。

非難を排除する

物事は時々、明白な理由もなく起こる。責めたり、すねたりするよりも、前進する道を探るほうがずっと健全だ。

時間をかける

肉体的な傷が癒えるには時間が必要だ。感情的な傷には時間がかかる。もちろん、挫折を乗り越えるための時間は必要だ。せっかちは、それを難しく、長くするだけだ。私たちはいつも、問題を解決して前に進もうと焦っている。せっかちは、私たちの人生の他の分野にも影響を及ぼすパターンとなっている。時の流れに身を任せるのだ。時間は癒してくれる！

感動を体験する

感情を無視すれば、いつかはそれが表面化し、多くの場合、より有害な形で現れる。1日、1週間、1ヶ月と期限を決めて、感情的な反応を体験する。そうしている間、感覚を観察する。思

ったことを日記に書く。そして最後にもう一度涙を拭い、再び前に進む準備をする。

現実を受け入れる

挫折からステップアップする最善の方法のひとつは、たとえ結果が不公平に感じられても、現実を受け入れることだ。こんなことはあってはならない、と私たちは自分に言い聞かせる。そうかもしれない。決断の中には複雑なものもあり、どのような要因が自分たちに不利に働いたかを常に知ることはできない。タイミングが悪かっただけかもしれない。自己否定から脱却するチャンスなのだ。起きたことを受け入れるまでは、感情に支配された否定状態から抜け出せない。

視点を変える：正常化する - 優先順位をつけ直す - リフレームする

ノーマライズする。みんな苦労している。成功したプロフィールを見るだけだ。私たちは、背景にある苦闘の物語に気づかない。挫折を経験するのは普通のことだ。挑戦され、失望することを期待する。私たちは孤独ではないのだ。

再優先する。1～10のスケールで、この問題やハードルの大きさを教えてください。私たちは誇張する傾向がある。再優先順位をつけることで、ハードルを現実的に捉えることができる。

リフレームする。どのような利点があるか考えてみよう。そこからどんな新しい意味を見出すことができるだろうか？起こったことを、ポジティブな結果を導くのに役立つ言葉で捉え直す方法を探す。

"ノー"から"まだ"へ

重要なのは、"失敗した"と自分に言い聞かせることから、"まだ失敗していないが、必ず失敗する"と言い聞かせることだ。

失敗をそれ自体が目的ではなく、プロセスとして捉える。この考え方は、困難な状況に陥ったとき、私たちを辞めさせようとする頭の中の否定的な声を静めるのに役立つ。失敗から学び、

成功する可能性があると信じれば、再挑戦する力が湧いてくる。

現在にとどまる

起こったことにこだわればこだわるほど、そのことを何度も何度も頭の中で思い起こすことになり、また同じことが起こるのではないかという恐怖が私たちを抑えつけることになる。

休憩を取る

息をして。何か楽しいことをしよう。心を休ませる。パターンを断ち切るための休憩が必要なのだ。

ゴールの明確化

計画が失敗したとき、私たちが最初にすべきことは、いったい何を達成したかったのかを明確にすることだ。過剰反応を避けるためには、現実性と正確さが重要だ。

結果を明確にする

何を達成しようとしているのかが明確になったら、……何かを達成したと理解することが重要だ。もちろん、すべてがうまくいくことはめったにない。プラスとマイナスの両方を見極める。私たちは、すでに行われた良い仕事のいくつかを元に戻すことなく、変更を加える必要があるかもしれない。

正しいことと間違ったことを列挙する

これは不平不満のためのセッションではない。非難合戦ではない。過ちを自覚し、受け入れる。過ちを列挙せよ。

リストを2分割する

リストを2つに分ける必要がある。計画が失敗したとき、その原因のすべてが私たちのコントロールできる範囲にあったとは限らない。*自分のコントロール下にある* ものと、*コントロールできないもの*。リストの各項目を見直し、分類する。

変えられないものを洗い出す

計画が失敗したとき、私たちはコントロールできない要因を呪い、嘆く。壁に頭をぶつけることになるだろう。私たちにできることは何もない。2つ目のリストを洗い流して、1つ目のリストに集中し直す。

行動計画を立てる

ゴールを再定義する。将来のための教訓を生み出す。起こりうるハードルについて考え、計画を立てる。問題が発生することを予測し、問題が発生したときのためのコンティンジェンシープランとアクションを準備しておく必要がある。新しいアプローチを試すことに柔軟でオープンマインドであること。

行動を起こす

「知っているだけでは十分ではない。やる気だけでは十分ではない。」
ブルース・リー

しかし、それに対処する道を選ぶことはできる。

失敗には、私たちの行動と不作為という2つの方法がある。最大の後悔を振り返るとき、私たちは行動ではなく、不作為をやり直したいと願う！人生に打ちのめされても、立ち上がる。また打ちのめされても、立ち上がればいい。それが挫折からステップアップする唯一の方法だ。

燃え尽きる

何度もトライする。私たちは努力することに疲れてしまう。私たちは燃え尽きてしまう。

燃え尽きとは、長期にわたる未解決のストレスがもたらす心の状態である。燃え尽き症候群とは、精神的、感情的、肉体的な疲労と相まって、努力や試みに意味を見出せなくなることである。

燃え尽き症候群はいつでも、誰にでも起こりうる。

ハネムーン期

変身に向けて行動し始めるとき、私たちは多くのポジティブさ、コミットメント、エネルギーをもって始める。これはハネムーンの段階である。

ストレスが始まる

燃え尽き症候群の第2段階は、ある日が他の日よりも困難で、努力が報われないことを自覚することから始まる。楽観主義は打撃を受け始める。ストレスは肉体的、感情的、そして行動に現れ始める。

ストレスの蓄積

燃え尽き症候群の第3段階は、慢性的なストレスである。挫折に見えたものが、すぐに障害や故障になる。

燃え尽きる

燃え尽き症候群の第4段階に入ると、症状が深刻になる。これが実際の燃え尽きである。通常の生活を続けることはしばしば不可能である。故障が敗北に見え始める。

燃え尽き症候群がパターン化

燃え尽きることは、私たちの人生の物語となり、私たちがあきらめる背後の物語となる。私たちは努力をやめただけだ。対処する希望は残されていない。

"失敗を恐れるあまり、最も恐れているものを生み出す悪循環が生まれる"

これで残りの人生を生きていけるのだろうか？

できることをすべてやらないのは、単にあきらめたからではないか？

立つこと、歩くこと、転ぶこと、泣くこと、そして努力することを学んでいる子供。

また倒れる。しかし、今回は最初の試み以上の努力が必要だった。彼は何度も何度もトライする。そして一歩一歩、ベイビーステップが子どもをゴールへと押し進める原動力となる。走るために

。子どもは時間をかけ、努力をし、泣きながら努力した。子供はそれを挫折、故障、敗北と呼ぶのだろうか？

時には子供のように、あきらめずに自分にもっと多くを求め続ける頑固さが大切だ！

私たちはインスタントな世界に生きている。私たちはせっかちな世代だ。私たちは、どんな病気にもすぐに効く薬があると信じている！しかし、ピルは病気の原因や発端に対処するものではない。

「今のような混乱に陥るには、人生全体が必要なんだ。少し時間をおいてから抜け出そう"

病気を癒すには、良い本や説教、6ステップの台本だけでは不十分なのだ。

準備はできているだろうか？

変革は一度限りの出来事ではない。本やブログを読んだり、講習を受けたりするだけで、すべての問題が解決すると考えることはできない。その過程で失敗し、挫折し、敗者のように感じるだろう。それでいいんだ！もう一度やってみよう。私たちは成功から学ぶよりも、失敗から学ぶことの方がはるかに多い。

「何も変わらなければ、何も変わらない

「一番やらなければならないことが、一番恐れていることだったりする。

「人生には浮き沈みが必要だ。浮き沈みは私たちがどこに行きたいかを思い出させてくれる。時間が経つにつれて、上値は高くなり続け、下値はそれほど低くなくなる」。

「人生は経験の積み重ねであり、その一つひとつが私たちを大きくする。世界は人格を形成するために築かれたのであり、私たちは挫折や悲嘆に耐えることが、前進の助けとなることを学ばなければならない」。　　　　　　　　　　－ヘンリー・フォード

「人生には誰にでも挫折があるし、どんな目標を掲げても達成できないこともある。それは生きることの一部であり、自分という人間との折り合いをつけることなのです」。 - ヒラリー・クリントン

"私が最初に立ち上げた会社は、大失敗しました。2回目は少し失敗が少なくなったが、それでも失敗した。3回目は、ちゃんと失敗したけど、まあまあだった。私はすぐに立ち直った。4番はほとんど失敗しなかった。まだあまりいい感じではなかったが、まあまあだった。5番はペイパルだった。　- マックス・レフチン、元ペイパルCTO

ブレイキング・パターン

"自分の外側にいる誰も、私たちの内側を支配することはできない。
このことを知ったとき、私たちは自由になる」。

— 仏陀

"私たちは繰り返し行うものだ。卓越性とは、行為ではなく習慣である。

— アリストテレス

「そしてもちろん、最終的にすべてから逃れる唯一の方法は、今すぐ内側に入ることだ。

— エックハルト・トール

「創造性とは、既成のパターンから抜け出し、物事を違った角度から見ることである。

— エドワード・デ・ボノ

"パターンの鎖は重すぎて壊れるまで、軽すぎて感じられない"

「想像力のすべて——私たちが考え、感じ、感じるすべて
— は人間の脳を通してやってくる。そして、一度この脳に新しいパターンを作ると、一度脳を新しい形にすると、決して元の形には戻らない。"

「前に進むことは、過去から自由になるための最初の段階である。

最後の段階は手放すことだ。

「自由になるかならないかは、ゆっくりどこかに行きたいか、早くどこかに行きたいかで決まる。

私たちの人生とは？それは『私』の発見の旅である。私たちは人生 のループに巻き込まれていることに気づく。ストーリーは違えど、状況は違えど、私たちのパターンは変わらない。

何かネガティブな出来事に直面したとき、私たちはそれを一過性の出来事として片付け、自分を責めたり、環境のせいにしたりする。そして忘れてしまう。しかし、そのたびに私たちは反応し、忘れてしまう。そして、私たちはそこから何も学ばない。すべては私たちがパターンを認識できないからだ。だから、私たちは自分の人生にそのような状況を引き寄せ続け、自分自身や環境、あるいは神のせいにする！

私たちが下す決断のほとんどは、潜在意識のレベルでなされるもので、自分では十分に意識していない。こうした根底にある一瞬の選択は、私たちの「認識」や過去からの誤った信念に影響される。私たちは人生のパターンが何度も何度も繰り返されるのを目の当たりにし、それを止める方法がわからない。それは、絶え間なく繰り返されることで、私たちの中に深く刻み込まれているからだ。あるパターンを掘り下げていくと、その根底にある原因は同じであることに気づく。その原因に対処することで、人生における多くの望ましくない行動を取り除くことができる。

パターンは他と連動していることもあれば、それ自体がパターンであることもある！このようなパターンを一度に完全に根絶するのは容易ではないかもしれない。働き続け、一貫性を保つこと。その後、根本的な原因に適切に対処し、パターンを断ち切る。

パターンを打ち破る方法

パターンは、私たちの心と体の内部的で基本的な「初期設定」の結果として生じる。これらのデフォルト設定は、私たちが生まれながらに持っている核となる性質、感受性、内なる信念、そして価値観に基づいて「設定」されている。パターンを断ち切る」ためには、内側に目を向け、引き金やパターンを特定し、それを解決する必要がある。良い点は、パターンを『リセット』できることだ。

「真実はあなたを自由にするが、その前にあなたを惨めにする。
では、実際にどうやってパターンをリセットするのか？

変えるべき、あるいは伸ばすべき具体的な行動を明確にする。きっかけを特定する。

引き金に対処する。

代役計画を立てる。大きなパターンを変更する。プロンプトとリマインダーを使う。サポートを受ける

自分自身を支え、報いる。粘り強く、忍耐強く。

具体的で実行可能な行動という観点から考えることで、習慣化のプロセスを後押しする。

人生における否定的なパターンをジャーナリングすることで、何を断ち切るべきかを特定し、選択することができる。

1. **過去数回、このような状況に陥ったことを列挙してみよう。**脱却したいパターンを選ぶ。過去に直面した強烈な場面をいくつか挙げてみよう。

2. **それぞれの状況について、結果につながった要因を列挙する。**各事件を引き起こした要因をできるだけ多く挙げてください。各インシデントに複数のトリガーがある可能性もあるので、できるだけ多くのトリガーをリストアップすること。

3. **各要因の共通点を特定する。**挙げられたすべての要素を見てください。各事件に共通点があれば注目する。列挙されたすべての要素において、支配的な傾向はほとんどないだろう。

4. **要因の原因を掘り下げる。**それらの共通要因を掘り下げる。何がこれらの要因につながったのか？それぞれの答えについて、さらに深く掘り下げて根本的な原因を特定する。その背景にはいくつかの原因が考えられる。

5. **原因に対処するための行動ステップを特定する。**その原因に対処するにはどうすればいいのか？行動計画を立てる。ステップを考え出すと、パターンに直接対処していないように見えるかもしれない。とはいえ、原因のひとつに対処するのだから、パターンからの脱却には役立つだろう。

6. 通常、パターンや日常的な行動主義は、脳を自動操縦モードにするため、私たちのシステムにとって有益かもしれない。このようなルーティン化されたパターンの裏返しとして、良いパターンよりも悪いパターンの方が多い場合がある。
7. パターンを始めるきっかけは常にある。きっかけには、内的なもの、外的なもの、感情的なもの、状況的なもの、環境的なものなどがある。小さなパターンが大きなパターンに組み込まれることもある。根本的な原因を正しく掘り下げ、適切なアクションプランを特定し、それに基づいて行動すれば、パターンは解消に向かうだろう。
8. より大きなパターンに目を向け、それを変えていくことで、核となる習慣に取り組みやすくなるだけでなく、より小さな、より簡単なパターン破りの行動に意志の力を行使する練習にもなるのだ。これは私たちのエンパワーメント意識を高めてくれる。
9. 新しい神経経路が形成され、古い神経経路が薄れ、新しい神経経路が古い神経経路に取って代わるには時間がかかることを理解することが重要だ。注意！これを辞める言い訳にしてはいけない。

いくつかの難問

10. 驚くことに、私たちは意識的に、前向きな目的を持って過去に飛び込むことに消極的なのだ。その一方で、私たちは理由もなく悪いことを反芻し続ける。物事を振り返って、なぜそのようなことが起こったのかを考えることは、痛みを伴い、苛立たしいものだ。なぜこのようなパターンが私たちの人生に起きているのかを特定できなければ、新しい経験を創造するためにパターンを止めることはできない。
11. なぜそのパターンを断ち切る必要があるのか、何がそれを不健康にしているのかを理解する。それを解決するための第一歩は、常になぜそれを解決する必要があるのかを理解することだ。そうすることで、私たちはその恩恵を実感し、最初から取り組むべき目標を持つことができる。

12. 私たちは、いくつかの疑問に正直に向き合う準備ができているだろうか？一時停止して熟考 – 人生の決断はなされたのか：絶望から？衝動的に？
13. 絶好のチャンスを逃すことを恐れて？エゴからイメージや評判を守るため？
14. その決断は、他の人たちが私たちをどう見るかということに基づいていたのだろうか？
15. 誰かに自分を証明するため？両親？友達？ソーシャルメディアのフォロワー？
16. 可能な限り安全なルートを取るため？他人を盲目的に信頼することによって？
17. 意図的に自分を傷つけること、つまり自虐行為？
18. このような決断は、人生の他の分野でどのように展開されてきたのだろうか？
19. 私は誰からこのようになることを学んだのだろうか？子供の頃、誰がそうだった？
20. 私は両親の間で何を観察していたのだろうか？
21. 子供の頃、私の欲求は見過ごされていたのだろうか。愛を探して人生を歩んできたのに、私を見捨てる人しか見つからなかったのだろうか。
22. 自分を捨てるのか？その他？
23. 自己認識のための質問をもう少し：
24. 私は人生のどの分野で苦しんでいるのだろうか？
25. 人間関係やキャリアにおいて、自分自身についてどう感じているか。そのことにどんな感情を抱いているのか。それは悲しみなのか、心配なのか、罪悪感なのか、怒りなのか。なりたい自分になることを阻んでいるものは何だろう？
26. 子供の頃、私の家族のどこでこのようなあり方を観察してきたのだろう？
27. このままでは、今日、私の人生において、どのような結果を招くのか。
28. なぜ、何を変えたいのか？
29. 具体的に自分の人生のビジョンは何か？そのビジョンの中で私はどう感じ、どうあるべきか。

30.　私たちが経験する変容のすべてがすぐに明らかになるわけではなく、多くは微妙なものだ。

31.　それは継続的なプロセスであり、大変な仕事だ。しかし、それは私たちが成長し、向上し続け、その結果、自分自身や他の人々とのより健全な関係を培うために必要なことなのだ。

32.　それは途方もなく、不可能で、難しいことのように思えるかもしれないが、私たちの内なる平和と成長には不可欠なことなのだ。簡単な方法は、何も行動を起こさず不健康なパターンを持続させることだが、やがて私たちは、自分が本当の意味で幸せではないこと、もっと何かが必要なことに気づくだろう。そこで登場するのが、**パターンを打ち破る**　ことだ。それは、私たちがより良い自分になるのを助けてくれるだけでなく、前向きな人々、健康的な絆、力を与えられた人生、そして私たちにとってより良い、より健康的なものを引き寄せてくれる。

33.　「変化の秘訣は、古いものと戦うことではなく、新しいものを構築することに全エネルギーを集中することだ」。 - ソクラテス

34.　「しかし、習慣を変えることはできるし、習慣が未来を変えることは確かだ。 - アブドゥル・カラム博士

35.　"変わらないことの苦痛が変化の苦痛を上回るまでは、何も起こらない"

36.　「間違ったことにNOと言うことで、正しいことにYESと言うスペースが生まれる。

37.　「変革とは、スキルやリソース、テクノロジーを活用する以上のものだ。心の習慣が大事なんだ」。

38.　「真の変革には真の正直さが必要だ。前に進みたいのなら、自分自身と真剣に向き合うことだ」。

3.8

やるんだ

"小さな行いは大きな行いに勝る"
「偉大になる必要はないが、偉大になるためには始めなければならない。

- ジグ・ジグラー

「アクションは偉大な回復剤であり、信頼を築くものだ。無為無策は恐怖の結果であると同時に原因でもある」。

- ノーマン・ヴィンセント・ピール

「重要なのは行動であって、行動の結果ではない。正しいことをしなければならない。実を結ぶのは、あなたの力ではないかもしれないし、あなたの時ではないかもしれない。だからといって、正しいことをするのをやめるわけではない。自分の行動からどんな結果が生まれるかはわからない。しかし、何もしなければ結果は出ない。"

- マハトマ・ガンジー

「千里の道も一歩から。- 老子 とにかくやりなさい！

わかっている。私は受け入れる。

私は行動することを選ぶ。

私は過去と未来を現在から切り離すことを選ぶ。私は*その認識を変え、そのパターンを断ち切る*ことを選ぶ。

時に必要なのは、深呼吸をして納得し、ただ行動することだ。他には何も必要ない。*宇宙は思考である！*そして、その思いが私たちを行動へと駆り立てるのだ。

行動する、ではなく、行動することになっているから行動する。誰かを喜ばせるために行動するのではない。

他に選択肢がないからではなく、行動する。

私が行動するのは、私が行動を選択するからだ。

私が行動するのは、内なる衝動に駆られているからだ。結果ではなく、行為にコミットする。

行動こそが変化をもたらす。頭で考えても、実行するまでは意味がない。ベンチに座っていてはゴールを決められない。そのためには、ドレスアップして試合に臨まなければならない。

そう、目標が必要なんだ。そうして初めてゴールが決まる。

ゴールは必ずしも「問題解決」ではないかもしれない。なぜなら、問題を理解しようとすればするほど、問題を分析しようとすればするほど、私たちは問題から抜け出せなくなり、私たちの人生は問題を中心に回るようになるからだ。

私たちの目標は、問題を超えることだ。尋ねる

問題を解決するだけで、心の平穏や充実感、力強さ、満足感を得られるのだろうか？

それとも、どうすれば到達できるのかわからなくても、その先にある何かに突き動かされているのだろうか？

自分自身に対する認識を変える以上に、私たちを取り巻く世界に対する認識を変えなければならない。

パターンを破壊することの先にあるものに目を向け、より力づけられる存在のパターンを創造するのだ。

変容のプロセスに身を投じた瞬間から、私たちの変容は始まる。

内なる声、思考、感情、態度が一致した瞬間、変容はすでに始まっている。

私たちは自分の決意と粘り強さだけで、選んだことを成し遂げることができるかもしれないが、『行動』を起こすことは計画的であり、その過程で落とし穴を避けることができる。

行動を起こせばいいのだ。計画を実行に移さない限り、行動計画は機能しない。

行動麻痺に陥ることは避けたい。私たちは自覚し、受容に向かうかもしれないが、『行動を起こす』ことに迷いたくないのだ

。大きな決断を迫られているとき、行動を起こすことは特に難しく思えるかもしれない。ある程度の計画、準備、熟考は重要だが、現実には、たとえ小さなことでも行動を起こすことが、大きな決断に向かって、そしてその決断を通して、私たちを前進させる複合的な効果をもたらす。

時には、『完璧』よりも『完了』の方がいいという現実もある。

私たちは大量の知識を備えているかもしれない。私たちは最高の技術を持ち、最も前向きな態度を取り、最も強い信念を持っているかもしれない。しかし、適切な時期を待ち、ただ計画を立て続けるだけでは、何も生まれない。行動はすべての成功の基礎である。すべての行動が成功をもたらすとは限らないが、同時に行動なくして成功はありえない。

目標は人生に意味と目的を与える。目標は自己実現的なものではない。行動計画が必要だ。そして行動計画は実行に移される必要がある。私たちはコーチングやトレーニングを受けることができるが、成果を上げるにはゲームをプレーする必要がある。

行動計画

目標を考えることと、それを実際に実行することは別物だ。行動計画とは、ある仕事を完了するために達成しなければならないすべてのことを詳細に記したリストである。行動計画は、これらの目標を現実のものとする方法である。

"何を "を決める

内部解約を行う。自覚し、受け入れること。熟考する。ブレインストーミング。以前に設定した目標を振り返る。先に達成した目標と達成できなかった目標について考える。パターンを特定する。

私たちが達成に成功した目標には目的があった。私たちが達成できなかった目標はそうではなかった。これが最も重要なステップだ。*私たち たちは実際に何を望んでいるのか？*

30秒以内に、今、人生で最も重要な3つの目標を素早く書き出す。私たちが書き留めることができた3つの目標は、おそらく

私たちが人生で望んでいることの正確な姿なのだろう。を書くとき ゴール・ダウンは、あたかもそれを潜在意識にプログラムし、一連の精神力を活性化させるかのようだ。

目標達成にふさわしい人々や状況を人生に引き寄せるようになるのだ。

私たちの「*何*」を理解すれば、何が私たちを充実させてくれるのかを明確にし、何が私たちの行動を駆り立てるのかをよりよく理解できるようになる。それができるようになれば、今後のすべての行動の基準点ができる。

これにより、より良い意思決定と明確な選択が可能になる。

ゴールを宣言する

私たちの心は良い空間だ。でも、ごちゃごちゃしている。目標を頭の中から紙に書き出す。日記をつけよう。それを宣言する。目標を物理的に書き出すとき、宣言するとき、私たちは論理的側面である左脳にアクセスしている。これは私たちの脳に、私たちのコミットメントを宣言するものだ。

SMART な目標を設定する

SMART の目標は現実的で達成可能でなければならない。そうでなければ、挫折と燃え尽きを繰り返すことになる。SMART な目標を設定することで、行動を効果的にするために必要なステップ、タスク、ツールをブレインストーミングし始めることができる。

具体的	何を成し遂げたいのか、具体的な考えを持つ必要がある。まずは「W」の質問に答えてください：誰が、何を、どこで、いつ、なぜ。

測定可能	そのために必要なのは、次のような方法だ。各段階でどれだけ目標を達成したかを知ることで、進捗を測ることができる。
達成可能	目標は達成可能でなければならない。目標に到達するために必要なツール、スキル、ステップを考え、それを達成する方法を考える。彼らだ。
関連	なぜゴールが重要なのか？それは私たちの人生と一致しているだろうか？これらの質問は、私たちが本当のことを見極めるのに役立つ。目的は何か、それを追求する価値があるかどうか。
期限付き	毎日、毎週、毎月の目標であろうと、締め切りはある。は、すぐにでも行動を起こそうという気にさせてくれる。

一歩ずつ踏み出そう

ドライブ旅行に出かけるとき、私たちは地図を使って出発地から目的地までナビゲートする。同じ考え方が行動計画にも適用できる。地図のように、私たちの行動計画には、目標に到達するためのステップ・バイ・ステップの指示が含まれている必要がある。言い換えれば、これらは私たちが行くべきところに行くためのミニ目標なのだ。

これは大変な計画のように思えるかもしれないが、私たちの行動計画を「より達成可能な」、より管理しやすいものにしてくれる。最も重要なのは、各段階で取るべき具体的な行動を決定するのに役立つことだ。

タスクの優先順位付け

アクションステップが決まったら、リストを見直し、最も理にかなった順番にタスクを配置する。アイゼンハワー・マトリクスは、優先順位をつけるのによいツールだ。

	緊急	緊急ではない
重要	第1象限 緊急かつ重要な「危機 短期目標	第2象限 緊急ではないが重要 目標と計画」プラン ‒ 長期目標
重要ではない	第3象限 緊急だが重要ではない 中断 委任／遅延 ‒ 時間を無駄にしない	第4象限 緊急でも重要でもない 気晴らし」。 排除する

アイゼンハワー・マトリックスを使う前に、何が緊急で何が重要かを明確にする必要がある。そしてそれは、私たちの認識とパターンを理解すること、私たちが何であるか、そして何であることを選択するのかを自覚することから生まれる。

緊急な仕事と重要な仕事を明確にしたら、次に優先すべきは、ほとんどの時間を第2象限に費やすことを目指すことだ。最善の方法は？自己主張を学び、第3象限の仕事には「ノー」と言う。第4クワドラントを押し戻す。

そして最も重要なのは、第2象限にできるだけ多くの時間を費やすことだ。長期的なビジョンに沿った重要なことをする。圧倒的に緊急になる前に、最善を尽くす！

スケジュール・タスク

次のステップは期限を決めることだ。

目標に期限を設定することは必須であり、それによって行動計画の開始が遅れることを防ぐことができる。重要なのは現実的であることだ。作成したアクション・ステップごとに開始日と終了日をタスクに割り当て、特定のタスクをいつ完了させるかのタイムラインも設定する。スケジュールに追加することで、他のことに気を取られることなく、必要なときに必要なタスクに集中することができる。

大きな目標であれば、一連のサブ期限を設定する。最終的なゴールポストをマイルストーンに分ける。

もし期限までに目標を達成できなかったら？別の期限を設定する。

期限というのは、いつまでに達成できるかという目安であることを忘れないでほしい。

前もって目標を達成することもあれば、予想以上に時間がかかることもある。

期限は、予定通りに目標を達成しようとする私たちの潜在意識を「後押しするシステム」として機能する。

項目をチェックしながら進める

リストは目標を実現するのに役立つだけでなく、行動計画を整理し、進捗状況を把握するのにも役立つ。リストは構造を提供し、不安を軽減する。行動計画でタスクを消すと、脳はドーパミンを放出する。このご褒美は私たちをいい気分にさせる。

レビュー リセット リファイン リスタート リワーク

目標達成のステップは周期的である。目標を達成したら、そのプロセスは新しい目標でやり直す。障害があれば、見直しやリセット、改良が必要であり、プロセスはやり直しになる。数分で目標を達成することもあれば、何年もかかることもある。

目標を達成するのはプロセスだ。そのプロセスには時間がかかる。私たちは挫折や障害、再発、敗北、燃え尽きなどを経験す

るかもしれない。挫折してあきらめるのではなく、頻繁にレビューを行い、進捗状況を確認する。私たちは、旅立ちの時点では、自分たちが正しい道を歩んでいるかどうかわからないかもしれない。それが私たちの望むものでなければ、行動計画を変更する必要があるかもしれない。作り直せ。

人生の目標

人生の目標とは、私たちが達成したいことであり、それは単に「生きていくために達成しなければならないこと」よりもずっと意味のあるものだ。日々のルーティンや短期的な目標とは異なり、長期的に私たちの行動を促すものだ。私たちの価値観の中で、何を経験したいかを決める手助けをしてくれる。そしてそれは個人的な野心であるため、さまざまな形をとることができる。しかし、それは私たちに方向感覚を与え、幸福と幸福のために、つまり私たちの可能な限り最高の人生のために努力する私たちに責任を持たせてくれる。

多くの人が夢を持っている。私たちは、何が自分たちを幸せにしてくれるのか、何を試してみたいのかを知っている。しかし、明確な目標を設定することは、希望的観測を超えて、いくつかの点で有益である。

目標を設定することで行動が明確になる

目標を設定するという行為と、それを作るために注ぐ思考は、私たちの願望の理由、方法、そして何に注意を向ける。そのため、何か集中できるものを与えてくれ、モチベーションにプラスの影響を与えてくれる。

目標はフィードバックを可能にする

自分たちがどうありたいかが分かれば、現在の状況を評価することができる。このフィードバックは、それに応じて私たちの行動を調整するのに役立つ。フィードバックできるようにすることで、目標は私たちの行動を調整し、軌道に乗せることができる。

目標設定は幸福を促進する

私たちの目標が私たちの価値観に基づいているとき、それは意味のあるものになる。意味、目的、そして「より大きなもの」への努力は、幸福の重要な要素である。ポジティブな感情、人間関係、関与、達成感とともに、私たちが「良い人生」と理解するものを構成している。人生の目標は、日々の仕事以外の何かを表すものだ。それは、私たちが自分の選択した真の目的を追求し、そこに到達したときに達成感を味わうことを可能にしてくれる。ベストを尽くそうと努力することでさえ、それ自体が幸福につながることがある。

自分たちの強みを発揮するよう促してくれる

自分にとって何が最も重要かを考えるとき、私たちは自分の内なる強みと情熱にもっと同調することができる。自分自身のために道を切り開くことはひとつのことだが、そこに到達するために自分の強みを生かすことは、他にもさまざまなメリットをもたらす。自分の強みを知り、それを活用することで、自信を高め、さらには健康や人生の満足感を促進することができる。目標を達成するためにそれらを使用することは、それゆえ、それが何であるかを発見することさえ、私たちの幸福にとって良いことなのだ。

やるだけだ！

人生は本当にシンプルなのに、私たちはそれを複雑にしようとする。

深く考えれば、指を鳴らすだけで考えが行動に変わることもある。今すぐだ。を右にシフトするだけでいい。

私たちの考えプランは必要ない。計画は脳が立て、実行するものだ。プランは行動をシンプルにする。

必要な唯一の計画は、自覚と受容だ。プランが必要か？

呼吸を整え、プラーナーヤーマを行う。

ありのままの自分を受け入れ、ありのままの世界を受け入れる。

自他を愛し、愛され、自他を尊重し、尊重される。

自己と他者を許すこと 手放すこと

もう一度、成長を始めるために！

[それ以外のことは、行動計画と目標を明確にすること！】。
]

"幸せな人生を送りたければ、人や物にではなく、目標に結びつけなさい"

- アルバート・アインシュタイン

"達成の高さの唯一の限界は、自分の夢の到達点と、そのために努力する意欲である"　　　　　　　　　　　　　　　- ミシェル・オバマ

「ファンタスティック・ヒーローである必要はない。挑戦的な目標に到達するための十分な動機付けがあれば、平凡な人間でもなれる」。　　　　　　　　　　　　　　　　　　　　　- エドモンド・ヒラリー

「今ある手段で可能な限りのことをすることで、すぐに自分自身を解放することから始めるのだ。

「待っていても、年を取るだけだ。

「私たちは行動する前にすべての答えを知る必要はないし、これからも知ることはないだろう......行動を起こすことによって、その答えのいくつかを発見することができるのだ。

「ビジョンにはベンチャーが従わなければならない。階段を見つめているだけでは不十分だ。

俳優 - オブザーバー - 監督 - プロデューサー

「デイライト日の出を待たなければならない。新しい人生を考えなければならない。

屈してはいけない。夜明けが来れば、今夜も思い出となるだろう。そして新しい一日が始まる"

アヌパム・カール『The Best Thing About You Is You！"演技とは、架空の状況下で正直に振る舞うことである"

「夢意識では......私たちはそれを願うことによって物事を実現する。

私たちは経験するが、創造主でもある。

観察すること、そしてその観察には、"観察者"も"観察される者"も存在しない。

－ ジッドゥ・クリシュナムルティ　**俳優とは**、行為やプロセスの参加者である。パフォーマーかドゥアーか。

観察者とは、何かを見たり気づいたりする人のことである。パフォーマンスのオブザーバー

監督とは、活動の責任者である。オブザーバーの手引き

映画では、**俳優とは**カメラの前で演技をする人のことである。演技中、俳優は与えられた役割を演じる実行者である。パフォーマンスは期待通りかもしれないし、そうでないかもしれない。俳優の判断は？

俳優がカメラの後ろに回り、自分のショットや演技を観察する。自分の演技の**観察者になってはじめて**、そのシーンで取り組むべき機微を理解できるようになる。彼は役を演じすぎたり、演じ足りなかったり、反射のタイミングが少し早すぎたり遅すぎたり、シーンに合っていなかったのかもしれない。そうでない限り 俳優が自分の行動を観察するようになると、演技を完璧にするために不可欠な細かいニュアンスに取り組むことができなくなる。

そこで俳優が別のテイクに行く！彼は再びカメラの前に来て、再びシュートを狙う。意識的に、観察されたニュアンスは彼の頭の中に新鮮に残っている。だから、彼は演技をしながら、自分が観察した不完全なものに焦点を当て、テイクを取りに行く。

彼は再びカメラの後ろに戻って観察する。彼は、ピントのズレを修正するあまり、現場の必要性を犠牲にしてしまったことに気づいている。欠点とそれを修正する方法を観察し、彼はリテイクに臨む。

そして、リテイクに次ぐリテイクで、俳優＝観察者は自分のショットの**監督と**　なる！繰り返される演技を気にしない俳優は、そのシーンで自分が望んだものが達成されて初めて満足する。俳優は今、自己管理の段階にある。この完璧さは一発で到達できるものではなく、その充実感を得るためには、一貫した、粘り強い、規則正しい、献身的な努力が必要なのだ。

彼の中の監督が目覚めたとき、彼は自分の行動を観察することによって導かれ、撮影を成功させる**プロデューサーと**　なるのだ。

とても映画的だ！しかし、映画作りは私たちの人生を映し出すものではないだろうか！

ウィリアム・シェイクスピアの牧歌喜劇『お気に召すまま』のモノローグ、第2幕第7場139行で哀愁漂うジャケが語る「*All the world's a stage*」を引用。このスピーチは、世界を舞台、人生を演劇に例え、人間の人生の7つの段階（時に人間の7つの年齢とも呼ばれる）をカタログ化したものである。

世界はすべて舞台だ、

そして、男も女も皆、単なる役者に過ぎない。彼らには出口と入り口があり、一人の男がその時代に多くの役を演じる。

私たちは人間だ。私たちは人生を生きている。私たちの人生の一瞬一瞬が、行動する場面なのだ。私たちは実行する者だ。いつも自分たちのしていることが好きなのだろうか？私たちは満たされているのだろうか？私たちは幸せなときもあれば、悲しいときもあるのだろうか？私たちは"ある"ことを経験するのではなく、願ったり望んだりしながら生きている。自分の人生を振り返るとき、私たちはいつも悔い改める。もっと違うもの、もっといいものがあれば、と。もう一度*大人*になりたい！

99％の人間は俳優というステージにとどまる。彼らは人生の旅路の中でそれぞれの役割を演じ、ただ生計を立てようとし、自分の存在に気を配ろうとしているだけなのだ。

観察者、つまり自分の行動の観察者になれるのは、私たちの1％だけだ。そしてそう、鋭く偏見のない観察者であることだ。*内面を見つめるためには、自分自身から抜け出す必要がある。*私たちは、自分たちがどこにいて、人生のどの方向を見るべきかを意識する必要がある。自覚の後には受容が必要だ。自覚と受容は最終的に行動につながる。

ただ観察し、行動するだけでは、人生で望むものは得られないかもしれない。

失敗は必ず起こるからだ。

*ローマは一日にして成らず！*ということわざがある。*成功するまでトライ、トライ、トライ！*

やる-観察する-実行する、という継続的なプロセスが必要なのだ。

- 観察し、実行し、観察する。意外なことに、私たちの多くは自己反省や観察を重ねる一方で、希望や方向性、エネルギーを失っている。新しいパターンを形成し、古いパターンを断ち切り、新しい神経経路を形成するには、一貫性と持続性が必要である。そうすれば、自分の人生を方向づけることができるだろう。人生のあらゆる局面で自分自身を演出することができたとき、私たちは充実した人生のプロデューサーになれるのだろう！

ホーソン効果とは、観察されているという意識に反応して、自分の行動のある側面を修正する反応性の一種を指す。

私たちは観察者であり、私たちは被観察者である。

私たちは人生における"初期設定"を自分自身で形成している。その設定を変えたいと思っても、何かが私たちを引き止めている。デフォルトとは、あらかじめ選択されたオプションのことである。設定として、デフォルトは自動です。デフォルト・

パターンとは、私たちが何も考えずにとる行動のことである。それらは私たちの習慣であり、日課であり、強迫観念である。私たちの日々の行動のほとんどは、デフォルトによってコントロールされている。生産性を向上させる強力なツールなのだ。実は、人生を変え、より生産的になりたいのであれば、まずデフォルトのパターンを変える必要がある。

では、どのようなデフォルトが生産性に悪影響を及ぼしているのだろうか？どうすれば、真に生産的で、健康的で、長期的な方法で、そうした問題に取り組み、変えていくことができるのだろうか？

彼が私たちの信頼を破ったために、その存在、言葉、行動だけで、私たちの中に怒りを呼び起こす個人を考えてみよう。どうする？私たちは怒る。私たちの怒りは顔に表れ、声のトーンに感じられ、ボディランゲージに表れ、スピーチに噴出する。私たちは怒ろうと決めているのではなく、ただそうなっているだけなのだ。それは自動的なもので、私たちがコントロールできるものではない。そして、その引き金となる人物が目の前に現れるたびに、私たちの感覚は曇り、怒りを覚える......何度も何度も。

*私たちは今、怒りを **観察** するために内側に目を向けることを選んだ。私たちは、**引き金となった** 人物の**認識を変え**、その結果、怒りの反応を変えることを選択する。*

この人物は、周囲に怒りを呼び起こすことはない。彼を好きな人がいるに違いない！きっかけが反応を決めるのか？引き金は、私たちが怒りで反応することを選んだからだ。私たちの反応は悲しみや傷、涙だったかもしれない。私たちは、その人が置かれている状態に同情することができる。あるいは、彼の存在を無視することもできる。あるいは、エゴを捨て、落ち着いて前向きになり、思いやりを持つことを選ぶかもしれない。

しかし、私たちのデフォルトのパターンは怒りだ。怒りは私たちのデフォルト設定になっている。私たちは今、思いやりを持つように設定を変更することを選んだ。

今度、彼の存在があったとしても、私たちの初期設定は怒りを引き起こすだろう。しかし、私たちは今、気づいている。それでも私たちは怒る。しかし、私たちは今、自分が怒っていることを理解する受容の段階にいる。しかし、そこには 顔、声のトーン、ボディーランゲージ、話し方に何らかの変化があるはずだ。自覚し、受け入れる。

次もまた、彼の存在によって、我々はより良いコントロールができる。私たちの反応の持続時間と強さは良くなっている。私たちはまた怒ったが、すぐに落ち着いた。自覚し、また受け入れる。

そして、これは何度も何度も撮り直され、そのたびに、彼の存在がより良い、より落ち着いた反応を呼び起こす。

最終的には、意識と受容、そして行動に次ぐ行動で、一貫して根気強く続けることで、衝動的に怒るという初期設定を変え、誰に対しても思いやりを持てるようになる。今、彼の前では、私たちは元気で、微笑み、力を感じている。トリガーが"トリガーらしさ"を失ってしまったんだ！"！

私たちが望む**変化には**、絶え間ない学習と、学んだことを巧みに応用し、目標や戦略、行動を調整することが必要だ。しかし、最も重要な学習は、自分自身の経験から学ぶことだ。これには、他人が教えてくれることを吸収するのとはまったく異なるスキルが必要だ。

古代ギリシア人はこれを「プラクシス」と呼んでいた。プラクシスとは、以下の4段階のプロセスである：

- 私たちの行動とその影響を観察する。
- 観察したことを分析する。
- 行動計画を立てる
- 行動を起こす。

そしてまた最初からやり直し、新しい行動の効果を観察する。プラクシス過程におけるこれら4つの段階には、それぞれ核となる学習スキルがある。

観察の段階では、自己認識と自己モニタリングが中核的なスキルとなる。内部要因に焦点を移すことが、必要な変化を起こすために必要な情報を得る唯一の方法なのだ。

分析段階では、自己と自分の行動について批判的に考えることが核となるスキルである。そのためには、科学者が自分の行っている実験に対してとる態度と同じような、ある種の態度を自分自身に対してとる必要がある。その姿勢は、そこにあるものを何でも見ようとするオープンなものでなければならない。そしてそれは偏見のないものでなければならない。その目的は、水面下で起こっているかもしれないことを突き止めることだ。

戦略段階において、核となるスキルは創造的思考である。何かを変える必要があると判断した場合、どのような変更がうまくいくかを判断する最も効果的な方法は、変更を加えた後の状況を想像することである。そこから逆算して、元いた場所から新しい想像の場所にたどり着くために必要な特定のステップを見つけ出す。

アクション・ステージでは、プロセス思考がコア・スキルとなる。起こすべき変化を決めることと、その変化を成功させることとは同じではない。やり抜くためには、必要な余分な努力を見つける方法を知ること、不都合を乗り越えるモチベーションと忍耐力を見つけるために少し深く掘り下げること、必要であれば優先順位や価値観を変えることが必要かもしれない。プロセス思考とは、アクターからオブザーバー、そしてディレクターへと移行することだ。それは、自分自身の最高のモチベーター、コーチ、チアリーダー、ファンになることだ。

変化の段階とサイクル

変化理論モデル（Transtheoretical Model）または変化段階モデル（Stages of Change Model）は、もともとは禁煙研究の結果に基づいている。自らタバコを止めた人にインタビューを行った。その結果、禁煙には数回の試みが必要で、その試みは6段階の変化を繰り返すことが示唆された。さらに調査を進める

と、行動変容に取り組む人はほとんど誰でも、こうした段階を循環することがわかった。

認識を改め、パターンを断ち切ろうと決心した人は誰でも、変化に向けて取り組む中で、行動、再発、熟考の段階を行ったり来たりすることになる。挫折したとき、私たちは *顔、声のトーン、ボディーランゲージ、話し方に何らかの変化があるはずだ。自覚し、受け入れる。*

次もまた、彼の存在によって、我々はより良いコントロールができる。私たちの反応の持続時間と強さは良くなっている。私たちはまた怒ったが、すぐに落ち着いた。*自覚し、また受け入れる。*

そして、これは何度も何度も撮り直され、そのたびに、彼の存在がより良い、より落ち着いた反応を呼び起こす。

最終的には、意識と受容、そして行動に次ぐ行動で、一貫して根気強く続けることで、衝動的に怒るという初期設定を変え、誰に対しても思いやりを持てるようになる。今、彼の前では、私たちは元気で、微笑み、力を感じている。トリガーが〝トリガーらしさ〟を失ってしまったんだ！」！

私たちが望む**変化には**、絶え間ない学習と、学んだことを巧みに応用し、目標や戦略、行動を調整することが必要だ。しかし、最も重要な学習は、自分自身の経験から学ぶことだ。これには、他人が教えてくれることを吸収するのとはまったく異なるスキルが必要だ。

古代ギリシア人はこれを「プラクシス」と呼んでいた。プラクシスとは、以下の4段階のプロセスである：

- 私たちの行動とその影響を観察する。
- 観察したことを分析する。
- 行動計画を立てる
- 行動を起こす。

そしてまた最初からやり直し、新しい行動の効果を観察する。プラクシス過程におけるこれら4つの段階には、それぞれ核となる学習スキルがある。

観察の段階では、自己認識と自己モニタリングが中核的なスキルとなる。内部要因に焦点を移すことが、必要な変化を起こすために必要な情報を得る唯一の方法なのだ。

分析段階では、自己と自分の行動について批判的に考えることが核となるスキルである。そのためには、科学者が自分の行っている実験に対してとる態度と同じような、ある種の態度を自分自身に対してとる必要がある。その姿勢は、そこにあるものを何でも見ようとするオープンなものでなければならない。そしてそれは偏見のないものでなければならない。その目的は、水面下で起こっているかもしれないことを突き止めることだ。

戦略段階において、核となるスキルは創造的思考である。何かを変える必要があると判断した場合、どのような変更がうまくいくかを判断する最も効果的な方法は、変更を加えた後の状況を想像することである。そこから逆算して、元いた場所から新しい想像の場所にたどり着くために必要な特定のステップを見つけ出す。

アクション・ステージでは、プロセス思考がコア・スキルとなる。起こすべき変化を決めることと、その変化を成功させることとは同じではない。やり抜くためには、必要な余分な努力を見つける方法を知ること、不都合を乗り越えるモチベーションと忍耐力を見つけるために少し深く掘り下げること、必要であれば優先順位や価値観を変えることが必要かもしれない。プロセス思考とは、アクターからオブザーバー、そしてディレクターへと移行することだ。それは、自分自身の最高のモチベーター、コーチ、チアリーダー、ファンになることだ。

変化の段階とサイクル

変化理論モデル（Transtheoretical Model）または変化段階モデル（Stages of Change Model）は、もともとは禁煙研究の結果に基づいている。自らタバコを止めた人にインタビューを行

った。その結果、禁煙には数回の試みが必要で、その試みは6段階の変化を繰り返すことが示唆された。さらに調査を進めると、行動変容に取り組む人はほとんど誰でも、こうした段階を循環することがわかった。

認識を改め、パターンを断ち切ろうと決心した人は誰でも、変化に向けて取り組む中で、行動、再発、熟考の段階を行ったり来たりすることになる。挫折したとき、私たちは このような経過は、変革のプロセスの一部であることを自覚し、受け入れ、壮大な実験の中での学習の機会として扱うべきである。これにより、柔軟性とセルフ・コンパッションが促進され、問題解決が容易になり、より早く行動段階に戻ることができる。

変化の段階とは

1. 前熟考 － 変えるべき問題があることをまだ認めていない。

2. 熟考 － 問題があることは認めているが、まだ変化を起こそうとはしていない。

3. 準備／決意 － 変わる準備をする。

4. 行動／意志力 － 認識を変え、パターンを打ち破る。

5. メンテナンス － 変更を維持すること。

6. 再発 － 古いデフォルト設定に戻り、新しい変更を放棄すること。

第一段階：前熟考

この段階では、人々は変化について真剣に考えず、どんな助けにも興味を示さない。彼らは現在のパターンを守り、問題だとは感じていない。否定の段階である。プレコンテンポレーターは、抵抗感があったり、やる気がなかったりするのが特徴で、情報や議論を避ける傾向がある。

ステージ2：熟考

この段階になると、人々は自分の認識やパターンが既存の状態にもたらす個人的な結果について、より強く意識するようになる。彼らは変わる可能性を考えることはできるが、それについては両義的である傾向がある。彼らは変化のネガティブな面とポジティブな面を考えるが、長期的に起こりうる利益を疑うかもしれない。熟考の段階を通過するには、ほんの 2、3 週間かかるかもしれないし、一生かかるかもしれない。考えて、考えて、考えて、死ぬかもしれない人は、この段階を超えることはできない。しかし、援助や支援を受けることには前向き きかもしれない。熟考する人は、しばしば先延ばしする人とみなされる。

ステージ3 準備／決定

この段階で、人々は変化を起こすことを約束した。彼らは今、小さな一歩を踏み出している。彼らは今、ネットサーフィンをしたり、人に話を聞いたり、この本のような自己啓発本を読んだりして、変化を起こすために必要な情報を集めている。熱意に駆られてこの段階をスキップし、思索から直接行動に移る人が非常に多い。しかし、彼らが失敗するのは、この変化を起こすために必要なことを十分に受け入れていないからだ。この段階は、安定した段階というよりは、むしろ移行期とみなされる。

ステージ4 行動／意志力

この段階は、人々が自分の認識やパターンを変えることができると信じ、変化のためのステップに積極的に関与する段階である。活動時間は人それぞれだ。一般的には数カ月続くが、1時間程度の短い場合もある！人は自分の意志の力に依存し、真摯で純粋な努力をするが、再発の危険性が最も高い。彼らは計画を立てる。彼らは、モチベーションを維持するために短期的な報酬を利用したり、自信を高めるような方法で変革の努力を分析したりすることがある。また、この段階にある人は援助を受けることに前向きで、他者からの支援を求める傾向がある。

第5ステージ メンテナンス

維持には、以前のデフォルト・パターンに戻ろうとする誘惑をうまく回避することが必要だ。メンテナンス・ステージの目標は、新しい現状を維持することである。この段階にいる人は、自分がどれだけ進歩したかを思い出す傾向がある。彼らは常に人生のルールを見直し、人生の再発に対処するための新しいスキルを身につけている。足かせとなる状況を予測し、事前に対処法を準備しておくことができる。彼らは自分自身に忍耐強く、古いパターンを手放し、新しいパターンを実践するには時間がかかることが多いことを認識している。誘惑に負けず、軌道に乗る。たとえ1日でも、私たちはいくつかの異なる変化の段階を経るかもしれない。後退するのは普通のことであり、自然なことだ。

前のステージへこれは認識を変え、パターンを打ち破るための普通のことだ。

第6ステージ再発

以前の初期設定に戻り、また同じことを繰り返すかもしれない。どの段階で行き詰まるかもしれない。

再発を認識し、受け入れることが重要であり、それを管理するアプローチを持つことが助けになる。と訊く:

この挫折から何を学んだか？

活動を再開するためには何が必要か？

変化に向けて努力しながら、自分自身にどう接したいか。

再発のきっかけを評価し、変化への動機を再評価することが重要である。そして、変化を達成するまで、私たちは変化のサイクルを繰り返すかもしれない。

「練習が役者を上達させる。サイクリングと自動車運転のようなものだ。それは芸術であり、学び、実践することができる」。

- アヌ

パム・カール

"演技はするものではない。やるのではなく、起こるのだ。

"演技とは自己表現の一形態であり、他の誰かになることでも、おままごとをすることでもない。" "他の誰かになるという虚構を利用して、自分自身について何かを表現することなのだ。"

「我々が知っている宇宙は、観測者と被観測者の共同産物である。

「私たちは本来、観察者であり、それによって学習者である。それが我々の恒久的な状態だ」。　　　　　　　－ラルフ・ワルド・エマーソン

「自分の身体とその動きに気づけば、自分が自分の身体でないことに驚くだろう。これは基本的な原則のようなもので、何かを見ることができるのであれば、自分はそれではないということだ。あなたは見守る側であって、見守られる側ではない。あなたは観察者であって被観察者ではない。どうやったら両立できるんだ？　　　　　　　　　　　　　　　　　　　－
ラジニーシ

マインドフルネス呼吸の中の生命

その瞬間が幸せであること、それだけで十分だ」。一瞬一瞬がすべてであり、それ以上は必要ない」。

- マザー・テレサ

「自分の中にある感覚に意識を集中させる。それが痛みであることを知るのだ。それがそこにあることを受け入れる。何も考えるな――その気持ちを思考に転化させるな。批判や分析をしないこと。それで自分のアイデンティティを作ってはいけない。現在にとどまり、自分の中で起きていることの観察者であり続ける。感情的な痛みだけでなく、『観察する者』、つまり静かに見守る者にも意識を向ける。これが「今」の力であり、意識的存在の力である。どうなるか見てみよう」。

- エックハルト・トール

「今を大切に。期間ただそこにいるだけでいい。

というのも、もしあなたが『ああ、私はこの大きなことをしなければならないんだ。

決してうまくいかない。うまくいかないんだ。手放すしかない。

そうなれば、そうなる。そうでなければ、そうしない。何をやってもいい。ただ、正直で、正直で、本物であること。

- ロバート・デ・ニーロ

「マインドフルネスとは、意図的に、今この瞬間に、判断することなく、注意を払うことによって生じる気づきのことである。

私たちが何を考えているかを知ることなのです」。

- ジョン・カバット・ジン

マインドフルネスとは何か

マインドフルネスとは、今この瞬間を生きることである。それは、一瞬一瞬を意識し、目を覚まし、周囲で起きていることを受け入れ、判断することなくつながっていることだ。

身体や心、そして今この瞬間に感じていることに意識を向け、穏やかな感覚を作り出そうとする練習である。

判断することなく、自分の経験に一瞬一瞬気づくことだ。

つまり、マインドフルネスとは

- 意識
- 注意を払う
- 意図的に、目的を持って
- 現在
- 判断することなく

つまり、私たちの意図と注意が今にあり、その経験を良いとか悪いとか、正しいとか間違っているとか、すべきだったとか、すべきでなかったとか判断することなく、完全な意識でいるとき、その結果得られる状態には、過去の毒性も未来への予期もないのである。

マインドフルネスとは「今」のエンパワーメントである！

私たちは呼吸をしているから生きている。

私たちが空気を取り込むことをインスピレーションと呼ぶ。私たちは呼吸で鼓舞する。

空気を抜くことを "Expiration" と呼ぶ。私たちは呼吸の終わりとともに息を引き取る。

私たちの全人生は一呼吸の中にある。

息をするたびに鼓舞し、息をするたびに息絶える。

簡単に言えば、*マインドフルネスとは、呼吸、ひいては人生のエンパワーメントなのだ！*

私たちは今、どれだけ現在にいるのだろうか？

今この瞬間を、過去を反芻したり、未知の未来を恐れたりすることに費やすなら、私たちは今、現在のためのスペースも時間も残さない。心を迷わせるのは人間らしいことだ。

自分自身と、現在と、過去や未来の問題に没頭する。今起きていることではなく、すでに起きたことやまだ起きていないことに執着してしまう。それゆえ、マインドフルネスは私たちを「今」の状態に固定する最高のツールなのだ。

マインドフルネスは、「認識を変え、パターンを壊す」ための最もシンプルで実行しやすいツールである。

マインドフルネスとは人間の資質であり、完全に現在に存在し、自分がどこにいて何をしているかに気づき、周りで起こっていることに圧倒されない能力である。

マインドフルネスの3つの側面

意図 – 私たちの意図とは、マインドフルネスの実践から何を得たいかということです。私たちは、ストレスの軽減や感情の安定を望んでいるかもしれないし、知覚やパターンのデフォルト設定を変えたいかもしれないし、単に健康を感じたいかもしれない。私たちの意図の強さは、マインドフルネスを定期的に実践する動機付けを助け、私たちのマインドフルな意識の質を形作る。

注意 – マインドフルネスとは、私たちの内面や外面の経験に注意を払うことであり、思考、感情、感覚が生じたときにそれを観察することである。

態度 – マインドフルネスには、好奇心、受容、優しさ、そして最も重要なこととして、判断しないことなど、特定の態度に注意を払うことが含まれる。

マインドフルネスを理解する

マインドフルネスは誰もが持っている資質である。マインドフルであれば、ストレスを軽減し、パフォーマンスを向上させ、

自分の心を観察することで洞察と気づきを得、他人の幸福に注意を向けるようになる。理解するのは難しくないし、昔から実践されてきた。

マインドフルネスの実践は、科学的にも効果が実証されている。エビデンスに基づくものだ。マインドフルネスを鵜呑みにする必要はない。科学と経験の両方が、私たちの健康、幸福、仕事、人間関係にプラスの効果があることを証明している。誰にでもできる。

マインドフルネスの実践は人間の普遍的な資質を培うものであり、誰も自分の信念を変える必要はない。誰もが恩恵を受けることができ、学ぶのも簡単だ。単なる練習ではない。私たちの行動すべてに意識と思いやりをもたらし、無用なストレスを削減する。それは生き方だ。

ダイナミックだ。今、ここ』に意識的に注意を向けることだ。それは、特定の方法で注意を払うように自分自身を訓練することである。マインドフルであるとき、私たちは(1)今この瞬間に集中する、(2)過去に起こったことや未来に起こるかもしれないことを考えないようにする、(3)身の回りで起こっていることに意図的に集中する、(4)気づいたことを決めつけたり、物事に「良い」「悪い」のレッテルを貼ったりしないようにする。

マインドフルネスとは、何かを聞いている、何かを見ている、あるいは特定の感情を持っていることを観察している、というだけのことではない。バランスと平静さをもって、判断することなくそうすることだ。マインドフルネスとは、洞察のための空間を作り出すような方法で注意を払う練習である。マインドフルネスは、私たちの身体、感情、心、そして世界で何が起きているかを教えてくれる。

マインドフルネスとは、現在の経験を意識してバランスよく受け入れることである。しがみついたり拒絶したりすることなく、楽しいことであれ不快なことであれ、今この瞬間をありのままに受け入れることである。

マインドフルネスとは、今この瞬間に立ち戻ることを意味する。

マインドフルネスについてよくある誤解は、「今この瞬間にとどまる」ということだ。

しかし、現実は誰も今この瞬間にとどまってはいない。しかし、我々はリターンをコントロールできる。私たちはいつでも、今この瞬間に心を戻し、呼吸や、今この瞬間に見出せる感覚に心を戻すことができる。

マインドフルネスの実践

あなたの過去が過去であるのには理由

がある。

しかし、それを手放さなければ

歴史は未来を食い潰す！

あなたの現在の物語が、かつてのあなたになるまで。

憂鬱、悔い改め、怒り、罪悪感……ああ、もしあなたが『ぼやけ』を見ることができたなら！

どんなに頑張っても、起こったことは変えられない。

どんなに考えても、どんなに泣いても！

あなたの今に起こること

現実……呼吸が支配するもの　この呼吸の中で、自分の人生を完全に生きる

あなたは統合された調和のとれた全体を感じるだろう！

過去には過去の理由があるからだ。

もう終わったこと、変えられないことなんだ。

ネガティヴなものに飲み込まれないで、内なる平和を保ち、『生きる』ことを始めよう

認識を変え、パターンを打ち破る

あなたの人生はまったく新しい意味を持つだろう！

これらは、どこから始めるべきかの提案である。ひとたび流れに乗れば、いつでもマインドフルネスを実践できる。

マインドフルな呼吸

今やっていることをやめて、一息つく。呼吸の感覚に気づく時間を取る。プラナヤーマをする。呼吸を感じながら　カミングアウト可能な限りそうする。その一呼吸に集中することで、一日中落ち着きを保つことができる。マインドフルな呼吸は、ちょっとしたストレスや苛立ちを感じ始めたときに素晴らしい練習になる。

マインドフルな目覚め

一日の最初の瞬間にマインドフルネスをもたらす意図を設定することは、これから始まる数時間の調子を整える穏やかな方法である。注意を払う：注意深いと感じるか、疲れていると感じるか。筋肉が硬くなっていないか？手足と背中をゆっくりと伸ばし、それぞれの動きの感覚に気づく。目を開けた瞬間に、どんな考えが頭をよぎるかに気づいてみてほしい。

マインドフルな食事

食事をするたびに、その瞬間に立ち戻ることを思い出すことは、一日の中にマインドフルネスを取り入れる素晴らしい方法であり、どんな食べ物を体に入れているのかをより意識する助けになる。以下の点に注意すること。

- 味、食感、香り。食べ物のひとつひとつには、いつも気づくことがたくさんある。チョコレートを味わい、フルーツを楽しむ。一口大にして、ゆっくり噛む。

マインドフル・クリーニング

皿洗い、床掃除、洗濯......こうした毎日の家事は、日々の生活にマインドフルネスを取り入れる理想的な機会だ。手が何をしているのか、水の感触や温度、ゴシゴシと擦る動作、さまざまな布地の感触などに注意する。掃いている間、腕の動きに注意する。

マインドフルシャワー

シャワーを浴びているときに最高のアイデアが浮かぶと言われているが、洗濯は1日の大半を占めるノンストップな思考の流れから離れる時間でもある。水の感触に注意を払う。温度と、一滴一滴が肌に触れたときの感触、肌をこするときの石鹸の感触に注目する。

マインドフルウォーキング

職場や家までの長い道のりであれ、家の中での短い道のりであれ、一歩一歩がマインドフルになるチャンスなのだ。以下の点に注意すること。

- 足と脚。それぞれの足が地面に触れ、転がり、そしてまた押し出されるときの感覚に注目する。前進するときの両足の曲がり、ふくらはぎと太ももの筋肉の伸びを感じる。顔に風を感じる。

マインドフル・リスニング

他人の話に耳を傾けるとき、私たちはしばしば身体はそこにあるが、完全には存在していない。多くの場合、私たちは彼らの声に耳を傾けることに集中せず、心のおしゃべりに夢中になっている。私たちは相手の言っていることを判断し、精神的に賛成か反対かを考えたり、次に何を言いたいかを考えたりする。家庭でも職場でも、周囲の人たちと本当に一緒にいることは、人間関係を結びつけ、深める最善の方法のひとつである。相手の言葉だけでなく、相手のすべてに注意を払う。耳を傾けるだけでなく、相手のボディランゲージも観察する。相手が話し終える前に、次に何を話そうかと考え始める衝動を抑える。ただ聞いてくれ。

マインドフルに待つ

待ち時間にマインドフルネスを取り入れることで、ため息を笑顔に変えることができる。最初の思考とその経験全体に注意を払う。イライラや怒りの感情を感じる。ひとつひとつの小さな動きに注目する。

マインドフル・ムーブメント

動きながらマインドフルネスを実践する方法はたくさんあるし、好きなだけアクティブにできる。ランニング、ダンス、エクササイズはマインドフルネスの練習になる。あるいは、階段を上るときに床につく足の感覚に注意を払うようなシンプルな練習でもいい。芝生の上を裸足で歩き、その感覚を楽しむ。何に意識を集中させるかではなく、ひとつのことに意識を集中させ、何が出てくるかに気づく練習を一貫して行うのだ。

1分間のマインドフルネス

私たちは、一日の中で短い「マインドフルネス時間」を導入することができる。この間、私たちの仕事は呼吸に意識を集中することであり、それ以外のことはしない。目は開けても閉じてもいい。この間、呼吸がわからなくなり、思考に耽ってしまったら、思考を手放し、そっと呼吸に意識を戻すだけでいい。何度でも注意を喚起する。

心を見る

自己観察を通じて、マインドフルネスが自動的に人生に流れ込んでくる。マインドフルでないことに気づいた瞬間、私たちはマインドフルになる！私たちは今、その流れに流されるのではなく、心を見つめている。思考を見るときはいつでも、マインドフルである。重要なのは、自分の考えを信じないことだ。真に受けるな彼らを観察し、質問する。そうすることで、思考や条件づけられた反応的な生き方や考え方は、私たちを支配する力を失う。私たちはもう、それを演じる必要はない。

そうすることで、どんな小さな行為も神聖な儀式となる。その瞬間、自分自身、空間、そして周りの世界と調和を保つ。私たちが『している』ときは、その一瞬一瞬に、全神経を集中して、ただそこにいる。人生はToDoリストではない。楽しむためのものだ！

人間関係におけるマインドフルネスの実践

マインドフルネスは、人間関係や対人関係の場面で、私たちがお互いの気持ちを効果的に伝え合うのを助ける役割を果たす。

- もっと注意を払う – 自分の感情にもっと気づき、本能的に反応しないようにする。

より大きな受容を実践する – 特に対立しているときに。抵抗するのではなく、受け入れることで、他者から肯定的で生産的な反応が返ってくる可能性を高めることができる。

- 人間関係において、他者に感謝することで、より深い絆が育まれる。
- 自分自身がありのままであることを許し、他人も同じであることを許す。これにより、より大きな自己表現が促される。

マインドフルネスは私たちの心身にどのような恩恵をもたらすのか？

1. ワーキングメモリの向上。
2. 不安を軽減する。
3. ストレスを軽減する。
4. 情緒を安定させる。
5. より良い疼痛管理。
6. ネガティブな考えを遠ざけやすくする。
7. 心のスペースを整理する。
8. 人の話をよく聞き、他人にもっと感謝し、職場でうまくやっていくのに役立つ。
9. 反応するのではなく、反応することを助ける。
10 睡眠を改善する。

過去は私たちを悩ませ続けている。罪悪感と悔い改め。あったかもしれないもの

そして、そうしなかった。生い立ちを責め、自分を責める。

将来が心配でたまらない。私にできるだろうか？どうすればいい？

はじめまして。

過去も未来も私たちの現在を食いつぶしている。マインドフルネスは私たちを現在に向かわせる。

現在に存在することは、悩ましい過去や不安な未来を許さない。

マインドフルであればあるほど、過去や未来を遠ざけることができる。

マインドフルネスは、それゆえ、認識を変え、パターンを断ち切る最も簡単な方法　である！

「あるものに身を委ねる。過去のものを手放す。"なるようになる"という信念を持て

"人生に起こる出来事を常に変えることはできないが、それにどう対応するかは選ぶことができる"

"この瞬間の純粋な甘露を飲むために、思考を過去に向けるのだ　　　　　　　　　　　　　　　　　　　　　　　　　　"

- ルーミー

「慌ただしい今日、私たちは皆、考えすぎ、求めすぎ、欲しがりすぎ、ただ存在することの喜びを忘れている。　　　　　- エックハルト・トール

"見る対象ではなく、見る経験に注意を向ければ、どこにでもいる自分に気づくだろう"

認識を変え、パターンを打ち破った

これはある若者の真実の人生の語りである……彼女の物語であり、彼女の言葉であり、彼女の認識であり、パターンである……彼女の変容の物語である。

私の物語

こんにちは、私は ...

私は誰もが知っているように、『子供であるには年を取りすぎ、年を取るには若すぎる』のだ。そう、誰もが経験する"10代が大人になる"時期だ。

それに加えて、私は医学部の最終学年の学生であり、残された人生を生き抜くためのたくさんの物語と人生の教訓を持っている。あと1年ほどで大胆なプロの世界に足を踏み入れようとしている私に、人生はとても大切なことを教えてくれた！一緒にこの旅に出よう。

子供の頃、私は早くから皮膚病を患っていた。最初はあまり気にならなかったが、時間が経つにつれて肉体的にも精神的にも悪化していった。病気が蔓延し、私の肌は見た目が変わり、人々の私に対する見方や認識も変わった。愛と愛情から、同情とやや哀れみへと変化した。時にはエスカレートして、アンタッチャブル扱いされることもあった。私の小さな小さな子供の心は傷ついた。私は自分を責め始めた。これは私のせいで、私が特別扱いされるようなミスを犯したのだと思った。私は普通であること、みんなと同じであること、仲間に入れてもらうことを切望していた。でも、もう自信はなかったし、自分らしくいられなかったというか、自分が何者なのかわからなくなっていた。

その頃、私はたまたま学業で優秀な成績を収め、まるで魔法のように、私に対するみんなの扱いが変わった。

私はもう『かわいそうな女の子』でも『醜い肌の持ち主』でもなかった。注目され、評価され、アドレナリンが出て……ま

るで本物のハイのようだった。そのアドレナリンの高揚感で生きてきた。*私は毎回その位置にいることを目標にし、すべてはそのわずかな時間に注意を払うためだった。*私は自分自身にベンチマークと目標を設定した。それを 0.1％でも下回るものは、私にとっては受け入れられず、ただの失敗だった。自分にプレッシャーをかけすぎて、まるで生きた圧力鍋の中で生活しているような気分だった。私は自分のものではないものの後ろを走っていた。*私はそれを自分の『パターン』にしていた。*自分自身に対する認識が大きく損なわれ、病気と学業だけが自分であり、それなくして自分は存在しないと思い込むようになった。

こうしたことは学生時代、そして短大時代も続いた。*私は聡明な学生に育ったが、自尊心が非常に低く、自信もなく、自分に対する評価もほとんどなかった。*簡単には溶け込めなかったので、友達はほとんどいなかった。私は傷つくことから自分を守るために、世界から自分を閉ざしていた。しかし、私は『仲間に入れてほしい』と切望していた。私は、ミレニアル世代が「FOMO (Fear Of Missing Out)」と呼ぶ深刻なケースに苦しんでいた。さらに、"ライト"な人生を送ることへの同調圧力が加わり、悲惨な人生の完璧なミックスだった。*私は、社会が私をどのように見ているかという視点から自分自身を見ていたとは*知らなかった。

医科大学に入っても、私は苦労し続けた。自信を持ち、声を出すことが必要で、私にはその基本が欠けていた。大学に行くのが怖くなり、自分が確信していると思っていた『医者になるという選択』に二の足を踏んだ。その結果、最初の試験で挫折を味わった。そして、私はそれをうまく受け止められなかった。この後、大混乱が起きた。私は*完全にダメな人間で、何の役にも立たない』*と感じるモードに入った。

「人生で何かを成し遂げることは*決して* できない。おまえは何の役にも立たない

敗者」というレッテルを貼られることを恐れていたのだ。学業が奪われたことで、自分が存在しなくなったように感じた。面

白いもので 私は人の意見に基づいて目標を設定し、人の意見ではなく私の意見から自分の失敗を見ていた。なぜなら、そうしたからだ。

彼らはまったく気にしていないことに気づいた！彼らは次の瞬間、そのことを覚えていなかった。

これがいつものパターンだった。*目標やゴールを設定し、少しくらい失敗しても、自分を信じることをやめる。* 過去の実績や勝利のすべてを考慮することもないだろう。ひとつの挫折は、自分自身をどのような人間として見るかという新しい定義だった。私は視野の狭い馬になっていた。そして正直なところ、*次の瞬間に失敗するのが怖くて成功を楽しむことさえできなかったし、そのことを考えるだけでもプレッシャーや疑念の記憶がよみがえってきた。*

そして、本のために自分を完全に消耗させるサイクルが始まった。私は……むしろ……私は戻ってこなければならなかった。もう一度、自分を確認する必要があった。

徐々に上り坂になり、自信をつけるために勉強していたところだった。私は自分の思考と心の力について学び始めた。私は正直に生きることを学び始めていた！

人生は私に残酷なジョークを決めた。私は病気になり、人生を変えるような病気、珍しい病気だと診断された。それを知ったときの衝撃は今でも忘れられない。何を言えばいいのか、何を感じればいいのかわからなかった。私はただ息をしているだけで、生きているわけではなかった。翼を広げ、成長することを学んでいたところだったのに、すべてが根底から覆された。それは私にとって世界の終わりを意味していた。

この後、泣き叫び、非難する波が押し寄せた。「なぜ私なのか？"人生は私に十分残酷ではなかったのか？""なぜ宇宙全体がいつも私に完全に敵対していたのだろう？"「私だけが不運で、幸せになる資格がない」「私が自分で招いたに違いない」……そんな思いが一日中、頭の中を駆け巡っていた。私は怒り、動揺し、意気消沈し、同時に怯えていた。私の人生におい

て、他のことはすべて後回しになり、このことだけを中心に回るようになった。人と会うのが怖かったのは、相手の眼鏡から自分が見えていたからだ。*私は、自分自身をこれとしか認識していなかった以前の認識に戻った。これが私の『パターン』だった。*

でも、あるときから、自分のためにならないことに気づいたんだ。このネガティブな思考回路、自分に対するネガティブなイメージが、私の足かせになっていたんだ。悪い過去のせいで、未来が怖くて、今の自分がいなかった。

一日の終わりに最も重要なのは自分であり、自分の長所も欠点もすべて含めて自分を受け入れたときにのみ、物事は好転するのだと決心したのはそのときだった。

私は誰に何かを証明していたのだろう？

結局、すべては私の認識であり、重要なのは私の見解と私自身をどう見るかだけだった。

私は『認識を改め、パターンを断ち切る』必要があった。

今はまだ元気ではないが……すぐにそこに到達できるよう、自分自身を手助けするだけだ』と認める必要がある。

私は自分の問題をはるかに超えているし、学業もはるかに上回っている。

そうだ、不都合なことが起きたのだから、否定して逃げずに正面から対処する必要がある」と受け入れることを学んだ。

責めたり批判したり、物事がなぜそうなっているのかを探ろうとしても、何の役にも立たない……しかし、間違いなく役に立つのは、ありのままを認めて受け入れ、今後の自分の行動を計画することだ。

再発するたびに、立ち上がるのがとてもとても難しくなった。世界は希望のない暗い場所に思えた。一日を始める気力も、何かをする気力もなかった。私は家の中で野菜のようにただ横たわっていた。私には目的がないように思えた。私には生きる意味そのものが欠けていた。そこから抜け出すのは簡単ではなかった。そし

て悪化するたびに、自分の可能性と能力をすべて使い果たしたかのように思えた。ただ、自分には起こるべくして起こったことではない、あるいは自分には向いていないと感じたんだ。私にできることはもう何もなかった。もう終わりだと思った！

希望もスコープもない！

しかし、やがてそのような考えが自分自身に怒りを抱かせるようになった。私は何をやっていたんだろう？私は自分の計画を実行できないのが嫌だった。「今思えば、私は愚かで、未熟で、無責任だった。しばらくの間、悲嘆に暮れるのは構わないが、そのことにしがみつき、自分の行動を正当化する理由とするのは間違っている！

私は自分の認識やパターンに気づき始めた。私は気づき、受け入れ始めた。

もう完全に大丈夫だとは言わない。むしろ、私はそれどころではない。ハードルが高く、弱気になる瞬間も多い厳しい道のりになるだろう。

でも、これが私のスタートだとわかっている。

This is going to be the turning point in my life because *I choose to make it so.* 私はこのことを苦労して学んだが、それが私を私たらしめている！私は自分自身を再発見し、情熱を取り戻し始めた。料理、絵画、読書など、喜びを感じられることをするようになった。しかし、何よりも。詩を書くことが私の創造的なはけ口となり、感情的な日記となり、慰めになった。自分が幸せで満足しているのを見れば、空は私の限界になる！

もっと早くこのことを知りたかった。もう一度大人になりたいよ。だが、まだ遅くはない。やる気を起こさせるスピーチや名言を何千と読んで、インスピレーションを得ようとしても、その借り物のインスピレーションは、「You Do You」という声が内側から聞こえてくるまで続かない。

私は自分の進む道を決め、人生の方向性を決めるために先頭に立つことにした。

私が始めた旅は、自分自身に対する認識を変えようと決心してから始まった。人生の各ステージでは、さまざまな挑戦や試練が待ち受けている。忍耐力と自信が試される。これまで困難に直面するたびにそうしてきたように、自分自身を疑い始めるかもしれない。しかし、*挑戦は、あなたがそう感じている限り、挑戦であり続ける。*

私の自分に対する認識は、自分の病気と、試験での成績が中心だった。変化が起きたのは、その先の自分を見ようと決めたときだけだ。常に変化し、進化し続け、それは私にとって完璧なことだ。

この受容が、疑念や自己批判、自分にプレッシャーをかけたいというパターンから抜け出すために必要な力、強さをもたらしてくれた。私のループが断ち切られたのは、自分自身についてある認識を持ち、それを受け入れる第一歩を踏み出してからだ。これは私が取っているベビーステップだが、大きな満足感を与えてくれる。むしろ、笑顔で眠りにつき、次の日に望みを託す。

変化は最初は難しい。その過程では厄介だ。しかし、最後はゴージャスだった！

そして、私の冒険が始まる！

私は認識を改め、自分のパターンを壊した 。私は成長している......もう一度。

今度はあなたの番だ。

脱却

私は遠く高く飛ぶことを夢見ている。

私の時間は今、立ち上がり、輝くこと 泣いたり泣き喚いたりしても意味がない 鎖を解き放つ私を見て 迷いや苦しみから自由になる 鳥籠から解き放たれた鳥になることを選ぶ

私の中の炎は今、激怒している　転び、つまずきながら私の道を行く　これは私の飛翔であり、私は乗り込む　もうこれ以上、自分を抑えることはできない

すべてが黒くなったとき、私は私の虹になる。

誰も『あれは私ではない』とは言えない

この瞬間、私は自分を自由にした

疑いや恐れから解放され、"自分らしく"いられる。

すべて OK！

すべて OK だ……私は受け入れ、進化へと踏み出す。私は自分の変容の旅に立ち会うことを選ぶ。

私は私の人生の建設者であり、創造者だ。

私は自分自身が観察者であり監督になることを選ぶ。

大丈夫だ……僕が僕の宇宙の中心なんだ。

私は自分の痛みと苦しみを分散させることを選ぶ。

もう大丈夫だ……私は手放し、自由になることを望んでいる。

私は、人生が私に与えてくれる経験に微笑むことを選ぶ。

今を生きる準備はできている。私は楽しんで自分を愛することを学ぶことを選ぶ。

大丈夫だ……目標を設定しているところだ。

私は自分の認識を変え、魂を身につけることを選ぶ。

大丈夫だ……反省を通して、私はより強い人間になった。私は自分のパターンを断ち切り、変容を生きることを選ぶ。

もう大丈夫……私は今、右車線を走っている

私は癒やされ、再び成長することを選ぶ。

新たなの始まり

大人になりたい……もう一度！
私は本当に大人になりたいのだろうか……もう一度？
そうしたかった……ずっと。
でも今は……生まれ変わったと感じている！
私は本当に過去に行って、物事を正したいのだろうか？実は違うんだ……僕は"今"にいる……そして明るい！
老いることは義務であり、成長することは任意である。
そして成長することが、私が選ぶ選択肢なのだ。なぜなら、それは変革をもたらすものだからだ。
私が成長して いるのは、自分がどのように成長したかを評価するようになったからだ！
人生のどの瞬間も、新たな始まりが起こる決定的な瞬間になりうると信じているからだ。
終わりを祝うこと、それは新たな始まりに先立つものだからだ。
必要なことをすることから始め、可能なことをする。
あなたの後ろには、すべての思い出がある。あなたの前に、すべての夢がある。あなたの周りにいる、あなたを愛するすべての人たち。あなたの中に、新しい力が宿る。
人生のあらゆる瞬間が『ハプニング』になり得る。それは、私たちを成長させることも、私たちを壊すこともできる。選ぶのは私たちだ。そして、ハプニングが起こるたびに、私たちは違う自分に変わっていく。
新しい"I ... version n.0"に備えよう

www.ingramcontent.com/pod-product-compliance
Lightning Source LLC
LaVergne TN
LVHW091627070526
838199LV00044B/968